レムシータ・ブレイブス・オンライン
Remtheta Braves on-line

2

~スローライフに憧れる俺のままならないVR冒険記~

右薙光介

イラスト 湯気

TOブックス

contents

イラスト／湯気　デザイン／伸童舎

1：「よろしく、おにーさん」

「到着、っと」

みんなと分かれて数十分後。

今回は歩かずに、俺は『オーラン湖畔《こはん》集落』まで転移水晶によって一瞬で移動した。

みんなと一緒に行かなかったのは、この移動方法について試しておきたかった、というのもある。

特に問題はなさそうだ。消費されたＢＰは六ポイント……これが多いと感じるか、少ないと感じるかは個人差があるだろうが、俺にとってはすぐに釣りに出かけられるという大きなメリットがあるので、そう気になるほどではない。

『オーラン湖畔集落』は名前だけ聞くと小さな村のようなものを想像してしまいそうだが、実際はかなり大きな規模の人里で、おそらく人口は三千人を超えると思う。

釣りや水遊びなどができる、風光明媚《ふうこうめいび》で手軽な観光地として、ネルキドでも人気のスポット。どちらかというと羽振りのいい商人などが別荘を構えるリゾート地に近い。

『転移水晶』や乗合馬車が整備されているのも納得だ。

おそらくだが、カンパニーハウスを構える拠点としても想定されているのだろう。

開店したばかりの集落の釣具屋で、おなじみのザリガニの練り餌を買った俺は、釣り具だけを担いで湖畔の外縁《がいえん》に沿って歩く。

普通の釣り人は集落内で釣りを楽しむものだが、俺としては人気《ひとけ》のないところで一人で釣りを楽しみたい……という欲求があった。

「この辺りでいいか……」

十五分ほど歩いたところで俺は適当な流木を見つけ、そこに腰を下ろした。

ここまで来るとだいぶ森が近くなって、緑の匂いが増す。

セーフティエリアからは離れたので、場合によってはモンスターとの遭遇もあるだろうが……人もいないし、いいロケーションだ。

今日はみんなが到着するまでの間、ここで釣りに興じよう。

ここ二日ほどはゆっくりできているせいか、俺は心穏やかに過ごせている。

これが……スローライフか。

「ツッコミ不在《ハルさん》で不安だが、あってるよな？」

誰に話すでもなくそうつぶやく。

考えていてもどうせ答えなど出やしないので、俺は腰の魔法の鞄から折り畳みのイスを取り出して設置し、今日も美しいオーラン湖に向かって竿を振った《キャストした》。

今日はあのいかついカニがあんまり掛からないといいが。

昨日はあの後、六回ほどあのカニがかかった。

途中で引きのパターンを覚えたので、釣り上げずにわざとばらしたり、釣り上げても湖に向かって放り投げたりしていたが、アレはあれで釣果《ちょうか》と数えるべきだろうか。

そういえば、ミックたちならあのカニにどう立ち向かうのだろう？

ミックの持つ真銀《ミスリル》製の剣なら、【スクリュードライバー】で貫いてダメージを与えることはできそうだ。

それにハルさんは戦槌《メイス》を使うので、硬い殻に覆われたあのカニにも有効打を与えられるだろう。

他に有効と考えられるのは、レオナの〈エネルギー・ボルト〉。

あれの威力ならば問題なく撃破できる気がする。

実はここで釣れる鋼鉄蟹《スチールシェル》、モンスターレベルが『2』なので魔法の回数が増えたレオナがいれば、いいBP稼ぎの相手になるんじゃないだろうかと思う。

場当たり的な思い付きだが、みんなが到着したら提案してみるか。

俺が釣って、みんなが狩る。実に自然で完成された流れだ。

そんなことを考えながら、俺が幾度目かのキャストに入ったとき、急に遠くから金属音が聞こえはじめた。

俺が今いる場所よりも奥の砂浜らしいが、誰かいるのだろうか？

モンスターも出るのに釣りとは酔狂《すいきょう》だな、と俺は俺の低い棚に俺自身をひょいっと上げた。

「……ちょっと様子を見てみるか」

続く戦闘音に、少し心配になった俺は立ち上がって小走りで音の方向に向かいつつ、【感覚強化／視覚】で目を凝らした。

やはり誰かがカニを釣り上げたらしく、うっすらと戦闘中の人影が見える。

「あのカニにあの得物は小太刀《こだち》はミスチョイスじゃないかね」

カニに切断なんてありえない、なんて昔の偉い人《ネットゲーマー》は言ったものだが、このカニに関しては完全に肯定だ。

まぁ、このゲームの仕様上、持てる武器が小太刀一択だった可能性は大いにあるが。

「離れてろ！」

相対距離を高速で詰めた俺は、戦闘中の誰かにひと声かけると、鋼鉄蟹《スチールシェル》の後ろから右側面への回し蹴りを撃ち込んだ。

カニは背が低いのでローキックみたいになってしまったが、仕方あるまい。

鋼鉄蟹《スチールシェル》は鈍い音とともに吹き飛んで、近くの立木に激突し……これまた鈍い音を立てて落ちた。

カニが地面に落ちるときの音じゃないぞ、ゴトンッって。

「大丈夫か？」

俺は戦っていた人影に向き直る。

俺に座り込んだまま無表情にサムズアップを向ける、硬皮鎧《ハードレザー》を着込んだそいつは、俺の妹《リリー》と同じくらいの年恰好の少女で、なぜか全身びしょ濡れだった。

「助かった」

「それは何より。で、なんで濡れてんだ」

「カニが泡吐いた」

「ああ……」

納得した。

そう、鋼鉄蟹《スチールシェル》は生意気にも泡の息《バブルブレス》を使ってくるのだ。

威力としてはなんてことないのだが、粘液質なそれは、足場や武器を滑りやすくする効果がある。

カニの硬さや足元でウロチョロする動きと相まって結構厄介なのだ。

で、それの直撃をうけた、と。

もう少しでモンスターに狩られるところだったな、コイツ。

しかし……粘質な液体にまみれる少女というのは、なかなかに見ごたえがあるな、うん。

扇情的で、なんていうか……。

「ローションp……」

「OK、そこまでだ。それ以上言っちゃいけない。……いいね？」

俺は少女の口から飛び出してはいけない単語をギリギリで遮って、とりあえず湖を指す。

「とりあえず、泡落《それ》としてきたら？」

「わかった」

表情変化が乏しいながらも、素直にうなずいた少女《そいつ》は湖に向かっていく。

俺は暖を取らせるために、周囲の乾いた流木を集めて、常備している火起こし機《ライター》で火を起こした。

火打石で火を起こせって言われると難しいが、火起こし機《ライター》は燃料オイルを気化させたガスに火打石で火をともすもので現実世界《リアル》にあるものとそう使い勝手は変わらない。

「で、お前さんはこんなとこで何やってんだ？　……って、ホントに何してるんだ？」

振り向いた俺が見たのは、下着姿で震えている件の少女である。

眼福《がんぷく》と言いたいところだが、驚きの方が大きすぎて呆然としてしまった。

「言われた通り、あらった……」

「服は着ようね⁉」

首をかしげて指さす先には砂浜に放り出された上着と鎧、ブーツ。

片づけられない子供か！　とツッコミを入れたくなる散らかしっぷりである。

女の子なんだから、もう少し恥じらいとか危機感とか持とう？

知らない男の前でその姿はどうなんだ……⁉

ええぃ、それをいまここで説いてもせんないことか。

「ああ、もう。ほら、こっちこい」

俺は準備しておいた大きめのタオルで、わしわしと少女の体の水を拭《ふ》き取る。

せっかく助けたのに風邪でもひかれると目覚めが悪い。

「えっち」

「キミは俺をバカにしてるのかね」

「バレたか」

と、素直にうなずく。

初めてだよ……ここまで俺をコケにしたおバカさんは……。

「よし、あとは自分でできるな」

まぁ、こんなものだろう。

あらかた拭き終わった俺は、少女の頭にタオルをかけてぽんぽんと頭を撫でる。

妹《リリー》はしっかりしていてこういう場面はほとんどないが、手のかかる妹がいればこんな感じなのかもしれない。

とはいえ、少女《こいつ》は妹ではなく赤の他人なので、必要以上に関わるのはやめておこう。

事案として通報でもされたらことだからな。

「まって」

「なんだ？」

「おなかすいた」

俺はここのところで一番大きなため息をつくこととなった。

◆　◆　◆

「美味いか？」

「……んまい」

『コユミ』と名乗った図々しいこいつは、俺の出したタオルを羽織って、俺の出した弁当を頬張っている。

美味いと言ってもらえるのは重畳《ちょうじょう》だが、今お前が平らげたそれは俺の昼飯だ。

ピンピンと跳ねる薄ピンクのクセッ毛がなかなか可愛らしいコユミだが、極めて表情に乏《とぼ》しいのはどうにも俺の気勢《きせい》を削ぐ。

コユミの肢体《からだ》はわりと「脱ぐとすごいんです」といった印象で、最初こそややテンションが上がったが、本人に『恥じらい』とか『警戒心』などが欠落しているのか隠そうともしないので、急速に俺の気力《エロパワー》は減少していった。

もう気力は50だ。

これ以上『脱力』させても下がらないからな。

しかし、ピンクの髪って意外と違和感を覚えないんだな。

アニメの見すぎだろうか？

「もっと欲しい」

「もうねえよ！　食いしん坊か⁉　それで全部だよ！　俺の昼飯、全部だよ……！」

俺の慟哭《どうこく》を余所《よそ》に、手についたソースをペロペロと舐めてコユミは「ごちそうさまでした」と手を合わせた。

「……おそまつさま。で、君はこんなところで何やってたんだ？」

「釣り？」

なんで疑問形なんだ。

「真銀蟹《ミスリルシェル》を釣ってた」

「真銀蟹《ミスリルシェル》？」

コユミによれば、真銀蟹《ミスリルシェル》というレアな釣り上げモンスターがこのオーラン湖に生息しており、そいつはバトルリザルトでかなり高いＢＰと、現在品薄で非常に高く売れる真銀《ミスリル》素材をドロップするのだという。

確かに、そんなのがいれば釣ってみたいとは思うが、昨日ここに来た時は俺のほかに魚を釣ってるようなパーティの影は見当たらなかった。

単純に【釣り】スキルがないだけかもしれないが。

「それってなんか、ソースとかあるのか？」

「フレから聞いた」

「〝フレがフレのフレから聞いた〟ではなく？」

「それ」

あかんがな……。

それ一番信用できへんソース《やっ》やん……？

「昨日、六匹くらい鋼鉄蟹《スチールシェル》は釣り上げたけど、そんなヤツかからなかったぞ？　誤報じゃないのか？」

「気合と根性と熱血が足りない」

無表情のお前が使えそうにないアツい言葉《せいしんコマンド》を口にすると冷え冷えとするよ、と教えてあげたい。

あとお前、下着が見えてる。もっとちゃんと隠せ。

「まぁ、仮に真銀蟹《ミスリルシェル》がいるとして、だ。さすがに運頼みが過ぎないか？　ＢＰと金稼ぎなら森で狩るとか、もう少し手堅いのがいるだろう。なんで真銀蟹《ミスリルシェル》なんだ？」

「ロマン？」

そうか、ロマンなら仕方がないな。

俺だって、はぐれた感じで銀ピカの足が速い粘体生物《スライム》とか、見つけたら追いかけたくなりそうだしな。

「そうか、じゃあガンバレよ。気を付けてな。そのタオルはくれてやるから気にするな。しっかり温まったら火の始末はしておいてくれ」

「まって」

「今度は何だ」

「私じゃさっきのカニ倒せない」

まっすぐと俺のを見るコユミの瞳には、無表情ながら助けを求めるような揺らめきがある。

「……それで？」

「倒せない」

「「……」」

本日二度目のため息が、俺の肺を最小限までしぼませるのを感じた。

妹《リリー》に朝冷たくされたせいか、あるいはその心の隙間をコユミで埋めようというのか……俺は、妹と同年代っぽいコユミになんとなく甘く接してしまうようだ。

「よし、今日一日だけだぞ。ま、俺もその真銀蟹《ミスリルシェル》に興味がないわけじゃないからな」

「いい人。おにーさん、愛してる」

こんな感情のこもらない『愛してる』が、俺の初『愛してる』だなんて認めない。

俺の心《シマ》じゃ今のノーカンだから。

「じゃあ、ちょっと自分の荷物回収してくるから着替えて待ってろ」

「服……ない」

湖でローショ……泡を洗いながしたコユミの服は、現在進行形で砂浜に野ざらしである。

「あー……もう！　これでも着てろ。ちょっとでかいかも知れんがないよりましだろ」

俺は予備のオーバーオールをコユミに放り投げると、自分の荷物を回収しに走った。

さっき自分がいた釣り場《ポイント》で荷物を回収し終え、コユミのところへ戻るか、というところでハルさんから『カンパニーtell』が届く。

「無事オーラン集落に到着しました。リョウくんはどこにいますか？」

「おつかれさん。集落から東側にいるよ。ただなー……」

「何か問題でも？」

「ちょっと変わった渡り歩く者《ウォーカーズ》を助けた。成り行きで今日はそいつと釣りと狩りをすることになったんだ」

「フルパーティ《六人》になるし、オレらのパーティに入ってもらっちゃダメなのかよ」

妙案だ、ミック。

お前は時々本当にミック《バカ》なのか疑うよ。

「ちょっと本人に確認してみる」

俺は引き返して、オーバーオール姿になったコユミに事の次第を伝える。

ていうかキミは服を回収して乾かしなさいよ……なぜ地べたにぽいしたまんまなんだ。

皮鎧とか痛んじゃうよ？

「いいの？」

「何が？」

コユミの装備や服を乾かすために拾い集めていた俺に、コユミが問う。

「パーティ、あんまり組んだことなくて」

「そうなのか？　せっかくだからどうだ？　さっきみたいな危険なことにならないで済むぞ」

「おにーさんの、お友達？」

「ああ。ていうか、コユミってレベルいくつなんだ？　さっきのカニ、実はモンスターレベル二なんだぞ」

「レベルは一。一人だと、なかなかうまくBPもお金も稼げないから……ここに来た」

少し目を伏せるコユミ。

無表情だが、何か事情がありそうなのはわかった。

「真銀蟹《ミスリルシェル》で一攫千金狙いか？　ロマンは大事だが、手堅くいくのも肝心だぞ。カニのことを教えてくれたフレンドとやらはどうしたんだ」

「最初は、カンパニーにいたん、だけど……。攻略組？　とかで。わたし、ついていけなくて」

「置いてけぼりか？」

俺の言葉にひどく寂しそうな表情をするコユミ。

拾ったら最後まで面倒をちゃんと見なさい、と俺は思う。

しかし、このゲームでも開幕ダッシュを決めるヤツっているんだな。

まぁ、どんなゲームでも素早く先へ進めば進むほど既得権益《きとくけんえき》を得やすいのは確かだが。

「……パーティ、入れてもらっていい？」

「おう。もうすぐ来るはずだ、少し待ってろ」

俺は焚火《たきび》に流木を放り込みながら、だぼだぼのオーバーオールを着た無表情系少女《コユミ》と共に仲間の到着を待った。

「あ、そういえば自己紹介、まだしてなかったな。俺はリョウ＝イースラウド。リアフレ（現実世界《リアル》でも友人）たちと初日のサービス開始直後からこっち《レムシータ》へ来てる。よろしくな」

「わたし、コユミ＝カヤ。よろしく、おにーさん」

そこはお兄ちゃんと……いや、何を考えてるんだ俺は。

色々ありすぎて、平常心《SAN》の損失が大きすぎたのかッ？

リリーが俺のことをお兄ちゃんと呼んでくれないからこんなことに……！

「お、いたいた。リョウちゃん」

邪《よこしま》な思考を振り払っていると、集落の方向からミックが手を振りながら走ってきた。

リリーも一緒だが、レオナとハルさんはまだ姿が見えない。

「ハルねぇたちは、釣具屋によってく……って……」

ミックの声が徐々に小さくなる。

「(リョウちゃん、また嫁候補増やしたの⁉　これ以上ハルねぇの機嫌とるの、オレ、無理だぜ⁉)」

お、ミックお前も『フレンド念話《ウィスパー》』できるようになったのか。

なかなかやるな。

……ではなく。

「(誰が嫁候補だ。道端で拾った腹ペコ渡り歩く者《ウォーカーズ》だよ。成り行きでちょっとな……？)」

「(成り行きで嫁増やすとかハーレム系主人公パネェっす)」

誰がハーレム系主人公か。

彼女いない歴＝年齢の俺に対する挑戦か⁉

「あれ？　カヤさんなのです？」

「知っているのかリリデン？」

「うむなのです。中学の同級生なのです。リリーといっしょで来年からリョウさんとミックさんの後輩なのですよ？」

ミック、俺の妹を辮髪《べんぱつ》のおっさんみたいに呼んだ罪は重いぞ。

しかして、それに応えてあげるリリー、マジ天使。

……ん？

「同級生⁉」

「なのです」

『世間は狭い』、という言葉の魔力を身をもって知ってしまった。

「世間が狭いなんて、ウソだと思ってた」

俺の正直な感想である。

「たまたま助けた女の子がリリーちゃんの友達だって可能性、すげーよな……」

「なのです……。しかも、ひんむいて強制ペアルックとはリリーの予想を大きく超えるのです。重《じゅう》篤《とく》な変態なのです」

「俺が剥いたわけじゃないからねッ⁉」

大きな誤解が転がっているようなので修正しておく。

「しかし、よくこんな怪しい男といっしょで大丈夫だったのです」

容赦なくキズをエグっていくスタイル。

残酷な天使かな？

そういう方針《テーゼ》でお兄ちゃんをいじめるのかな？

「わたしは、イースラウドさんのお兄さんだって、すぐ……わかった」

コユミから、意外な答えが返ってきた。

実は初対面ではなかったのだろうか？

いや、初対面のはずだ。むしろ、リリーの友達……いや、同級生と俺は顔を合わせたことがない。

「何で知ってる？」

「見たことあるから？」

「俺を？」

「うん」

「どこで？」

「えと、……むぐ」

俺の追及に答えようとするコユミの口をリリーが塞《ふさ》ぐ。

「どうした、リリー」

「そこまでなのです。カヤさんがリョウさんを知ってた理由はまったくもって不明なのです。これ以上の詮索《せんさく》は、決定的な死をもって沈黙をもたらすのです」

情報当局の脅《おど》しみたいな文句を口をすらすらと言うんじゃないよ……。

あと、妹《リリー》よ。弓を下ろしなさい。

ちょっ……膝《ひざ》を狙うんじゃぁないよ⁉

まぁ、妹《天使》がそういうならば、俺は沈黙をもって肯定をなそう。

沈黙は美徳だ。特に膝がかかっているときは黙ったほうがいい。

「追いついた！　大急ぎだったよ」

「釣り具を買って、【釣り】をセットしてきました。これで私も一緒に釣りができますね」

何とか場が収《うやむやになった》まった頃、レオナとハルさんが姿を現す。

おお、釣りの準備してきてくれたのか！

これは鋼鉄蟹狩《スチールシェル》りが捗《はかど》るな。

「あ、コイツがさっき言ってた渡り歩く者《ウォーカーズ》だ。今日は一緒にパーティを組むことになるから頼む」

「よろしく……」

「それはいいけど、どうして彼女、リョウ君とペアルックなんだい？」

「その下、下着……ですよね。どういうことなんでしょう？」

あれ？　雲行きが怪しいぞ。

「脱げと言われたので」

エヘヘ、と口だけ動かして眠たそうな顔で頭を掻《か》くコユミ。

なぜ、こいつは俺をこうも簡単に追い詰めるんだろう。

膨《ふく》れ上がるレオナとハルさんの闘気が、目に見えるようだ。

「違うんだ。待ってくれ……話し合おう」

「変態なのです」

「変態ですね」

「変態だね」

……この後めちゃめちゃ説明した。

2：「こいつが……真銀蟹《ミスリルシェル》か」

お互いの自己紹介が終わったところで、俺たちは、さっそくパーティを組んで釣りを始めた。

コユミには半乾きだが、足鎧《グリーブ》だけは装備させている。

鋼鉄蟹《スチールシェル》の攻撃は低い位置がほとんどだからな。

「じゃあ、ガンガン釣っていこうか。普通の魚は夕食のおかずに、カニが釣れたらミックとリリー、頼むぞ」

「まかせといてくれよ」

「はいなのです」

俺の号令で【釣り】スキル持ちが一斉に竿を振った《キャストした》。

『レムシータ』でもこんな珍妙なBP稼ぎをするパーティは俺たちだけじゃないだろうか？

「き、来ました！」

しばしして、最初に鋼鉄蟹《スチールシェル》を釣り上げたのは釣り初体験のハルさんだった。人生初釣果がモンスターというのも『レムシータ』ならではだな。

鋼鉄蟹《スチールシェル》は釣り上げたハルさんに向かおうとするが、すぐさまミックの【挑発】によって向き直る。

直後にその横っ面に、竜巻のような赤い螺旋《らせん》の残光を残しながら矢が突き刺さった。

「【サイドワインダー】なのです！」

致命傷とまではいかないものの、強烈な一撃を側面に受けて、もんどりうった鋼鉄蟹《スチールシェル》に今度は正面からの一撃――ミックの【スクリュードライバー】――が文字通り突き刺さる。

それで、ジ・エンドだ。

「よっしゃ、撃破！」

思った通り、防御力が高いだけでそれほど強くない鋼鉄蟹《スチールシェル》は貫通攻撃を持った俺たちの恰好の獲物だ。

モンスターレベルが2と自分たちより高いということもあり、六人《フル》パーティで戦ってもBPはそれなりに入る。

さくさくと次々釣り上げ、それをミックとリリーが【スキル】の連携で倒す。

複数釣り上げたり、スキルの再使用《リキャスト》がまだのときなどは、手の空いたもの全員でこれを殲滅《せんめつ》した。

「意外と、いけますね！」

予想通り、ハルさんのメイスは鋼鉄蟹《スチールシェル》に有効打を与えることができた。

ちなみに俺は、自分の釣り上げたやつは自分で処理している。慣れると踏み砕くだけで軽々倒せるようになった。気分は赤いシャツを着た配管工である。

「魔法の通りもいいね。これはボクたち向きかもしれない。羊よりずっといいや」

レオナも自分が釣り上げた鋼鉄蟹《スチールシェル》を〈エネルギー・ボルト〉で瞬殺していた。やはり魔法の攻撃力はすごい。

今のレオナは【魔法／全般：3】、【魔法／攻撃魔法：1】で素の状態で五回、〈エネルギー・ボルト〉が使える。

それに加え、『初級魔術師の杖』でプラス三回。

俺からトレードで得た【瞑想《めいそう》】の効果も相まって、自分の釣り上げた鋼鉄蟹《スチールシェル》を処分することなど造作もない様子だ。

「む……」

そして、戦利品とBPがテンポよく溜まっていく中、ついにその時が来た。

コユミが小さく唸《うな》り声をあげる。

「どうした？　システムアラート《トィレ》なら遠慮せずダイブアウトしろよ？」

「ちがう」

慣れないパーティで言い出すのも緊張するだろうと気を遣ったつもりだったのだが、「リョウさん、流石に今のはデリカシーに欠けるのです」「そうですよ、リョウくん」と散々に責められた。

今日の俺はいいとこなしである。

「なんか、かかった……」

「でかいか？」

「うん」

コユミが竿を振り、湖岸へ引き寄せていく。

これまでかかったなかでの一番の大物は、一メートルほどあるサケっぽい魚が昨日は釣れたが……湖岸にその影が近づくにつれて、その異常さがはっきりわかった。

膝くらいの高さの鋼鉄蟹《スチールシェル》に対して、そいつは俺の背丈に近い高さがある。

蒼々とした甲殻は金属質で、太陽を照り返して輝いていた。

「こいつが……真銀蟹《ミスリルシェル》か」

俺の【動植物知識】が知識をアシストし、そうだと告げている。

「バカでけぇ！　ウケる！　軽の新車かよ！」

笑い転げるミックに上手いこと言ったなと感心した。

言うなれば生きた軽装甲車だな、これは。

振り上げてる鋏《はさみ》も一撃で人間を両断できそうな大きさだ。

〝コユミ＝カヤが条件を満たしました。只今より『オーラン湖畔森林』のボスバトルを開始します〟

システムログが視界の端に表示される。

え……ボス？

「「「「えぇーっ!?」」」」

「やったー」

一人だけやる気なさげな歓声をあげるコユミを傍目に、笑い転げているミック以外全員が驚きの声をあげる。

「みんな！　釣りやめて戦闘準備だ！　ミィイック！　笑ってないで【挑発】いれろ！」

なんとか笑いのツボから脱したミックが【挑発】を入れる。

ここからが、正念場だ。

『オーラン湖畔森林』のボス、真銀蟹《ミスリルシェル》を前にして、俺は、スローライフの奉仕者にあるまじき高揚感を覚えてしまった。

◆ ◆ ◆

いざ戦いを開始してみると、俺たちは意外と苦戦させられることになった。

分厚い甲殻、思わぬ俊敏な動き、強力な鋏。

何より、でかいので体当たりされるだけで相当危険だ。

「ぐうぅッ！　コイツ、超強くね⁉」

真銀蟹《ミスリルシェル》の攻撃を盾で防いだミックが、余裕のなさそうな声をあげる。

とはいえ、真銀蟹《ミスリルシェル》が放った強烈そうな鋏の横振りを、ちゃんと盾で【ブロック】できているじゃないか。

ミックめ、なかなかできる。

だが、今まで戦ってきたモンスターと格が全く違うのは確かだ。

さすがはボスモンスター、といったところか。

……ボスって名前にロマンを感じはするが、ボスモンスターって倒すとなんかいいことあるのか？

「ク、ッソ！　刃が全然通らねぇぞ！　【スクリュードライバー】！」

「【サイドワインダー】なのです！」

数々の鋼鉄蟹《スチールシェル》を葬ってきたミックとリリーの黄金連携だが、真銀蟹《ミスリルシェル》に大きなダメージを与えるには至らないようだ。

矢が突き刺さっているので、貫通効果で多少甲殻は貫けるみたいだが。

「なら、魔法はどうかな？〈エネルギー・ボルト〉！」

レオナの放った魔力の一撃が真銀蟹《ミスリルシェル》へと突き刺さる。

これはなかなか効いたようで、一瞬真銀蟹《ミスリルシェル》が傾いた……がやはり致命打には至らない。

ただ、その威力に真銀蟹《ミスリルシェル》はレオナを脅威と判断したのか、ターゲットをレオナに変えたようだ。

「やらせるかよ！」

それを察したミックが、レオナと真銀蟹《ミスリルシェル》の間に素早く回り込み、再度正面から盾と剣を打ち鳴らして【挑発】を行う。

そのミックの背後から、再び〈エネルギー・ボルト〉をレオナが発射。

ダメージを着実に稼ぐ。昨日一日みっちり狩っていただけあって、連携がスムーズに取れている。

「……いきます！」

がら空きになった真銀蟹《ミスリルシェル》の隙を察知したハルさんが、その背後に肉薄し、助走の付いた戦槌《メイス》での一撃を撃ち込む。

金属同士がぶつかるような甲高い音が響く。

「硬いッ！　ほんとに真銀《ミスリル》みたいですねっ！」

驚きの声をあげながらも、ハルさんは二度三度と真銀蟹《ミスリルシェル》を連続で打ちつける。スキルによる赤い残光が見えていないので、『ウェポンスキル』ではないみたいだが……その連続攻撃は素早く、実に手慣れた手つきだ。

現実世界《リアル》のハルさんは護身術でいろいろ習ってるというので、その影響かもしれない。

さて、仲間の連携に見とれてないで俺も戦闘に参加しよう。

「フ……ッ！」

俺は助走をつけてカニの側面——リリーの矢の刺さってる方——に跳び蹴りを浴びせる。

矢が刺さって脆《もろ》くなっていた甲殻が俺の一撃でベキリ、と大きくへこむ。

さらにその打撃《インパクト》の衝撃を利用して空中へ飛び上がり、へこんだ甲殻の部分に全体重を乗せた踵《かかと》落としを直撃させた。

「砕けろ！」

車の事故でも起きたような「ベキィッ」という独特の金属音が響き、真銀蟹《ミスリルシェル》が大きく傾く。踵落としの衝撃で、その体を支える太くて立派な脚も一緒くたに捥《も》げたため、バランスを崩したようだ。

右側面の甲殻を、俺によってほぼほぼ破壊された真銀蟹《ミスリルシェル》は青い血が混ざった泡を吹きだしながら、崩れた態勢を立て直そうとしている。

これを見逃すほど俺は甘くないけどな。

「ハルさん、ミック、大技行くぞ……離れてろよ」

「ヘッ？」

目線だけで俺の方を見たミックが間の抜けた声をあげる。

「――〝耐えて見せよ〟」

そして、武技誓句《トラウマ》の序句を聞いて、慌てるようにその場を離れた。

ミックの動きを見たハルさんも察してくれたのか、華麗なバックステップで真銀蟹《ミスリルシェル》から距離をとる。

それを横目に確認しつつ、俺は殺撃の武技誓句《オスオブアーツ》を続けた。

「〝我、全ての戦場で活き、全ての戦場で殺し、全ての戦場で勝つモノ也《なり》〟」

俺に向き直った真銀蟹《ミスリルシェル》が、破れかぶれの一撃を加えるべく両鋏を振り上げるが、ビクリ、と体を震わせてその動きが一瞬止まる。

レオナが〈ショック〉で援護してくれたようだ。さすが、歴戦のゲーマーはわかっているな。

サポートに感謝しつつ、俺は全身の気を練り上げて武技誓句《オスオブアーツ》を完成させる。

「――伏見《ふしみ》流交殺法殺撃……喰命拳《くうめいけん》ッ！」

真銀蟹《ミスリルシェル》の大鋏を再び振り上げ、それが俺の頭に振り下ろされようとする瞬間、殺撃の直撃を知らせる轟音が湖畔に響いた。

殺撃《くうめいけん》をモロにうけた真銀蟹《ミスリルシェル》は、輝く甲殻と青い血を周囲にばらまきながら、湖岸を砂煙で彩りながらキリモミ状に吹っ飛んでいく。

さすがにこれを受けて無事ってことはないだろう。何せ、今回のはちょっぴり本気だ。

例の黄金の鉄の塊《リッキーだっけ？》に撃ち込んだ、七十％オフのお買い得殺撃じゃないぞ。

「やったか……？」

「余計なフラグを立てるのはやめようか、ミック」

巻き起こった砂煙が、湖からの風で流されて消える。

その先には、残骸になり果てた真銀蟹《ミスリルシェル》の姿。

もう元がカニだったのか、事故起こしてスクラップになった軽自動車なのかわからないくらいだ。

〝『オーラン湖畔森林』のボス、真銀蟹《ミスリルシェル》を討伐しました〟

とシステムメッセージ。

「でばん……なかった」

無表情ながらも肩を落とし、ショボンリした空気出すコユミ。

武器との相性が悪すぎる。しかし、脚を叩いて動きを牽制《けんせい》していたのは見ていた。おかげで攻撃する機会を増やすことができたのだから、まったく役に立たなかったわけでもあるまい。

「うへぇ……ありえねぇありえねぇと思ってたが、やっぱりありえなかった」

事故現場のような残骸をみやるミックが妙な感想を漏らしている。

どうかね、これがお前が一年前しつこく絡んでた俺の実力だ。

〝ああ〟ならなくてよかったな？

「あいかわらずリョウさんはバケモノってるのです。天然モンスターなのです」

妹《リリー》よ、そういう感想は地味に傷つくからやめようね。

お兄ちゃんは天然百％の人間だから。ちょっとモンスター入っているおじいちゃんに鍛《きた》えられただけだから。

「……ね、ねぇ、リョウくん？　これ、現実世界《リアル》でも結果は同じってことよね……？」

「ハハッ、何言ってんのハルさん。現実にこんなデカいカニいるわけないだろ！」

「そこじゃねーよ！」

「そうではないのです」

「そういう意味じゃないんですよ」

なぜか総ツッコミを入れられてしまったが、俺の答えのどこに過不足があったというのだろうか。

「まぁ、倒せたから結果オーライってことでいいじゃないか。いやー……しかし、ほんとに真銀蟹《ミスリルシェル》っていたんだな」

「ん。いた」

俺の言葉に感動の薄そうな無表情《コユミ》がうなずく。

眉唾だと思ったが、コユミのフレンドは真実を語っていたようだ。

「……と、とりあえずさ。あれ、『剥ぎ取り』しちまおうぜ」

ミックが真銀蟹《ミスリルシェル》を指さす。

さて、何が採れるのか楽しみだな。

ボスなんだから、何か面白いものがゲットできればいいんだが。

「じゃあコユミ。『剥ぎ取り』、どうぞ」

コユミに真銀蟹《ミスリルシェル》の残骸を指さして促《うなが》す。

もはや原形をとどめていない真銀蟹《ミスリルシェル》にはハッキリと『剥ぎ取り』のアイコンが表示されている。

「……う？」

コユミは間の抜けた声で俺を見上げる。

「いや、釣ったのはコユミだし、情報を持ってきたのもコユミだからな。『剥ぎ取り』はコユミの権利だろう？　初ボスだし、記念になるぞ？」

「でも、あんまり戦ってない」

そう固辞《こじ》しようとするコユミの背中を真銀蟹《ミスリルシェル》に押しやる。

「ちゃんと戦闘に参加してただろ。ほれ、早く早く」

「……ん」

おずおずとコユミが手をかざすと、巨大な真銀蟹《ミスリルシェル》の残骸は淡い光となって消滅し、その場には大量の素材が現れた。

大量の甲殻、二振りの鋏、並べられた小瓶はともかく、薄緑に輝くインゴットや輝く素材のバックルが付いたベルト、それに武器なんて変わったものまである。

「おー、さすがボス。ドロップがすごいな」

「すごいのです」

宝の山にテンションが上がる俺たち。

戦利品の中身はというと……、

『真銀蟹《ミスリルシェル》の甲殻』が十二個。

『真銀蟹《ミスリルシェル》の鋏』が二振り。

『超高級カニミソ』が六瓶。

『真銀蟹《ミスリルシェル》の魔石』が一個。

『ミスリルインゴット+』が十個。

『スピードベルト』が一本。

『珥加理青江《にっかりあおえ》』が一振り。

……だった。

『剥ぎ取り』したコユミの影響か単なる運かは不明だが、なんだかよさげな小太刀がドロップしている。

「お、コユミ。ラッキーだな、小太刀が出てるぞ」

「まって」

「ん？」

「ちゃんと、六等分するべき……」

図々しいのに変なところで義理堅いな。

「そうはいっても価値がわからないからな……」

「わたし一人じゃ絶対無理だった」

なんとも、頑固な奴だな。

もらえるものはもらっておけばいいのに。

ま、嫌いじゃないけどな。そういうの。

しかし、困ったな……。

「じゃあさ、じゃあさ。とりあえずさ、これ全部リョウちゃんが預かってさ、後で六人で山分けでいいんじゃない？」

ミックが、俺にウィンクを飛ばす。俺の性格をよく読み取ったいい提案だよ、まったく。

これまたウィンクがキマっててまた腹が立つけどな！

くそ、イケメンめ！

「じゃあ素材はギルドの工房で換金するとして、素材とかベルトもオークションボードで換金しちまっていいんだな？」

「それでいい」

コユミがうなずいて応える。

「わかった。じゃあちょっと休憩するか。俺は腹が減ってきた。昼飯食ってないんだよ」

「あれ？　自分の分は作らなかったのかい？」

レオナの指摘に俺は小さなため息とともにコユミを指さす。

「コイツが全部喰っちまった」

俺に指されたコユミは口元だけニヘラと笑ってごまかしていたが、それ、ごまかせてないからな……。

俺はバケツから釣り上げた魚――おそらく鮭の仲間――を取り出して、内臓《ワタ》を抜き、木の枝で作ったクシにブスブス刺していく。

じいさんとの地獄のサバイバル生活でこのへんは手慣れたものだ。

魚に手早く塩を振って、維持しておいた焚火の周りに少し距離をとって刺し立てる。

釣りたての魚はこれで食うのも、またうまい。

「手慣れたものだね？　これはスキルのアシストは……」

「ないな」

「キミ、スキルなんてなくても『レムシータ』で困らないんじゃないか？」

レオナが苦笑して俺を見る。

「リアルでできることはこっちでもできる。例えば【知識／ゲーム】がなくてもレオナは俺と『FATHER2～キークの強襲～』の話ができるようにな」

「確かにアレは名作だったね」

「だよな」

話をしていると、香ばしい匂いが徐々に強くなってくる。

「さぁ、メシにしよう」

「おなかへった」

「お前はまだ食うのかよ！」

そんな風ににぎやかな昼食をとって、俺たちは再び釣りとカニ狩りに勤しんだ。

そして太陽が大きく傾き始めたころに、ネルキドの街へと引き返したのだった。

◆　◆　◆

ネルキドの街は相変わらず初期装備のアバターであふれているが、個性に合わせた冒険装束を身にまとうアバターの数もかなり増えているようだ。

俺たちは冒険者通りを初期装備のアバターに交じって歩き、朝ぶりの冒険者ギルドに戻ってきた。相変わらず混みあってはいるが、昨日よりは幾分ましになったようにも思う。

「じゃあ、俺はモンスター工房に行って換金してくるから、ちょっと待っててくれ」

俺は冒険者ギルドのすぐ外にあるベンチにみんなを待たせて、冒険者ギルドに入る。

アパートメントでもよかったが、それではコユミが入れないからな。

そこは招待したり、パーティなら借りに入れるなり、システム的に何とかならないのかと思うが、『転移水晶』を使う以上は契約が必要になるのでいかんともしがたい。

歩きがてら、こっそり『カンパニーtell』で確認をとる。

「みんな提案なんだが……武器とベルト、これをコユミにやろうと思う。異議申し立ては『フレンド念話《ウィスパー》』で頼む」

カウンターに大量の鋼鉄蟹《スチールシェル》の甲殻を並べながら待つ。

工房長は「またお前か！　くそったれ！　これまた多いな！」と文句を垂れながらも甲殻を手際よく数えている。

「今回はこれで全部なんだろうな？　ああ？」

「あ、これも頼む」

数え終わってスペースが開いたカウンターに、真銀蟹《ミスリルシェル》の甲殻と鋏を『アイテムストレージ』から取り出して置く。

「こいつは……オメェ……やりやがったな⁉」

工房長が驚きの声をあげる。

珍しい素材なのは確かだろうが、そうも驚くべきものなのだろうか？

「おい！　討伐のぉ……！　依頼書のA13か14に真銀蟹《ミスリルシェル》があっただろ、アレもってこい。報酬いくらになってる⁉」

工房長が怒鳴りじみた声で職員を呼ぶと、見覚えのある女性職員が羊皮紙を一枚はためかせながら奥から走ってくる。

素晴らしい、いい縦揺れだ。レオナには及ばないものの、大変眼福……！

「てめぇ、ウチの娘に手だしたら討伐依頼だすからな」

「え、あの子、娘さんなの⁉　似てないな！」

「うるせぇ！」

自分の娘から羊皮紙をひったくった工房長は、ゴツイ手を俺の前に出す。

「持ってんだろ、魔石」

「ああ、これって討伐証だったのか。はい、どうぞ」

俺は『真銀蟹《ミスリルシェル》の魔石』をおっさんに手渡す。

何かしらのレア素材だと思ったので、今回は出さなかったのだが。

そうか、魔石系は討伐証代わりか。

「討伐報酬は金貨十二枚《一万二千ラカ》だ」

「やけに高いな」

「特別討伐依頼だからな。ウチのギルドじゃはじめての依頼達成だ」

いきなり大きな金額が懐に入ってきた。

金欠だって言ってたハルさんや、一攫千金を狙っていたコユミは喜びそうだ。

〝特別討伐依頼モンスター：真銀蟹《ミスリルシェル》の初討伐を達成しました。戦闘開始パーティのメンバーにゴールドカードパックが送付されました〟

と、視界の端にシステムメッセージ。

BPとは別にカードパックまでくれるとは……ボスってすごい。

今度から積極的に釣ってみよう。

ん？　ボスって釣るもんだっけ？

まぁいいや。

「他は？　もうないか？」

「ああ、これで換金分は全部だ」

仲間からの『フレンド念話《ウィスパー》』は結局なかった。

沈黙をもって肯定となそう。

工房長の金額提示をぼんやりと聞きながら、渡された六つの小袋をもって、俺は仲間の待つベンチへ向かった。

3：「ようこそ『アナハイム』へ」

「はい、これ」

ギルドの外のベンチエリア。

みんなの待つテーブルに合流した俺は、そういって俺は金《ラカ》の入った小袋を一つずつ手渡していく。

一人頭の報酬、金貨《ミチラカ》三枚を程よく銀貨に崩して詰めてある。

「うわ、なんか多くね？」

中身を確認したミックが驚きの声をあげる。

今回の報酬は、ここのところで一番の金額だからな。

「で、だ。厳正な審査の結果、これはコユミに渡すことになった」

そう言って、俺は預かっていた小太刀とベルトをコユミの前に置く。

両方とも希少な魔法の武具《マジックアイテム》なので高く売れるだろうが、逆に今後また手に入るとは限らない。

それに市場が出来上がっていない初期段階にあるこの状態で売ってしまうのは、些《いささ》か勿体ない気がするしな。

「うけとれない」

「頑固な奴だな」

俺たちは顔を見合わせて苦笑する。

コユミ本人は眠たげな顔の中にも、やや不満そうな雰囲気を醸《かも》し出しているが。

「じゃあコユミ、こうしよう。これは俺たちからのプレゼントだ。俺たちはこれを金に換えることを望んでないし、コユミに渡したいと思っている。いうなれば今日という日の記念だ。受け取ったコレをお前がどうするかは、お前が決めたらいい」

「む……そのいいかたは、ずるい」

「頑固が過ぎるからだ」

そう言って俺はコユミの頭をくしゃっと撫でる。

フワフワで大変触り心地がよろしい。

「さて、金の受け渡しも終わったし、コユミに武器も渡したし、あとはメシにしよう。懐《ふところ》もあったかいし、『踊るアヒル亭』で豪遊するか?」

「お、いいね！　賛成」

「いいですね！　私、今日こそは羊肉のステーキにします」

「リリーはいつも通りカラアゲなのです。カヤさん、『踊るアヒル亭』のカラアゲは絶品なのですよ！」

「コユミもそれでいいか?」

もりあがるメンバーに対して、コユミはきょとんとした顔を見せた。

表情筋が死んでるのかと思ったがそうでもなかったようだ。

「わたしもいっていいの？」

「なんだ、来ないつもりだったのか？　用事か？　ダイヴアウト《おてあらい》か？」

「ぜひ一緒においでよ。今日はボクらのおごりだよ？　払うのはデリカシーを欠いたリョウ君だけどね」

「……oh」

「いく。いっていいなら」

おどけた様子の俺たちに、一瞬ふわりと笑顔を見せたコユミがこくりとうなずく。

なんだ、ちゃんと笑えるんじゃないか。

「おう、一緒に行こう。メシはたくさんで食ったほうがうまいからな」

「でも、いったん着替えに戻りたいですね」

「あー、オレも。鎧脱ぎてぇ……」

ハルさんがミックの汚れた鎧を見て苦笑する。

みんな結構ボロボロだ。

鋼鉄蟹《スチールシェル》と連戦し、ボスの真銀蟹《ミスリルシェル》とまで戦ったのだから仕方あるまい。

「わたしも」

「じゃあいったん戻って、もう一回ここに集合な」

俺たちは各々《おのおの》部屋に戻り、着替えてさっきのベンチに再集合することとした。

時間的には夕食を取ってダイヴアウトすれば、現実世界《リアル》では昼前くらいのはずだ。

ダイヴ初日の〆としては、まずまずのタイミングだろう。

「もうそろそろ夜だってのににぎやかだな」

「夜の街はまだ歩いたことがないな。夜だけ開いてる店とかもあるんだろうか。ミック、今度どうだ？」

「夜遊びは感心しませんね、二人とも」

再び集合した俺たちは、連れ立って冒険者通りを歩く。

夕闇迫る冒険者通りは閉店準備を進める露店や店舗で慌ただしくなっており、そこに急ぎで飛び込む渡り歩く者《ウォーカーズ》もいてなかなかカオスだ。

「コユミちゃん、今度一緒に服を買いに行きませんか？　いいお店があるんですよ」

「おー……ぜひ」

「リリーも一緒に行くのです！」

俺の隣を歩くコユミは何ともざっくりしたシンプルな格好だ。

白い麻のチュニックに、白い麻のハーフパンツ。

サイズがあってないのか短めのワンピースみたいになっている。

初期装備でもここまでシンプルではなかった。

おそらく冒険者通りで買った部屋着だと思うが、うら若い女子が街をうろつくには、これではあんまりにも彩りに欠ける。

「そういやさ、今回受け取ったカードパックもう開けた？」

「いや、俺まだだな。次のダイヴの時の楽しみに置いとこうと思って」

「オレもそうしようかな。またトレードしたいし」

「そういえばボクは使ったことないんだけど『トレード掲示板』があるんだよね？」

「ネルキドにはなくて、『城塞《じょうさい》都市トロアナ』にあるみたいですよ」

『トロアナ』。

ここことは違う拠点都市か……。

今回のボス討伐で俺たちは千ポイント近いＢＰを取得している。

レベルアップもできるし、次はそこを目指してみるのもいいかもしれない。

新しい釣り場と料理が、俺を待っている……！

「あ、リョウ君がまた何かよくないことを考えてる」

「これは〝新しい釣り場と料理〟のことを考えてる顔ですね。間違いありません」

俺の考えは顔に表示されるようにでもなっているんだろうか？

「あ、見えてきたのです」

リリーが指さす先には、通りにまでテーブルを広げて営業する『踊るアヒル亭』。

外の机は立ち飲み用になっていて、仕事終わりの男たちがエール片手に騒いでいる。

「今日も大繁盛だな」

「カヤさん、ここはなんでも美味しいのです。特にカラアゲは絶品なのです」

「それ、さっきもきいたよ？」

「なのです！」

会話がかみ合ってるのかみ合ってないのか、とにかく二人とも楽しそうで何よりである。

リリーが同級生と話す場面なんて俺は見たことがないのでとても新鮮だ。

お友達がやけに無表情でも。

「そういえばカヤさんは『カンパニー』には入っているのです？」

「おいだされた……」

訪れる沈黙。

おいおい、今日まだサービス二日目だぞ。

カンパニー自体、『アナハイム』を含めて十にも満たないはずだが。

最初聞いたときは「ついていけなくて抜けた」のかと思っていたが、まさか追放したってのか……？

どこのカンパニーだ、そんな無責任で身勝手なことをやらかしたのは。

「『ｔｅａｍＧＡＮＯＮ』は廃《バカ》プレイできる渡り歩く者しかいらないって。わたしを誘ったルザールもかばってくれなかった。気が付いたらわたし、メンバーから外されてた……」

しょんぼりとするコユミの背中をリリーがさする。

「ルザール君は男の風上にも置けないのです」

「知り合いか？」

「リリーとカヤさんの同級生《クラスメート》なのです。正直言うと、リリーは少し苦手な人なのです」

どう苦手なのか。

ことと次第によっては、そのルザール君？　とやらに『矯正』が必要だな。

「リョウちゃん、リョウちゃん。殺気、もれてる。周りの人が落ち着かないからやめようぜ？」

『リョウちゃんの楽しい矯正教室』を特別無料体験してしまったミックが、冷や汗をたらしながら俺を現実に引き戻す。

「そういえば冒険者ギルドでよく叫んでたな。あいつらか」

『ｔｅａｍＧＡＮＯＮ』は冒険者ギルドで声高《こわだか》にメンバー募集を叫んでいた『カンパニー』だ。

まるで政治家の演説のような力強いトークと、先行攻略という甘い言葉が新人たちを惹きつけていたようだ。

ま、得てしてネットゲームにおける『先行攻略』というのは、現実世界《リアル》を犠牲にしたスピード勝負な訳なので、ついてこれない足手まといのメンバーを切ることはままある。『レムシータ』で同じことをやらかすとは思わなかったが。

「じゃあ、カヤさん、リリーたちのカンパニーに入るのです」

珍しく積極的なリリー。

その友達を気遣う姿……まさに熾天使《セラフ》のようだ。

はじめて二日間……こっち《レムシータ》では数日間だが、リリーはとてもポジティブになっている気がする。

何か大きな心境の変化でもあったのだろうか？

はっ……オトコの存在か……ッ!?

ブっころs……『矯正』……いや、ぜひ〝ご挨拶《あいさつ》〟せねば……な。

男同士の、挨拶といえば……当然、お互いどちらかが死ぬまで……。

「リョウちゃん！　リョウちゃん!?　殺気！　殺気もれてるって！　もうなんかいろいろヤバいから正気に戻ろ？」

「あ、ああ。すまん。俺の一方的勝利だった」

「何言ってんのッ!?」

リリーが裾《すそ》を引っ張って見上げてくる。

「リョウさん、いいのです？」

「コユミがいいなら大歓迎だ」

「……いいの？」

「歓迎するぜコユミちゃん！　ヒャッハー！　また美人が増えたぜー！」

「よかったですね、ミックさん《ミックさんは後で正座なのです》」

「コユミちゃん、ボクは歓迎するよ！」

「私も賛成です。それに春から同じ高校の仲間なんですよ？　遠慮なんかしなくて大丈夫ですよ！」

俺は『カンパニーリーダー権限』の項目からコユミにカンパニー加入申請を飛ばした。

コユミは無表情な顔に少しだけ笑顔を作って、何かに触れる仕草を見せる。

〝コユミ＝カヤが『アナハイム』所属となりました〟

システムメッセージがコユミのカンパニー加入を告げる。

カンパニーメンバー一覧の一番下に、コユミの名前が加えられたのを確認して、俺はコユミに向き直る。

俺は、コユミに笑って告げる。

宇宙《そら》で働く両親もそんな風に誰かを迎えたのだろうか？

これを言うのは初めてだから、なんだか少し緊張する。

「――ようこそ『アナハイム』へ」

「うん。よろしく、です」

まとまったところで、ミックがメニューを広げた。

「さぁ、リョウちゃんのおごりだし、遠慮なく食おうぜ！」

「ミック、お前も半分出すんだぞ」

「マジかよ……」

「全部出してくれてもいいんだが？」

「勘弁してよ、リョウちゃん……。ま、じゃあ今日は男二人のおごりってことで」

今日の冒険を振り返った話に花を咲かせつつ、俺たちは『踊るアヒル亭』で思う存分飲み食いした。

しかし、さすがに若さに任せた二十四時間ダイブは生身の肉体には堪えるらしい。

視界の端ではダイヴアウトを推奨する警告アラートが、やけに目立つ赤字で表示されている。

「そろそろいったんダイブアウトしないとか」

「リリーも警告が出ているのです」

それはいけない。

すぐにダイブアウトしないと。

「では、今日はこの辺りでお開きとしましょう」

「だね。ボクとしてはどこで強制切断されるかも試したいところだけど……ペナルティがあったら怖いし、おとなしくダイブアウトすることにするよ」

『踊るアヒル亭』を出て、冒険者ギルドに向かう。

道すがら、コユミとフレンド登録も済ませて、ギルドの転移水晶の前でその頭をくしゃりと撫でる。

「じゃあな、コユミ。また遊ぼう。もう無茶するんじゃないぞ」

「うん」

「ま、少し休んだらまたダイブインすると思うけどな」

「……いつ？」

「うーん、現実世界《リアル》で夕方くらいか？　少し休んだらまたこっち《レムシータ》に来るよ」

俺の言葉に、コユミが小さくうなずく。

「わかった。ダイブインしたら、連絡、ほしい」

「了解。じゃ、またな」

「ん。まってる」

別れ際、少し寂しそうにしたコユミと再会を約束して、俺たちはダイヴアウトした。

◆　◆　◆

……。

………。

…………。

「ぐ、まぶしい」

採光窓をふんだんに設置した我が家は、今日のように天気がいい日は部屋が非常に明るい。しかも二十四時間耐久ダイヴインの後の日光は、俺たちには眩しすぎた。

「目がッ！　目がぁぁぁ！」

ミックに至ってはマットの設置場所がまずかったのか、日差しの直撃を受けたようで、どこぞの大佐のようにのたうち回っている。三分間待った方がいいだろうか。

「みんな、もどったか？」

俺の声に各々から返事が返ってくる。

みんな、大丈夫そうだ。

「よし、お茶を入れるから待っててくれ」

俺は大きく伸びて体をほぐすと、キッチンでお茶を淹れ始める。

こういう時は、甘いお茶と甘い菓子だ。

……糖分！　摂らずにはいられないッ！

俺はアッサムティーに粗目《あらめ》のグラニュー糖をジャブジャブ入れてかき混ぜる。

見る人によっては行儀が悪いと言われようが、これが俺の大好きな甘い紅茶の作り方だ。

あと作って冷凍しておいたメープルクッキーをレンジに入れて温める。

ふんわりとした甘い匂いが立ち込めてくると、俺はいてもたってもいられなくなって、思わず取り出した直後のクッキーを口に放り込んだ。

よし、甘くて、うまい。

「あー！　リョウさんがつまみ食いしたのです！」

「ちゃんと温まってるか確認しただけだよ。うまい」

和やかなお茶の時間を挟んで、田嶋《たじま》姉弟《きょうだい》と玲央奈《れおな》は帰り支度を始める。

賑やかだった分、なんだか空寂しいキモチになってしまうのは俺だけだろうか？

「明日は登校日だぜー……ダルい。フケたい」

リビングで帰り支度を完了できない幹也《みきや》がぼやく。気持ちはわかる。

明日は午前中にミーティングと自主学習の時間があって、昼前に終わりだ。

この情報通信網が発達した社会で、授業もないのにわざわざ学校に出向く意味があるのかと問いたくはなる。

「気持ちはわかるがみっきー、午前で終わりだし我慢しようぜ。春《はる》さんがきっと許してくれない」

「当然です」

幹也の横で帰り支度を完了させた春さんが然り、といった風情でうなずく。

さすが春さんはマジメである。

「あ、竜司《りょうじ》君。服ありがとう。洗って返すのがスジなんだろうけど……」

「お、おお。気にしないでくれ」

廊下に立つ俺に、乾いた自分の服に着替えた玲央奈が玄関で申し訳なさげに声をかけてくる。

玲央奈は田嶋姉弟が自身の送迎の車を使って自宅まで送るそうだ。

昨日のやり取りがやり取りだ。通信《でんわ》を相乗りした春さんが出向いたほうが丸く収まるだろう、という意図もある。

家の前に黒塗り高級リムジンを停められる緊張はあるかもしれないが……。

しかし、そうか……！

あとで洗濯籠をあさりに――いや、洗濯物の量を確かめに行こう。

今日の家事当番は俺だからな。

洗濯機に入りきらない洗濯物を、そっと横によけるくらいは仕方ない。

それが俺の下着であれば、なお仕方がない。

それがたまたま玲央奈が着用していたものだって可能性は神にだって否定できないだろう。

……そうだろ？

俺は誰か《神》に見苦しい言い訳をしながら、聖遺物《おパンツ》の回収を画策する。

桐の箱にでも入れて保管し、末永く信仰の対象にせねばなるまい。

今なら玲央奈が素肌に着ていたTシャツだって無傷で回収できるはずだ！

「竜司くん、顔に出てますよ？」

ギクリ、として振り返ると、そこには帰り支度の準備万端な春さんが立っている。

後ろにいるのにどうして顔が見えるの……。

なんなの、全天周囲モニターなの……!?

「いや～……なんの～……コトかな」

俺は目を右往左往させながら考えをめぐらす。

「ごまかしたってムダです」

「oh……お代官様、お目こぼしを……」

「ダメです」

情に訴《うった》える作戦も能《あた》わず、俺は神聖なる衣《おパンツ》の回収を諦めざるを得なかった。

この様子だと、すでに聖遺物は全て回収され、洗濯《はかい》されているのだろう。

何せハルさんは、時々東雲《しののめ》家の家事を手伝ったりもするのだ、もう全て終わってる可能性が高い。

「何の話？」

玲央奈はやり取りを不思議そうに見ていたが。

さすがに「お前の履いていた俺の下着の話さ」などとは言えない。

「お待たせいたしました」

しばらくすると、我が家の前には黒塗りの高級リムジンが停められ、玄関チャイムが鳴らされた。

玄関にはピシっとスーツを着こんだ女性が直立しており、俺が扉を開けると、しっかりと頭を下げて挨拶をしてくる。

堅苦しいのは苦手だが、俺も軽く会釈《えしゃく》を返す。

「こんばんは、沢木《さわき》さん。先日はどうも」

「はい。楽しんでいただけているようで、運送を請け負った私としても嬉しい限りです」

沢木さんは田嶋姉弟専属のドライバー兼ボディガードだ。

『火器等特別所持および使用許可証』なんて仰々《ぎょうぎょう》しい名前の資格をもった元軍人であり、我が母の後輩でもある。

「お嬢様、お迎えに上がりました」

「ご苦労様、沢木。連絡した通り、一か所寄り道があります」

「はい、ルートは頭に入っています。お任せを。ぼっちゃん《バカ》はまだですか?」

この人の発する〝ぼっちゃん〟には、含まれた意味がある気がしてならない。

なぜだろう。

「ええ、すぐに……来ましたね。では、出発しましょう」

「はい、お任せを」

テキパキと車に荷物を詰め込み、春さんをエスコートする沢木さんは、『仕事ができる人』オーラが半端なくて実にカッコイイ。

胸も大きいし、脚もきれいだし、何よりあの腰のラインが……。

「東雲様、そういう視線はぜひお嬢さまへ向けてくださいませ」

……勘も鋭い。

さすが本物の戦場を経験している人は違う。

「沢木！　もう！」

顔を赤くしてふくれる春さんがとてもかわいい。

しかし、保護対象《ハルさん》にそういう視線が向けるのを事前に防止するのも沢木さんの仕事ではないだろうか。促してどうする。

「じゃ、オレら帰るわ。家着いたらまた連絡入れる」

「おう、こっちでは『フレンド念話』できないから注意しろよ」

幹也と拳を合わせて笑い合う。

「みなさん、また来てくださいなのです」

さゆりと一緒に三人を見送った俺は、振っていた手を引っ込めて扉を閉める。

この瞬間がたまらなく寂しい。

「竜司さん、ほら、行くのです」

妹《てんし》が廊下で手招きしている。いつもの光景だ。

こうしてさゆりが俺を気遣ってくれるのは今も昔も同じで変わらない。

「寝るか……ん？」

さゆりにおやすみと言って自室に戻ると、机の上には見慣れぬ紙袋。

小さなメモが、クリップしてある。

――『シャツだけですよ』

メモにはこんな風に書かれており、紙袋の中には俺の求めていた聖遺物が。

「おお……」

それを手にやや浮かれた気分でベッドに転がった俺は、すぐさま睡魔に襲われて、目を閉じた。

4：「これは浮気にならないの？」

翌日。

多少肌寒いが天気は良く、春の陽気を感じる日差しの中、俺はだらだらと徒歩で学校へ向かっている。

徒歩三十分という距離は些か面倒だが、普段通学に使っているモペッドは学校に置きっぱなしなので仕方がない。

昨日はあの後、再びダイヴインして釣りをしたり、釣ったカニを叩いたり、叩いたカニを食べたりした。レオナとコユミも一緒に、だ。

コユミとレオナはすぐに仲良くなったようで、ガールズ（？）トークに花を咲かせていた。

俺にもコユミはよくなついていて、無表情ながらもちょろちょろと周りを動き回るのが子犬みたいでなかなか可愛い。

コユミは表情に乏しいものの、何とも小動物的な愛らしさのある不思議な少女である。

田嶋姉弟は移動やら爺《じい》さんとのやりとりやらでさすがに疲れたのか、昨日はあの後のダイヴィンを控え、妹《さゆり》は夕食の後「今日は疲れたのです」とすぐに寝てしまった。

俺はというと、結局深夜までダイヴィンしてしまい、ただいま少し眠い。

自主学習の時間は適当な課題をでっちあげて、睡眠に充《あ》てようと思う。

「あれ、竜司君だ」

無気力に歩く俺の斜め後ろから、不意に聞き慣れた声がかかる。

「おはよう、玲央奈。今日も眼福だな」

「おはよう。……朝一番の挨拶なのになかなか澱《よど》みないよね」

「褒めるなよ。触っていいか？」

「褒めてないよ。誰もいないところなら」

……いいのか⁉

玲央奈は自転車通学だ。

家の方向はだいたい同じなのだが、普段は俺がモペッドで爆走する上にぎりぎりに登校するため、こうやって会うことは少ない。

そういえば、方向は一緒なのに一緒に帰ることもなかったな。

自転車を降りた玲央奈と並んで通学路を歩く。

植えられた桜並木がつぼみを大きくしており、もうじきここは満開の桜で埋め尽くされるだろう。

「そろそろ咲くねぇ」

「そうだな。咲いたらみんなで花見に来るか」

「いいね、ボクも花見弁当に挑戦してみようかな」

「負けないぞ！」

「いや、そこはボクの手料理を喜ぶ場面じゃないかなッ!?」

よもやま話をしながら、自分のことを好いてくれている女の子と歩く。

こういう青春イベントがあるならたまに歩いて登校するのも悪くないな。

「そういえば、昨日は楽しかったね。今日は帰ったらまたダイヴインするのかい？」

「その予定だ。こうもハマるとは予想外だった。だが、認めよう。『レムシータ・ブレイブス・オンライン』は面白い」

「えっちなこともできるしね」

ギクリとして固まってしまう。

「……」

「ちょっと、黙らないでよ！　話をふったボクが恥ずかしくなるだろう！」

「あぁ、すまん。でも往来で俺を前屈みにシフトさせようとしないでくれ……？」

顔を赤らめ「にゃあああぁ」と悶える玲央奈にはすごくかわいいが、俺は落ち着きを取り戻すために素数を数える。

素数とは一と自分の数字でしか割れない孤独な数字。

俺に冷静さを与えてくれる。

そうとも！

ヴァーチャルゲーム内で仲のいい同級生と一線を越えた後に告白されて、そのほぼ直後に親友の双子の姉で仲のいい友人からも気持ちを伝えられた上、ヴァーチャル内ではどっちに何回手を出してもいいハーレム展開なんて……よく、あるこt……、

――ねぇよ！

素数では俺の冷静さを保てないレベルでありえない。微粒子レベルですら存在しないであろう状況だよ！

俺は状況の非現実性に敗北し、往来で膝をついた。

「どうしたんだい？　ちょっと、竜司君？」

「……冷静さ《SAN値》が足りない」

ありえなさすぎる現状に一抹《いちまつ》の不安を感じつつも、俺たちは学校――『西門《せいもん》学園高校』へと到着する。

俺たちが在籍するこの『西門学園』は、由緒ある高大一貫校で、今時珍しいエスカレーター式の学校だ。

入るのはそれなりに難しい――正直、幹也《バカ》の入学は金の力を疑っている――学校だが、それなりの成績さえ維持しておけば付属の大学に進学できるので人気もある。

俺もそのまま大学はここに進学するつもりだ。生徒の半数以上は高校から大学までの七年間、ここに毎日通うことになる。

つまり、大学に入っても見知った顔が多い……ということである。

「しかし、この登校にいったい何の意味があるんだろうか」

「自主学習だけだから、確かにだれるね」

二人でため息をつきながら教室に向かう。ちなみにゲタ箱はない。

この学校は私服ＯＫだし、土足ＯＫだ。

それも人気の一つだが、俺のようなセンスが圧倒的に壊滅している平民は毎日着るものに難儀することとなる。

今は妹《さゆり》に選んでもらっているので大丈夫だが、今後のことを考えると自分でできるようにならないといけないな……。

「お、リョウちゃん、いたいた」

教室のある三階にあがるなり、幹也が俺に駆け寄ってきた。

朝から元気なことだ。

「お、幹也。おはようさん」

「おはよう、田嶋君」

幹也は小さく目配せすると、おもむろに俺の肩を組んで人気の少ない踊り場へ誘導した。

「……昨日、なんかした？」

なんだか少し深刻そうな雰囲気だから心配したが、『レムシータ・ブレイブス・オンライン』のことか。

お前もはまってるな！

「ああ、あの後はコユミと玲央奈と釣りをしていたが」

「ちがう、そうじゃない」

「じゃあ、なんだ？」

「昨日、リョウちゃんが吾月《あずき》ちゃんと腕組んでるの見たってヤツがチラホラいるんだよ。ウチの系列店……ティーズ電機でさ。それで心配して探してたら、一緒に登校とか……ヤバいだろ！」

「「ああー……」」

俺と玲央奈が同時に納得の声をあげる。俺も玲央奈もその辺のことは何も考えていなかった。

「ボクとしては、腕を組みながら教室に入ったっていいんだけど？」

「あくまで煽《あお》っていくスタイルなのッ⁉」

玲央奈はフフフっと不敵に笑う。

「カンベンしてよ。リョウちゃんに直接聞くのが怖いって、朝からオレに問い合わせが殺到中よ？」

俺に聞かれても確かに困るが、幹也に聞いても仕方ないだろう。

それに、怖いってなんだ！　怖いって！

こんな人畜無害な一般ピーポーだし、同じ教室の仲間だろ！

気軽に尋ねてこいよ！

でも、馬鹿正直に「ヴァーチャルでやらかした仲だよ！」……って答えたら刺されそう。

たぶん刺さんないけど。

「仕方ないなぁ。じゃあボクは先に教室に行ってるから」

玲央奈は苦笑すると小走りで教室へ向かった。

俺は、できれば正面からそれを凝視《みた》かったんだが。

「さ、オレらも行こうぜ。あと『吾月ちゃんファンクラブ』の敵対心《ヘイト》がストレスでマッハだから注意な」

「お前、盾役《タンク》なんだからちゃんとタゲひろって《ターゲットをそらし》くれよ」

「ここまでガチ固定されちゃうとさすがに、無理じゃね？　そう簡単に剥がせねーよ」

幹也ににべなく断られてしまったので、俺は腹を決めて教室へ向かう。

一クラス二十六人。

文部科学教育省の決めたクラスあたりの上限人数のほとんどの目が、教室に入った俺に集中した。

女子からの好奇の視線に、男子からの怨嗟《えんさ》の視線などなど……バリエーションに富んだ感情をはらんだ視線ががなかなか直接的に向けられてくる。

「おはよう」

俺はその圧力に負けじと自分の席――画鋲《がびょう》がすでに大量に設置されている――に向かう。

冗談みたいな量の画鋲を丁寧に取り除いて俺は椅子に座ると、ほどなくして担任の室岡《むろおか》先生が入ってくる。

「みなさん、おはようございます」

いつもにこやかな室岡先生は生徒から人気の先生で、すっかり薄くなった不毛の頭部から、『ムロピカ』なんて不名誉ながらも愛のこもった愛称で親しまれている。

俺が一年次に起こした『教室貫通事件』に関しても、笑って受け入れてくれるいい先生だ。

「チッ……！」

先生、イジメです……って伝えようかと思ったが、その先生が俺に向けて怨嗟の視線と共に舌打ちする。

「リョウちゃん、実はさ……」

室岡先生も『吾月ちゃんファンクラブ』の一員（会員ナンバー8）だと幹也が教えてくれたのは、針の筵《むしろ》のホームルームが終わってからだった。

◆　◆　◆

「……まいったよ」

俺は帰り支度をしながら幹也《バカ》にぼやいた。

自主学習の時間が終わり、校庭からは早々に部活動に汗を流す者たちの声が聞こえる。

あれから俺はずっとヒソヒソと何かしら言われ続け、軽くノイローゼなるところだった。

俺が玲央奈と仲良くすると何か問題でもあるのか？　と問いたい。

問い詰めたい。

小一時間ほど問い詰めたい。

しかし、そんなことをすれば、それが更なる誤解を招く諸刃《もろは》の剣《つるぎ》とわかっているので、俺はちゃっちゃと帰るために帰り支度をしているのである。俺と同じく渦中の人である玲央奈は、いつの間にか帰ってしまったようだ。

少し相談したかったが、現状それをこの噂渦巻く教室でするのも悪手《あくしゅ》か。

「まぁ、仕方ないんじゃね？　リョウちゃんは黙ってても悪目立ちする方だし」

「誰のせいだいだと思ってるんだ、バカヤロウ」

そもそも、このバカ《みきや》を矯正するために壁を殴りつけたのが悪評の発端だった気がする。伝統ある校舎の壁が老朽化《ろうきゅうか》していたのも、噂に拍車をかけたに違いない。

ちなみにこの校舎は二年前に新設された校舎で真新しい。俺が殴った部分だけが老朽化していたんだ。

……そうに違いない。

「竜司くん、私のクラスでも噂になっていますよ」

幹也を迎えに来た春さんが、苦笑交じりに報告してくれる。

隣のクラスでも、やはり俺と玲央奈が付き合ってるんじゃないかという噂でもちきりだったらしい。

実に高校生らしい話題で微笑ましいじゃないか。自分がその中心人物でさえなければ。

「春さん、俺は無実だ」

「裁判官がラップ口調で上告を棄却《ききゃく》するくらい有罪だと思いますよ？」

そんな裁判官はイヤだ。

「とにかく俺は帰る。早く帰って『レムシータ』で釣りをするんだ……カムバック・スローライフ。ハロー充実ライフ」

「釣りしかしてませんよねッ⁉」

春さんのツッコミは相変わらずキレとコクが違う。

おそらく糖質もゼロだ。

帰り支度を終え、心身が弱り切った俺の元に一通のメッセージが届く。

もしかすると玲央奈からかと思い、個人用携帯端末を展開して確認すると、差出人は知らない人だった。

「大住《おおすみ》……？　誰だろ？」

「あー……D組のヤツだよ。『五月ちゃんファンクラブ』会員ナンバー1。ボスだ、ボス」

ああ、例の狂信者集団のか。幹也は相変わらず情報通だな。

ていうか、なんでこいつらは俺のことを誘ってくれなかったんだろう？

俺だって玲央奈を愛でる仲間だろうに。

……ハッ！　まさか、これは加入を要請するお誘い《ラブコール》か？

「違うと思いますよ」

「やはりか」

春さん、心を読むのもほどほどにしてくれないかな……。

さすがに慣れてきたけど。

「で、なんて書いてあんの？」

「『吾月さんのことで話がある。部室棟の会議室へ一人で来るように』だってさ」

「どうしてこの人、命令口調なんでしょうね？」

「さぁ？」

いささか礼を欠いた文面である。

「どうすんの？　いくの？」

「うーむ」

幹也の問いに、俺は小さく唸る。

「どうしようかな。俺は早く帰って、ダイヴしたい」

「わかる」

「それに、こういう呼び出しって行くとトラブルになるよね？」

「わかる」

「釣りが、俺を待っている」

「わかんねぇ……」

「じゃあ、無視して帰りましょうか」

春さんの鶴の一声で、俺はこのメッセージをすっかり無視することに決め、教室を出た。

田嶋姉弟と一緒に教室を出て、モペッドがおいてある駐輪場まで一緒に行き、そこで別れるのがいつものパターンだ。

幹也と春さんは沢木さんが迎えに来てるからな。

「あれ？」

「お、竜司君。やっときたね」

駐輪場に向かうと、俺のモペッドのそばに見慣れた人影。

俺たちに気が付くと、軽く手を振ってくる。

「玲央奈、先に帰ったんじゃなかったのか」

「みんなの質問がちょっと過熱しすぎちゃってね。ボクはこっちに退散してたってワケさ」

「私のクラスでもその話でもちきりでしたし……私はまったく竜司くんと噂になりませんけどね」

春さんが唇を尖らせる。

可愛すぎて、うっかりその辺の自転車を破壊するところだった。

「もしかして俺たちを待ってた？」

「そうとも。こうやって現実世界《リアル》で同じクラスなのも、後ちょっとと思うと寂しくてね」

今週末から俺たちは春期休暇《はるやすみ》になる。

休みが明ければ、新学年。

……おそらくクラス替えもあるだろう。

「それにいま、教室は落ち着かないよ。みんなでモックスバーガー《ファーストフード》でもどうかな？」

「すまねぇ、吾月ちゃん。オレと春ねぇは今日ちょっと用事があってさ」

「ごめんなさい、玲央奈さん。また、誘ってくださいね」

「ありゃ、残念。お昼をみんなで食べて帰るっていうのは、いい案だと思ったんだけどなぁ」

玲央奈が少しションボリした顔をしている。

「竜司くんと食べて帰ったらいいじゃないですか」

「それって、抜け駆け禁止条例に……抵触しない？」

「用事があって断ったのは私ですし、今回は抜け駆けにはならないですよ？」

俺の意思とは無関係に話が進み……田嶋姉弟が手を振って立ち去った後、いつの間にか俺は昼食を玲央奈と食べて帰ることになっていた。

実に役得《やくとく》だとは思うが、俺の意見とか予定とかは完全に置き去りにされているのはどうなんだ。

「あはは、ごめんねぇ……勝手に話進めちゃって」

「妹《さゆり》には連絡を入れたから大丈夫だ。で、モックスバーガーがいいのか？」

玲央奈は「んー……」と小さく唸った後、ビシっと俺を指さして小さく笑う。

「竜司君との初デートだ。エスコートは任せるよ」

体のいい丸投げに苦笑しつつも、俺は西門市グルメマップを想起《そうき》する。

西門界隈《かいわい》の美味いものの全ては、俺の脳内に保管されているのだ。

「じゃあ……駅前にできた新しいイタリアン、あそこどうだ。一度は食べに行ってみたい」

「容赦なく自分チョイスだね？　でも初デートにイタメシ……丁度いいと思います！」

「オーケー、決定だ。駅前にモペッド停めるの面倒だし、歩いていくか。玲央奈はどうする？」

「ボクもそうするよ」

えへへーと笑った玲央奈が、腕を絡ませる。

華奢《きゃしゃ》な重み、柔らかな感触、甘い匂いが俺を支配していく。

女の子っていうのは、どうしてこうも俺を魅了してやまないのか。

もはや哲学といって差し支えないだろう。

……だろう？

「よ、よし見られないように行くぞ……」

「それはそれでヒドいセリフだな！　もっと堂々としてればいいんだよ。ボクらは現実では仲のいい友人で、ヴァーチャルではその……アレなんだからさ」

そこで言い澱んで赤くなる玲央奈。

最後までクールになれないのは、玲央奈の魅力の一つだよな、と俺はほっこりする。

「いいから、ほら行くよ！」

「お、おお。行こうか」

玲央奈とバカップルのような掛け合いをしながら堂々と校門を出て行く。遠くからこちらを見ている気配に気付いてはいたが、無視することに決めた。

誰かは知らんが、不躾《ぶしつけ》なことだ。だいたい、その視線には今日一日で慣れたしな。

◆　◆　◆

「……よし、行こう」

ネルキドの街に夜の帳《とばり》が降り、閑散としたネルキド市街地の北門広場に俺は立っている。

突撃羊《チャージシープ》を狩るために、ここから都市外へでる新人冒険者が多いため、日中は結構にぎわって露店なんかも出ているのだが、今は人影がほとんどない。

レオナは少し用事を終わらせてからダイヴインするとのことだったので、ある人気スポットで一人、夜釣りをしようと考えていた。

そこでは、なんでも『尾が光る魚』が釣れるらしい。じつに『レムシータ』らしいファンタジックな魚だ。

「……おにーさん、こんばんは」

意気揚々と町の外へ出ようとしていた俺を、妙にやる気なさげな声が呼び止めた。

振り返ると、ふわふわピンクの髪をぴょんぴょんと跳ねさせた小柄な影が小さく手を振っている。

「お、コユミ。ダイブインしてたのか。珍しいところで会うな……何してるんだ？」

「さんぽ」

最近フレンドになった妹《リリー》の同級生、コユミは俺にとって気楽な友人である。

釣り仲間だというだけで、その価値は推《お》して知るべしだ。

「おにーさんは？」

「俺はちょっと夜釣りに行こうと思ってな。ネルキド平原の先に『ホタル池』ってみんなが呼んでる水場があるだろ？　あそこで夜釣りを決め込むつもりだ」

正確な名前は思い出せないが、夜になったらぼんやり光ってきれいなその池は、『ホタル池』の愛称で親しまれている。

付近にセーフティエリアがあることから、野営の練習場所や夜釣りのポイントに最適であり、また恋人たちが愛を語らうムーディーなスポットとして、『レムシータ』で注目を浴びているのだ。

「ん。行こう」

コユミが閉じた北門を指さす。

冒険者限定だが、出るだけなら通用門を開いてくれるのがネルキドの常識だ。

ちなみに夜八時に門が閉まったら、翌五時までは開門しない。

外に出ていて、うっかり時間までに街に戻りそこなったら門の前で野宿が確定することになる。

警備上の問題からそうなっているらしい。

「ん？　コユミも行くのか？　俺はかまわないけど……妹《リリー》はいいのか？」

「リリちゃん、寝た」

「そうか、早いな」

「はやい」

俺は、コユミを伴《ともな》って通用門を出る。

これで死に戻りでもしない限りは、日が昇るまでネルキドには戻れない。

夜釣りの後はキャンプでもしようと決めていたので、さしたる問題はない。

「星がきれいだなー」

「うん」

今夜の天気は晴れ。

現実世界《リアル》ではなかなか見れない満天の星空が、どこまでも広がっている。

特に灯りを持って出てはいないが、平原は星明りのおかげで意外と明るい。

『ホタル池』までは三時間ほど歩かなければならないが、日中と違い、ネルキド平原の主だったモンスターはほとんど活動していないので、道行きは平和そのものだ。

たまにスケルトンやらコウモリやらの夜にしかいないモンスターと遭遇することもあるらしいが。

「コユミ、寒くないか？　マント出すか？」

「だいじょぶ」

コユミと話しながらネルキド平原のなだらかな草原地帯をただただ、歩く。

コユミは言葉少なめだが、こんな夜はそれがかえって落ち着いて心地いい。

「おにーさん」

「なんだ？」

「これは浮気にならないの？」

「ならない」

突拍子もないことを言い出すやつだな。

「……なぜ」

「コユミだから？」

少しムッとした雰囲気を醸し出すコユミ。

まだ知り合ってそう経っていないが、俺は少しずつコユミの〝表情〟が読み取れるようになっていた。

注意しないとわかりにくいが、からかうとちゃんと反応があって面白い。

ちなみに、こっち《レムシータ》でコユミは忍者プレイを目指しているらしく、スキル構成も【小太刀】、【回避】、【跳躍《ちょうやく》】、【投擲《とうてき》】とそれらしいのをセットしている。

【調薬】スキルもあるらしいので、今後は作った薬品で毒攻撃なんかも使っていくと意気込みはばっちりである。

それに、こう見えてコユミは実に優秀な前衛だ。

鋼鉄蟹《スチールシェル》こそ相性が悪かったものの、戦闘を見ていた限りではヒット&アウェイを主軸に置いた、堅実な戦い方をするスピードファイターで、ナイフの【投擲】を織り交ぜた戦闘は、映画みたいでかっこよかった。

本人も映画や忍者の動きを真似している、と言っていたしな。

「今日は、レオナもハルも、いない」

「ああ、二人ともいつぐらいにこっち《レムシータ》に来るんだろうな」

「また一緒に、BP稼ぎしたい」

「そうだな。ああ、でも昨日のでレベル上げたんだろ？」

ボス討伐による大量のBP取得に伴って、俺たちはレベルを2に引き上げた。

カードスロットが増えたので、使えるスキルも増えている。

「お、見えて来たぞ。キャンプ……なんだっけ？　まぁいいや、『ホタル池』だ」

この場所の正確な名前は『キャンプ・アラクルポンド』というらしい。

俺たちが『ホタル池』と呼ぶ、池のほとりにあるこのセーフティエリアは、ここを起点にさらに北上していくこともできるそうで、その先には『ポートセルム』という港町があるとのことだ。

海釣りは男のロマンである。異論は認める。

それはともかく、俺はその港町への行程の下見もかねて、今日ここに来ることにしたのだ。

……しかし、人気スポットと聞いていたが、今日はまったく人気がないな。

「誰もいないな。人気スポットと聞いていたんだが」

「ギルドニュース、みた？」

「何かあったっけ……？」

ギルドニュースは冒険者ギルドの発行する情報を取りまとめた新聞のようなものだ。

俺は普段新聞を読んだりしないし、俺のような釣り人にはあまり関係ないと思って今日も確認していない。

ハルさんによると特別報酬のついた討伐依頼や、緊急依頼などが載っていることが多く冒険者には必須だと言っていたが。

「これ」

コユミが紙を一枚取り出して俺に差し出し、一つの記事を指でつつく。

「なになに……？　夜間のネルキド平原に注意。ハイレベルモンスターによる被害続発。大型スケルトンの目撃多数報告あり。新米冒険者諸君は夜間ネルキド平原に出るのは極力避けましょう……？」

見たことがないな、そもそもスケルトン自体まだ一回も見たことがない。

「ボスモンスターか？」

「わかんない」

それで、こうも人気《ひとけ》がないのか。

確かにここに来る途中でも誰ともすれ違わなかったものな。

「ま、出会わずに済んで運がよかった。もしかしてそれで心配してついてきてくれたのか？」

「ん」

「コユミは優しいな」

俺はコユミの優しさに嬉しくなって、思わず頭をくしゃくしゃと撫でる。

嫌がらないので気軽に撫でくっているが、よくよく考えたら事案ものだ。

今後は気をつけよう。この触り心地はなかなか癖になりそうだし。

「せっかくだからお礼に夜食でも作るか。何が食いたい？」

「おにーさんの作るものならなんでも」

「何でもが一番困るんだけどな」

そんな夕食時のお母さんのようなコメントをぼやきつつ、俺は大型のバックパックを取り出す。

火は……しめた、まだ薪《まき》の残る焚火跡がある。

薪を拾わなくていいのは楽でいい。

ネルキド平原じゃ、薪を探すのも楽じゃないからな。

「じゃあ、さっとできるものにするか」

俺は仕入れておいた鶏肉と茄子《なす》、それににんにく一欠《ひとかけ》を取り出して、調理ナイフでさっと下ごしらえする。

肉と野菜は一口大にざっくりと切り、塩と香辛料で下味をつけておく。

キャンプ用のフライパンを取り出して火にかけて、新鮮な鶏の皮から油が出始めたらスライスしたにんにくを投入し、香りづけ。

材料に十分に火が通って、いい香りがして来たら、茹《ゆ》でた状態でストレージに保存したパスタ（これだけのためにアイテムストレージを圧迫するなんてとんでもない、とみんなに唖然《あぜん》とされた）を取り出し、フライパンに放り込む。

しばらくゆすって馴染めば、完成だ。

「よし、『草原地鶏《イクネコック》と茄子の香味パスタ』完成。あいにく唐辛子もオリーブオイルもないのでペペロンチーノとはいかないがな」

「おおー……！」

皿に盛ってコユミに差し出す。

こら、よだれ、よだれは拭きなさい。

「おいしい」

口いっぱいに頬張って、コユミは多めに作ったパスタを平らげていく。

いい食べっぷりだ。もしかして、現実世界《リアル》でも大食いなのだろうか。

「そりゃあ重畳。口から光が漏れたり、服が脱げたり、背景が変わりそうになったら教えてくれ」

「ぬぐ？」

「脱がなくていい」

やれやれ、親父の域にはまだまだ到達できないようだ。

あの人はマジにヘンな異次元の料理人だったからなぁ……。

昔を思い出しつつ、俺はパスタを肴《さかな》に果実酒を楽しむ。

「お酒？」

「この世界では特に禁止されていないからな」

こっち《レムシータ》での飲酒に年齢制限など在りはしない。

まぁ、俺は酒に合う料理、というものを研究するついでに現実世界《リアル》でもこっそり嗜《たしな》んだりはするが。

「わたしも」

「飲めるのか？」

「少し、味見してみたい」

うーん……ま、ヴァーチャルだし大丈夫だろう。

現実世界《リアル》同様、飲みすぎると『酩酊《めいてい》』のデバフがついてしまうが、現実世界《リアル》のようにアルコールによる成長などへの悪影響はないし。

「ま、現実世界《リアル》じゃないからな。現実世界《リアル》では絶対飲んじゃダメだぞ？」

そういって、俺は酒の入った水袋を差し出す。

「おー、さんきゅー」

水袋を恐る恐る傾け、コユミは人生初となる酒を口に含んだ。

「あまい」

「うまいか？」

「ん。これなら、飲めそう」

「飲みすぎるなよ？」

気に入ったらしく、コユミは俺と同じにパスタを肴に果実酒を楽しんでいるようだ。

今度こういう機会があったら、コユミの分も酒を詰めてくるか。

俺は、飲む酒がなくなったので黙々とパスタを食む。

自画自賛するわけじゃないが、こういうロケーションで食うものはどうしてこうも旨いんだろう。

「ごちそうさま」

「はい、お粗末さん。いい食いっぷりだったな。コユミは現実世界《リアル》でも食うほうなのか？　っと……現実世界《リアル》の話はマナー違反だった。すまん」

ネトゲにもマナーはある。

ＶＲになってもそれは変わらない。

リリーの同級生……という素性を知っているとはいえ、現実には会ったことのないコユミのリアルについて質問するのはマナー違反だろう。

「いい。わたしは、現実世界《リアル》では、あまり食べないほう」

「そうなのか」

「こっちでもそんなつもりない、けど……おにーさんの料理は、別腹？」

料理人冥利《みょうり》に尽きるね。

嬉しいことを言ってくれる。

「ま、腹減ったら何か作ってやるから遠慮なく言えよ」

「ありがと」

夜食で腹も膨れたので、俺は釣り支度を始める。

戻ってきたらすぐに仮眠がとれるように、テントももう設置してあるし、食事の後片付けも完了している。

準備万端だ。

「むぐー……」

立ち上がろうとする俺の背中にコユミがもたれかかってくる。

意外に大きいんだよなぁ。超柔らかい……最近の中学生は成長著《いちじる》しいね。

役得、役得。

……ではなく。

「どうした、コユミ」

「はい！　酔ってません！」

聞いてねーよ！

そのハキハキしたしゃべり方はなんだ。

もう完全に酔っ払いじゃないか。

「ささ、お兄さん。釣りに参りましょう！」

「何かキモチわるいよッ!?」

俺のツッコミが聞こえたのか聞こえなかったのか、コユミは釣り具片手にやけにしっかりした足取りで早足に『ホタル池』に向かっていく。

「おおーい、待て。ちょ、はやい」

俺は焦ってコユミの後を追う。

アクティブな酔っぱらいは手に負えないな、まったく。

5：「肉食系女子あらわる？」

「……さむい」

そりゃあ、この時期に池に落ちれば冷えもするだろう。

酔っぱらいの例にもれず、池のほとりについたコユミは竿を振る反動で足を滑らし、池に転落した。

それはもう盛大に。

「酔いはさめたか？　まったく、飲みすぎるなと言ったのに」

池に飛び込んでコユミを抱え上げた俺も寒い。

春先の夜はまだまだ冷えるし、池の水は氷みたいに冷たかった。

……と、いうことで、二人して引き返してきて震えてるわけだ。

「これに懲《こ》りたら飲みすぎないように注意しろよ」

「反省した」

あまり反省してなさそうな、シャキっとした返答。

反省だけならサルでもできるんだぞ、コユミ。

しかし、こいつはいつもずぶ濡れだな。

昨日もカニのせいで濡れてた気がする。

「とりあえず、服かせ。干しとくから」

「あい」

言うが早いか、その場でごそごそと脱ぎ始めるコユミ。

俺たち以外に人がいないとはいえ、思い切りがよすぎるだろう。

恥じらいとか、危機感とか、一体どこに置き忘れてきたんだい、キミは。

「コユミさんよ……せめて俺の見てないところで脱ぐとかはないのか」

「ない。だいじょぶ」

何がだろう？

「まぁいい。はいよ、これ被ってろ」

「ん」

俺は昨日のようにコユミをタオルでわしわしと拭き、毛布を取り出して羽織らせる。

「冷えるからテント入っとけ。ちゃんと髪もふいとけよ」

コユミをテントに促した俺は、焚火の前にキャンプスタンドをセッティングして、コユミの服を干す。本来は鍋なんかを吊るためのスタンドだが服だって吊れる。

「よし、完了っと」

あらかじめ焚火で湯を沸かしておいた小鍋に紅茶を放り込み、カップに注いでテントへ向かう。

「温かいの持ってきたぞ」

「ありがと」

毛布の隙間からちらちらのぞく肌色に視線を向けないようにしつつ、俺もテントに腰を下ろす。

「うまいか？　あったまったら横になっとけ。明日の朝になれば服も乾いてるだろうしな」

「おにーさんは？」

「俺はマントがあるから外で火の番だ。持ってきた毛布もそれ一枚だからな」

水場に行くというのに予備の服や毛布を持ってきていなかったのはミスだった。

本来予備だったはずの服は、昨日コユミに貸したままだったのですっかり忘れてたのだ。

「ごめん、釣りのじゃました」

しゅんとしたコユミがちょっぴり可愛らしい。

しおらしいところもあるじゃないか。

「気にすんな。こういうハプニングも楽しまないとな」

「うん」

コユミは返事をして立ち上がり、胡坐《あぐら》をかいた俺の上に腰を下ろす。

あまりに自然な動き過ぎて、反応できなかった。

忍者プレイを目指してるとは言っていたが、虚《きょ》をつく動作は群を抜いている。

俺がこうも簡単に制圧されるなんて……！

お前の前世は猫か何かか？

「ふう」

もたれかかったコユミの背中は、まだ少ししっとりしている。

「何をしてるのかな、コユミさん」

「はぷにんぐ？」

ここまで近くにいればわかる……まだ酒臭い。

顔に出てないだけで、実はまだ酔ってるな？

コユミから伝わる体温がほんのり温かくて、妙に落ち着く。

猫と同じに座られてしまえば押しのけることは不可能と悟った俺は、冷えないようにコユミが立

ち上がった時床に落ちてしまった毛布を手繰り寄せて、コユミに掛けた。

「こういう作為的《さくいてき》なハプニングは感心しないな」

「うれしくない？」

「役得だがあまりいい状況じゃないな」

「おにーさんは正直者だ」

何が楽しいのか、俺の顎《あご》に頭突きを食らわせるのはやめよう。痛くはないがこそばゆい。

それに髪から何かすごく甘くていい匂いがする。何かの香油だろうか。

意外と女らしい面もあるんだな。

「おにーさんはかっこいいね」

「褒めたって何も出ないぞ」

「おなか減った。肉食べたい」

「肉食系か」

「肉食系女子あらわる？」

「ええい、酔っぱらいめ」

コユミの頭をわしわしと撫でる。まだ少し濡れているので普段のふわふわ感はないが。

リリーはあまり俺に甘えてくれないが、甘え上手の妹ができたようで気分は悪くない。

「……。……」

しばらくそのままでいると、コユミが寝息を立て始める。

しまった、これマジで猫と同じ奴だ……。

起こすのもなんだか悪いし、迂闊《うかつ》に身動きもできない……。

そうこうするうちに、コユミにつられたのか俺にも睡魔が訪れる。

『睡眠不足』のデバフをつけたまま歩き回ったのはさすがに失敗だったか。

頭がクラクラする。

いつもより眠気がひどい気がするが、俺も酒に酔ったのか？

酒にはかなり強い方なはずなのだが。うーむ、こっちでは酒に弱いのかもしれない。

今度、限界は確認してみよう。

「……ん」

考え事をしているうちに、なんだか声が聞こえてきた。

「……さん」

「ん？」

「……おにーさん」

「お、おう……ふあぁ……」

「朝だよ。いい、お天気」

気が付くとすぐ近くにコユミの顔。

俺はテントで毛布とマントをかぶって横になっていた。

いつの間にか寝てしまっていたらしい。

『睡眠不足』のアイコンは消えているし、『風邪』のデバフもついてない。

「朝ごはん、つくった」

「お、さんきゅー」

「服、そこ」

俺の枕元には昨日乾かしておいたオーバーオールとシャツ、トランクスがきちんとたたまれて置かれている。

意外と家庭的なやつだな、などとまだはっきりしない頭でぼんやりと考えながら、服を着て、すっかり明るくなったテントの外へとでた。

「あー……なんかよく寝たはずなのにちょっとダルい気がする」

「よく寝てた」

コユミの作ってくれたスープを受け取りながら、俺はメニューを開いて時間を確認する。

現在時刻は朝の七時。時間は、あるな。

「せっかくだから、昼間の『ホタル池』で釣りを楽しんで帰るか」

「うん」

「今度は、落っこちるなよ」

「おにーさんのいじわる」

食事を食べ終えた俺たちは、さっそく釣りに出かけ、そこそこの釣果を得たのであった。

◆　◆　◆

さて、時刻は昼を過ぎたあたり。

羊狩りに精を出す初心者渡り歩く者《ウォーカーズ》であふれるネルキド平原を横断して帰ってきた俺とコユミは、『踊るアヒル亭』でレオナとリリーを加えて昼食をとっていた。

昼から俺以外の三人は『オーラン湖畔森林』でBP稼ぎをする予定らしい。

「俺はどうするかな。ちょっと遠出してみたいんだが……まぁ、これはミックとハルさんが来てからの方がいいな」

俺は店特製のコーヒーをすすりながら考える。

「こんどはどこへ行くつもりなのです？」

「北の港『ポートセルム』。海産物が手に入るだろうから、料理の幅が広がると思ってな。海釣りもできるし」

「どのくらいの距離なんだい？」

「ネルキドから歩いて、そうだな俺の足で四日くらいみたいだ」

「……とおい」

乗合馬車もあるが、今回も歩いて行こうと思う。

途中、『ホタル池』などのキャンプもあるし、小さな宿場町《しゅくばまち》だってあるみたいだ。

ゆっくりと『レムシータ』を堪能するのが俺のスローライフ道だからな。

「ボクもついて行きたいけど、確かにカンパニーメンバーが全員そろってからの方がいいかもね。特に、ミック君とハルさんは『城塞都市トロアナ』に行きたがっているみたいだし」

そっちも気になるんだよな。

噂によると、『城塞都市トロアナ』は、初心者を脱した渡り歩く者《ウォーカーズ》のホームタウンとして想定されているらしく、トロアナに到達することで開放される機能もいくつかあるのだ。

その代表が『トレードボード』と呼ばれる掲示板機能、そして『ダンジョン』である。

ネルキド周辺にもダンジョンは存在するが、強固な扉で封鎖され、触れると〝中に入るには許可が必要です〟とシステムメッセージが表示される。

つまり、俺たちが『レムシータ』を制限なく楽しもうと思えば、トロアナへの到達は必須なのだ。

しかし、トロアナはここから徒歩なら二週間ほどもかかる行程となる。

途中モンスターも出るだろうし、宿場町やセーフティエリアをきちんと把握しながら、長距離を歩く旅の知識が必要だ。

初心者冒険者を脱するための登竜門《とうりゅうもん》といったところか。

一応、歩かなくても乗合馬車を乗り継いで行くことだってできるが、それはそれで結構な金がかかる。

「『城塞都市トロアナ』か……。かなりデカい都市らしいし、いろいろ食材とか調理器具が買えそうだよな」

「ダンジョンとかは興味ないのかい？」

「ダンジョンは、そうだな。今のところあんまり」
まったく興味がないわけではないが、どちらかというとそれより新たな食材や料理との出会いの方が魅力的だ。
ちなみに、『城塞都市トロアナ』には『塔《とう》』と呼ばれるダンジョンがある、とブレイブスマニュアルに載っていた。なんでも、これを昇ったり降りたりすることで、船を使わずに別の大陸へと移動できるらしい。
ただ、その攻略難易度は非常に高いとのことで、別大陸への移動は時間はかかるものの、船の方が手堅いというのが多くの渡り歩く者《ウォーカーズ》の認識である。
[うぃ～ス。誰かいる?]
[お、ミック、来たか。いま『踊るアヒル亭』で飯食ってる。ハルさんは?]
[私もいま、ダイヴインしました。向かいますね]
[了解。待ってる]
俺がコーヒーをもう一杯注文し、レオナとコユミが追加注文したパフェにスプーンをつけるころ、ヴェイン姉弟が店に到着した。
「あ、ミーシャちゃんオレ、ランチAとカラアゲ」
「私はランチCとフレッシュジュースをお願いします」
席に座り、注文を取りにとんで来た小さな看板娘《ミーシャ》に手早く注文する。
「遅れちまってごめんな、ちょっと外せない用事があってよ」

「現実世界《リアル》優先は俺たちの約束だろ、気にするな。ああ、それで全員揃ったら相談しようと思っていたことがあるんだ」

俺はそう切り出して、今後の方針について意見を求めた。

「確かに、レベルも上がりましたし、少し慣れてきたので『城塞都市トロアナ』へ向かいたい気持ちはありますね……」

「ＢＰ稼ぎも向こうの方が効率よく稼げそうだしな」

「じゃ、準備ができたら『城塞都市トロアナ』へ向かうか」

俺は旅に必要な食料や水について考える。

最悪、水に関しては【湧水《わきみず》】を使えばどこでも確保できるし、食糧に関しても現地調達は可能だろうが、見積もりは必要だ。

「いいのです？」

「まぁ、ポートセルムは俺の趣味だしな。別に今すぐ行かなくてもいいし、『城塞都市トロアナ』についてからでも構わない。だいたい、この中でキャンプ経験あるのって俺だけだろ？」

大体そのために旅用品を購入したのだから、ここで俺がついて行かないとなるといろいろ本末転倒だ。

「で、どうするんだ。乗合馬車使うか徒歩かだけど。乗合馬車で行くなら結構金掛かるぞ」

「私は徒歩でも大丈夫です」

「ボクも。キャンプ、ちょっと楽しみだなぁ」

「リリーも問題ないのです」

「わたしも、だいじょぶ」

ミックは口いっぱいにしながら、黙ってサムズアップを送ってくる。

飲み込んでから返事してくれていいんだぞ、ミック。

「じゃあ、どうしようかな。準備、どのくらいかかりそうだ？」

「そうですね……今日一日あれば準備できると思います」

ハルさんの言葉に他のメンバーも各々うなずく。

「じゃあ、今日はしっかりと準備に使って、明日の朝に出発でいいか？」

「そうですね。行程としてはここまでは行きたいところです」

ハルさんが地図を取り出して広げる。すでにいくつか書き込みがあり、『城塞都市トロアナ』までの大まかなプランが記されている。

さすがハルさんだ。

「ええと、明日はこの『東アーリム宿場町』まで行きたいですね。ここなら、宿が取れるらしいので、野営の心配もしなくていいですし。ただし、ネルキドからは少し遠いのでペースを早くしないといけません」

広げた地図をなぞり、東に位置する宿場町を指す。

「ああ、そこなら知ってる。開門と同時にネルキドを出発した方がいいな」

「お、リョウちゃんが知ってるなんて意外だぜ」

「失敬な！　こうみえて、ちゃんと情報集してるんだぜ、俺は」

安全な路《みち》とか、距離とか、名物料理とか、美味しい食べ物とか、旬の素材とか……。

「食料はどのくらい準備すればいいんだい？」

「そっちは俺が何とかするから、大丈夫だ。着替えとか、野営用のマントとかその辺の個人的なものを用意してくれ。あ、水袋はもう一個くらい持ってた方がいいかもな」

必要なものをそれぞれ指示し、俺たちは『踊るアヒル亭』を後にした。

ネルキドを後にすれば、しばらくここの味ともお別れかと思うと少し切ない。

トロアナにはトロアナでうまい店があるんだろうが。

「では、行ってくるのです！」

「リリちゃん、いっしょにいこ」

「はいなのです。お揃いのマントを買うのです！」

「ミック、荷物持ちについていって。私とレオナさんは別の買い出しに出るから」

「了解。んじゃ、後でな。リョウちゃん」

「おう」

準備に走るみんなと別れた俺は、『アイテムストレージ』にある食料を確認し、『旅・冒険用品全般　マルハワ』に向かった。

店の扉をくぐると、相変わらず目つきの鋭いおっさんがニカっとわらう。

もう慣れた。

「おう、今日の用向きは？」

「保存食、売ってくれないか。とりあえず六人で一週間分」

「はいよ。炙《あぶ》って食ったらそれなりに食える干し肉と、どうやってもうまくねぇ堅パンでいいか？」

干し肉は、突撃羊《チャージシープ》の肉を燻製《くんせい》にしたもので、火であぶればそこそこ食えるし、塩でもふれば十分に食える。

堅パンは現実世界《リアル》でいうところの乾パンのようなもので、クッキーに近い触感の保存食だ。

……こっちは普通にまずい。

「ああ、それで頼むよ。あと、トロアナに向かうんだが何か用意しておいた方がいい物ってあるか？」

包んでもらいながら『城塞都市トロアナ』までの道のりのことを少し話したりして、俺は『旅・冒険用品全般　マルハワ』を後にした。

服も袋にひとまとめにしてアイテムストレージに入れてあるし、アイテムストレージの半分くらいは食材だ。道中、着替えや食事で困ることはないだろう。

「こっちの準備は終わった。アパートメントに戻っていったんダイブアウトする」

アパートメントの帰りにカンパニーtellで状況を報告しておく。

俺よりも、みんなの方が準備に手間取るだろう。何せ、俺はもともと、ある程度の旅を想定した道具を選んで持っていたが、他のメンバーはそうではないはずだからだ。

ハルさんは手堅く用意していたかもしれないが、ミックなどはきっと何も考えていなかったに違いない。

［リリーもそろそろ終わるのです］

［オーケー。現実世界《リアル》で、夕食を食ってくるから、各々こっちの時間《レムシータ》で朝六時までに睡眠も含めて完了しておいてくれ。リリー、メシ作って待ってるからな］

［はいなのです。すぐに戻るのです］

［了解。オレらも終わったら飯食ってくる］

［ボクはも少しかかりそうだ。時間の件は把握した］

［わかったー。また、あとで］

カンパニーｔｅｌｌを終了させた俺は、ダイヴアウトを実行する。

本格的な旅は、俺も含めて全員初めてである。

少し不安もあるが、こういうことは現実ではなかなかできない、という興奮もある。

実に楽しみだ。

俺は夕食のカレーを温めながら、この後のダイブインに期待を膨らませていた。

◆　◆　◆

午前五時すぎの冒険者ギルド前広場。

机付きのベンチに腰かけて、俺はコーヒーカップを傾けながらみんなを待っていた。

出発の準備はすべて終えている。メンバーが揃い次第東門を抜けて、後は街道沿いにずっと進めば、いずれは『城塞都市トロアナ』へ到着する。

……ハズだ。

俺は些か方向音痴なので、その辺はハルさんに任せてある。一本道の街道で迷うとは思えないが、念には念を入れておいた方がいいだろう。

心を落ち着けつつコーヒーを一口含む。

「ふう……うまい」

落ち着かなくて少々早起きしすぎてしまったが、こういう場所で嗜む朝の一杯はなかなかにオツなものだ。ちなみに、朝食はコユミも一緒にテーブルを囲もうと思って、全員分の朝食をバスケットに入れて持ってきている。

……こういう時、アパートメントが別なのは面倒だな。

いっそ、コユミも一緒に入れるアパートメントを再契約するのはどうだろうか。

コユミ次第だが、リリーも喜んでくれる気がする。

よし、合流したら聞いてみよう。

「……おい、あんた」

朝の優雅な一時を誰かが邪魔しようとしている気配を感じた。

しかし、よく考えると〝あんた〟が俺でない可能性もあるし、うっかり勘違いしたままそれに振り向くと恥ずかしい。

なので、俺はそれをさらっと聞き流して、コーヒーをもう一口流し込んだ。

深み、コクはもとより、この芳醇《ほうじゅん》な香り。

『踊るアヒル亭』の親父さんが焙煎《ばいせん》するコーヒー豆は最高だ。

現実世界《リアル》でもそうそうお目にかかれない……とても素晴らしいコーヒーである。

「何無視してるんだ！　あんただよ！」

どうも、やはり俺を呼んでいたようだ。

そもそも、このベンチエリアには俺しかいなかった。ははは。

「俺か？」

「あんた以外の誰がいるっていうんだ！」

そう怒るなよ。

短気な奴だな。

目の前にはウェーブがかった薄紫の髪をした少年A。

黒を基調にした鎖帷子《チェインメイル》に胸甲《ブレストプレート》、下衣は金属補強された硬革脚甲《ハードレザーグリーヴ》。

統一感が出ていて、なかなか恰好いい装備だ。

きっと性能もいいんだろう。

ミックもこのくらいいい装備にしないと、今後の戦闘で辛くなってくるかもしれないな。

「聞いているのか」

「ん？　いや、すまん。いい装備だな」

俺みたいにオーバーオールに革の胸甲《ブレストプレート》をつけているヤツに比べられるのもなんだろうけど。

「これはあんたみたいなエンジョイ勢《ヌルいヤツら》には手に入らないレベルのものだ。物欲しそうに見てんじゃやねぇよ」

「そうなのか。どこかで売ってるなら、うちの前衛にも同じものをと思ったんだがな。で、用向きは？」

話が脱線してしまった。主にはぐらかしてる俺が言うのもなんだが。

「コユミのことだ」

「コユミがどうかしたのか？」

「あんたとコユミがどういう関係かってことを聞いてるんだよ！」

すごい剣幕だな。

しかし、礼儀のなってないヤツだ。

「その質問をそっくりそのまま返すよ。名前も名乗らない、一方的に話す、初対面の人間をあんた呼ばわりした上に、敬語もまともに使えないようなガキを、俺はいつまで気を遣って相手しなくちゃいけないんだ？」

少年が顔を紅潮させてぐっと押し黙り、こちらを睨《にら》む。

「話は以上だ。素性もわからんような相手に根掘り葉掘り仲間のことを質問されて、それにいちいち答えるようなバカじゃないんでね」

「おれは……」

「あ、結構。……別に君の名前や素性が聞きたいわけじゃない。コユミの知り合いならコユミに直接聞いてくれ。知り合いでもないならうちの可愛い妹分に近寄るのはやめてもらおうか」

俺はうっすらと少年を威圧する。

人を睨む時はこうやってやるんだ、少年。殺気と闘気をのせて視線で語れ。

「俺はそろそろ約束の時間なんだ。これ以上は遠慮してくれると嬉しいかな」

暗に「失せろ」と示してみせる。

気圧されたのか、少年はそのまま踵《きびす》を返して朝のネルキドに消えた。

「フゥ！　カッコイーねぇ。おはよ、リョウちゃん」

「見てたなら助けろよ、イケメン《バカ》」

「彼、誰よ？」

「知らん。コユミの知り合いらしいが、礼儀がなってなさ過ぎてあまり興味もわかないな」

ミックに首を振って話しているとハルさんとリリーが冒険者ギルドから出てくる。

軽く手を振ると、すぐに気が付いた。

「おはようなのです。今日は外で朝ごはんなのです？」

「おはようございます、リョウくん。今日はおねがいしますね」

挨拶を交わし、食事を広げていると、レオナとコユミも集まってきた。

全員揃ったところで朝食がてら今日の行程と、目標を確認する。

魔物が出た時の対応や連携もある程度は考えておかないといけない。

「……以上だけど、質問ある人？」

「ボクは戦闘よりのスキル構成にしておけばいいのかな？」

レオナがメニューをいじりながら尋ねてくる。

「そうだな、魔法攻撃はかなり強力な制圧手段になるし、いつも通りのＢＰ稼ぎをする感じでセットしてくれればいいかな。モンスターが出る可能性は結構高いと思う」

「おっけーー！　真銀蟹《ミスリルシェル》ので手に入れたパックから引いた新魔法も使ってみたいし、戦闘系で組んじゃうよ」

「わたし、も」

そういえばコユミは有用なユニークを引いたと言っていたな。

忍者プレイに磨きがかかると喜んでいた気がする。

「向こう方面はモンスターレベル３以上も多いらしい。気を付けて行こう」

街道とはいえ、モンスターもでる。

特に『城塞都市トロアナ』へ向かう東の地域は、南の湖畔方面や北のネルキド平原と比べると危険なモンスターが出やすい傾向にあるらしい。

「そろそろ行こうか。あ、そういえばコユミ。朝方、お前の知り合いっぽいヤツにあったぞ」

「だれ？」

「こう、紫の髪で、わかめっぽい感じの軽い天然パーマの……」

「わすれていい」

ぶっちぎってきやがった。

まぁ、あの態度じゃ友好的な人間とは思えないし、コユミがそう言うなら今は気にしないで構わないだろう。

朝食とミーティングを終えた俺たちは、『水晶広場』から東門へ転移する。

こっち《レムシータ》に来て初めてくぐる東門を抜けると、朝焼けに照らされる東街道がどこまでも続いているのが見えた。

「じゃ、気を付けて行きますか」

俺の掛け声で、俺たちは『レムシータ』で初の旅路へ最初に一歩を踏み出した。

ここから約二週間。現実世界《リアル》ではまずしない、長距離を徒歩で行く旅にみんなやや緊張気味だ。

「ま、そう硬くならずに行こうぜ。四日目に到着予定の『コトルの街』には『転移水晶』もあるみたいだしさ」

そう、情報で二週間と聞いていたが、よくよく調べてみると何もまるまる二週間野宿する必要はなく、『転移水晶』のある街も途中で二か所あった。

宿場町と道中の小さな町を上手く使えば、完全に野営することになるタイミングはそう多くない。

それに、『コトルの街』は林業や鉱山のある街で、規模は小さいながらも冒険者ギルドがある。

コトルの街にさえつけばアパートメントに戻ることも、BPの消費さえ気にしなければ『転移水晶』でネルキドへ戻ることも可能だ。

なので、ハルさんはトロアナまでの行程をやや軌道修正した。

本日は東アーリム宿場町《キャンプ》で宿をとる。

一旦ダイブアウトし、現実世界《リアル》へ戻って食事などを済ませ、再度ダイブイン。

再出発して街道を行き、途中の『アーリム・コド』というセーフティエリアで野営を行う。

その翌日は、また次のセーフティエリアを目指して早めに休憩を取り、そこを出たらある程度強行軍で『コトルの街』へという流れにした。

これで、約三割程度進んだことになる。

本当は土日などを利用して一気に移動してしまいたいが、これはこれでゆっくり進んでいく感じがあって楽しそうだ。

うちの爺さんなら空飛んで二日くらいでつきそうだが、あいにく普通の人間な俺やみんなは歩いていくしかない。

「こちらに出るのは初めてですね」

「楽しみなのです」

なだらかな道を友人たちと話しながら歩くというのは、何とも楽しい。

普段からあまり俺は周囲とコミュニケーションをとらない《とれない》からな……。

休憩を挟みながら五時間ほども歩き、そろそろ昼飯にでもと思ったその時、登り終えた小高い丘から見下ろす先で、戦闘が行われているのが見えた。

「あれ、やばくね？」

「ああ、よくないな。押されてるようだ」

三人の渡り歩く者《ウォーカーズ》が大きな人型モンスターから荷馬車を守るように戦っている。

おっと、見てるうちにひとりが強かに打ち付けられ、二人に減った。

「あのモンスターは初めて見るのです」

「どれどれ……トロル、だな」

【動植物知識】によるアシストで、俺の脳裏には『トロル』という名称が想起される。

ああ、ムー〇ンのモデルになったたっていうアレか。

確かに灰色のくすんだ皮膚《ひふ》といい、やや獣に似た相貌《そうぼう》といい、尻尾といい、アレにどこか似てはいるが些か大きく、多分に醜《みにく》い。

武器は手に持った丸太。

「……丸太は吸血鬼と戦うためのメインウェポンだろ！」

「リョウ君、いまそれにツッコんでる余裕ないからね！」

走り出しながら、きちんとツッコミを入れていくレオナ。

乱戦中では俺も【投擲】は使えない。

「リョウちゃん、行くぜ」

「おう」

とにかく、救援するべきだな。

みんなより少し遅れて、俺も丘をかけだした。

すでに劣勢なのだ、もたもたしていると全滅してしまう。

「リョウちゃん、増援《add》！」

駆け寄る途中、ミックが抜き放った剣の切っ先で、街道に沿って広がる森の一方向を指し示す。

見ると、三メートルはある灰色の人影が、のっしのっしと木々をかき分けて三体現れた。

彼我《ひが》の距離は五十メートルほど。

「ミックは馬車の援護に。俺はあっちを止めてくる！」

そう叫んで、新たに現れたトロルに俺は加速する。

横を並走《へいそう》するのはコユミだ。

さて、トロルのモンスターレベルはいくつだ？

俺たちの手に負える相手か……？

まぁ、やってみればわかる。多分大丈夫だろうとはおもうが。

「【サイドワインダー】なのですッ！」

走る俺の隣を、高速の矢が赤い軌跡を残しながら通過していく。

それは一体のトロルの右膝に着弾し、半ば吹き飛ばした。

撃たれたトロルはバランスを失って、前のめりに転倒する。

「トドメだよ！」

そこに、レオナが新魔法〈ライトニング・ボルト〉で追撃を撃ち込む。

トロルはしばらく電撃で黒焦げになった体を痙攣《けいれん》させていたが、すぐにその動きを止めた。

遠隔組が仕事をしてくれた……なら、残りは俺とコユミの獲物だな。

俺は走りながら、腰に提げていた片手斧《おの》（枝を払ったりするのに便利だ）をトロルに向かって【投擲】する。

「チッ……もうちょい、右だったか」

首を狙ったそれはやや的を外れ、丸太を持った右腕を肩から切り落とす。

俺は舌打ちすると、ダッシュの勢いそのままに跳躍して、トロルの顎に蹴りを浴びせる。

壊れたおもちゃのように、有り得ない角度に首を仰け反らせたトロルはそのまま仰向けに倒れた。

コユミを見やると、こちらもそろそろカタが着きそうだ。

中距離から数本のナイフをトロルの目に【投擲】したコユミは、ひるんだトロルの背後に無駄のない動きで回り込む。

そして、跳躍。次の瞬間にはトロルの首が珥加理青江《コユミのこだち》によって寸断されていた。

コユミさん、マジ忍者。

「いぇーい」

……首とったどー、みたいなピースはやめなさい。

お前は薩摩の武者か何かか。

「ミックたちのフォローに回るぞ……っと」

ミックたちはすでにトロルを仕留めたようで、こちらに向かって手を振っていた。

俺はほっと息を吐きだし、件の馬車に駆け寄った。

馬車には二人の渡り歩く者《ウォーカーズ》が肩で息をしながら、項垂《うなだ》れていた。

一人は腰から剣を提げていて、もう一人は槍を携えている。

二人とも駆け出しっぽい安物の硬革鎧《ハードレザー》を着込んでいて、肩当には赤い竜の装飾《デカール》が貼られていた。

どこかで見たな、これ。

「大丈夫か？」

「俺たちは、なんとか。でも三人やられて……」

一匹のトロルに三人戦闘不能《おとされた》って、大丈夫か、こいつら。

確かにタフではあったが、連携をきちんとすればレベルが1でも倒せない相手じゃないはずだ。

「まぁ、とにかくまだネルキドが近いし、引き返したらどうだ？」

「……それはできない」

妙に頑固だな。

「コイツをどこまで運ぶのか知らないが、今の様子じゃ二人でこの先には行けないだろ？」

荷馬車には雑多な物資が山積みになっている。

完全に積載《せきさい》オーバーだ。

「そ、そうだ、アンタたち護衛してくれよ！　強いんだろ？」

剣を持った方が泣き声に近い声を出す。

さて、どうするか。

この積載量だ。いくら馬で引っ張っていても鈍歩になるのは間違いない。

俺たちの想定よりずいぶんと遅くなってしまうだろう。

さらにこの二人は完全に足手まといになる。

今しがたのトロルに後れを取るようじゃ、この先、何かしら手強い奴が出てきたときに、そのカバーをしなくてはいけなくなる。

それは、俺たちのリスクを跳ね上げる可能性が非常に高い。

戦場でリスクとなるのは何も敵だけではない。無能な味方というのは往々にして、戦場で猛威《もうい》を振るうのだ。

「ちょっと俺たちだけで相談させてくれ」

俺はそう返答すると、仲間たちを少し離れた場所に促し、円陣を組んだ。

「俺は断ろうと思うが、どうだ」

開口一番、俺はそう切り出した。

「助けないのです?」

「ちょっとかわいそうじゃないかな?」

と、リリーとレオナ。

優しい……天使や……。

「オレはリョウちゃんに賛成。あの動きじゃこの先ツライぜ、あれは。突撃羊《チャージシープ》だってまともに戦えるかも怪しい」

ミックにそこまで言わせるとは相当だったようだな。

「私もリョウくんに賛成です。私たちもこの地域は初めてですし、あの二人をカバーしながら行くというのは得策ではありませんね……。それにあの荷物の量。護衛するなら今日は東アーリム宿場町《キャンプ》へ到着するのは難しいでしょう」

俺と同じ見解。

ハルさんはよく現状が見えている。

「コユミは？」

「放置でいい思う」

意外とハッキリと放たれた、辛らつな意見に少し驚く。

結局、ハルさんの説明を聞いて納得がいったのか、レオナもリリーも護衛を引き受けないことに賛成した。

俺は荷馬車の二人に近づき、断る旨《むね》を伝える。

一応リーダーだからな、こういう時は矢面に立たないと。

「な、なんでだよ！　あれだけ強いなら護衛なんて余裕だろ！」

「そ、そうだ！　報酬か？　金ならコトルの街につけば、まとまった金を出してもらえるようにリーダーに頼むからさ」

報酬にしても今から交渉で、労働力先払いで、しかもコトルまで？

いくらなんでも、それは甘えすぎだろう。

「悪い、俺たちこう見えて急いでるんだ。無理に強行軍するのはやめて、引き返すことをオススメする」

「ま、待て！　待ってくれよ！　もし、依頼を完遂できたらウチのカンパニーに入れるように話を通してもいい！」

「どこのカンパニーか知らないが、俺はカンパニーリーダーだ。余所になんか行けるかよ」

「『ｔｅａｍＧＡＮＯＮ』だぞ、俺らは！　ここで俺の話を聞いておけばと、絶対に後悔することになるぞ！」

「あー……今の聞いて完ッ全に断る気になったわ……」

コユミの態度にも納得がいった。

コユミを追い出すような人でなしカンパニーのメンバーが、規模を笠に着て俺を恫喝《どうかつ》とは恐れ入る。

「最初からそう言ってくれれば、断りやすかったのに。すまんが話はこれで終わりだ。気を付けて戻れよ」

「くそ！　クソォ！　お前らのことは上に報告するからな！」

「好きにしろよ」

助けられておいて、そんな薄ら面白いセリフが言えるなら、まあ、元気なんだろう。

渡り歩く者《ウォーカーズ》を残し、俺は踵を返して手を軽く一振りして仲間たちに終ったことを知らせる。

「さぁ、行こうか」

「恩知らずで恥知らずなのです。放っておくのです」

「ま、きっと事情があるんだろうさ。それより腹減ったなぁ……」

昼食を食いそびれてしまった。

少し離れてからとることにしよう。しかし、さすがにあの雰囲気の中、弁当を広げる気にならなかったので、一時間ほど歩き、少し開けたような場所があったので、俺たちはそこで昼食をとることに決めた。

弁当の中身は、白パン、草原地鶏《イクネコック》の香草焼き。

それにアイテムストレージで時間停止したスープを鍋ごと取り出した。

「リョウ君はやることが相変わらず豪快だね……」

「褒めるなよ」

「それよりも、あとどのくらいよ。オレっちは疲れてきた」

「そうだな……いまで六時間くらい歩いてるから、あと四時間くらいか」

実際のところは、さっきので少し遅れているのでもう少しかかると思うが。

「現実世界《リアル》でちょうど日付が変わるくらいですから、今日は東アーリム宿場町《キャンプ》に着いたらすぐダイブアウトですね」

昼食後のお茶をすすりつつ、ハルさんと地図を確認する。

距離的には、もう半分を越しているはずだ。

その後、空が茜色《あかね》に染まるころ、何とか俺たちは東アーリム宿場町《キャンプ》へ到着することができた。

６：「その冒険はハイリスクじゃねぇかッ!?」

「ただいまー」

「おかえりなのです」

「……おかえり」

「ん？」

高二の締めくくりとなる終業式を終え、退屈なミーティングをうつらうつらとやり過ごし、関係の薄いクラスメートたちとの最後の挨拶もそこそこに自宅へ帰ると、昼食の準備をしているらしい妹《さゆり》に交じって妙に聞き慣れた声。

「竜司さん、さゆりのお友達が来ているのです」

「ああ、コユミか？」

「なのです」

それでちょっと機嫌がよさそうなのか。

今まで家に友達を連れてくることなんてなかったから、お兄ちゃんちょっとびっくりしたよ。

「……や」

コタツ――そろそろしまわないといけない時期だ――に見知らぬ、いや見知った眠たそうな顔の少女が座っている。

「おにーさん、こんにちは」

「いらっしゃい、えーとコユミ？」

「うん」

「うん、じゃないのです。こちらは賀谷由美子《かやゆみこ》さん。コユミちゃんの中の人なのです」

「『中の人などいない！』」

完璧なハーモニクス。

シンクロニティ状態になってもおかしくないほどだ。

「仲がよろしくて結構なのです。幹也さんたちと玲央奈さんは今日、来られるのです？」

「ああ、三人とも準備ができ次第にこっちへ来れるみたいだ。玲央奈は春さんが迎えに行ってくれるらしい。昼飯の準備、手伝おうか？」

「大丈夫なのです。だって、本日はタコパなのです！　すぐに準備できるのです」

機嫌よさげに弾んだ声のさゆり。

コユミ……賀谷さんか、が家に来てくれたのがよっぽどうれしいんだな。

そういえば、さゆりの友人が家に来るなんて初めてじゃないか？

俺もしっかりと賀谷さんを接待しないとな。

「賀谷さんは家どのへん？　帰りとか大丈夫なのか？」

「おにーさん。わたし、ゆみこ……」

ゲーム内では「コユミ」と呼んでいるので確かに名字、さん呼びは違和感がある。

違和感はあるが、そこはそこ。ゲームと現実の区別はきちんとつけるべきではないだろうか。

「賀谷さ」

「ゆみこ」

妙なところで頑固なのはなるほど、コユミなのだろうと確信させる。

「……由美子さんは」

「ゆみこ」

よし、俺の負けだ。

諦めよう。

「……由美子は帰りとか大丈夫なのか」

「今日は泊まってくると、言ってある」

「そうなのか?」

「ん。だいじょぶ」

まぁ、田嶋姉弟も玲央奈も今日は我が家に宿泊予定だ。

『ドキッ！　ぶっ続けの『レムシータ』ライフin東雲家』を開催する。

今度は田嶋家に招待しよう、と幹也と春さんは提案したが、メイドさんが常時うろうろするような屋敷だと俺のような庶民は落ち着かない。

そのため、開催地を我が家とすることにした。それに由美子もこのまま参加することができるので、結果的にはこれでよかったと思える。

「今日はおうちもフルパーティなのです！」

妹《てんし》がご満悦であるなら、俺もうれしい。

三人で雑談（主に『レムシータ』での今後の行程や、スキル構成、『城塞都市トロアナ』についてからの予定など）をしていると、キンコーンとチャイムが鳴る。

「俺が出るよ」

おそらく、幹也たちが到着したんだろう。

もしかすると宅配便かもしれないが。モニターをつけて主を確認する。

「はい、どちらさま？」

しかし、モニターには幹也たちの姿どころか、人影は映し出されていない。

代わりに、しばらくすると門扉の前にゆっくりと走ってきて停車する、黒塗りリムジンが映し出される。

ん？

チャイムを押したのは幹也たちではないのか？

俺は疑問を抱えつつ玄関扉を開けて、俺は三人を出迎えるために門扉《もんぴ》まで歩く。

「よぉ！　きたぜー、リョウちゃん」

「今日もお世話になります。竜司くん」

「よろしくね、竜司君。あ、ボクら途中でケーキ買ってきたよ」

「お嬢様たちをよろしくお願いします」

とくに変わった様子はない。

いや、沢木さんは何か変わった機器を持っているが。

「なぁ、チャイム押した？」

「いや？　押してないぜ」

俺の疑問に幹也が答える。

幹也《バカ》のこの間抜けな顔は絶対に嘘を言ってない顔だ。

汗を舐《な》めなくたってわかる。

「いまチャイムが鳴ったんだが、誰もいなくてな……」

「幽霊じゃね？」

「やめてよ！　ボク、ホラーは苦手なんだ」

〝ゾンビやクリーチャーは大丈夫〟で、〝幽霊はダメ〟って基準が俺にはわからないが、レオナは怪奇現象が嫌いらしい。

「おそらく悪戯《いたずら》の類《たぐい》ではないかと。私《わたくし》は走り去る人影を少しだけ視認いたしました。追跡調査及び捕縛、あるいは殲滅しますか？　発砲の許可を頂ければ今すぐにでも」

「平和な西門台を血と硝煙《しょうえん》の匂いで彩るのはよしてくれないかな」

戦場で華々しい戦果を挙げた元軍人さんは、いろいろと思考が飛躍していて時々びっくりする。

「拳銃を以《もっ》てしても制圧できない御仁もいますので、油断はできませんよ」

と、俺に流し目。

「そ、それはともかく……昼飯にしようぜ妹《さゆり》が待ってる。今日はゲストもいるから。沢木さん、この件はキモチだけ受け取っておくよ。ピンポンダッシュくらい、誰だって経験あるだろ？」

今日は周囲の学校が軒並み終業式をする日だ。

春休みに、あるいは卒業に浮かれた子供が悪戯をして回ったっておかしくはないだろう。

「ねーな」

「ないですね」

「ボクもない」

思いのほかマジメな三人に、カルチャーショック《ヤック・デカルチャ！》を受けながら、家に促す。

ちなみに沢木さんだけが「私《わたくし》はあります」と手を挙げてくれていた。

家に戻ろうとする俺を、沢木さんが呼び止める。

「会長からの指示で、こちらの機器を東雲様のお宅に設置したいのですがよろしいでしょうか？」

と、十本ほどの四角い棒――メカニカルな角材みたいだ――を示して見せた。

「これは？」

「『フトゥレ』の周辺機器で、ダイヴ使用時の警備上の問題を解決《クリア》する手段の一つとして、現在弊社で開発が進んでいるものです。『フトゥレ』と連動して、家屋に異常を感知した時に自動でダイブアウトさせる機能があります」

確かに、全員でダイブしてしまうと家の中が無防備になってしまう。

一応、警備会社と連動した検知アラームが玄関扉や窓には設置してあり、ダイブの際はＯＮにしているが、だからと言って警備会社がすぐに来てくれるわけではないからな。

「それはすごいですね。でもお高いんでしょう？」

「いえいえ、設置も込みで無料になります」

「えぇ？　そんなにしてもらって大丈夫なんですか？」

「はい、決して損はさせません」

「茶番はそのへんにしておかないと、時間がなくなってしまいますよ」

扉から顔だけ出した春さんが、ジト目でこちらを見ている。

「申し訳ありません、お嬢様。東雲様がネタを拾ってほしそうにしていらっしゃったので」

「付き合わせてすいませんね……じゃあ、ソレ、頼もうかな。俺に手伝えることあります？」

ここは田嶋会長の厚意に甘えておこう。

俺と幹也はともかく、女の子《てんし》たちの安全確保は十分にしないといけないしな。

「いえ、大丈夫です。設置後、東雲様の『フトゥレ』と同期を行いますので、お宅にお邪魔させていただいてもよろしいでしょうか？」

「そういうことなら、車は駐車場にとめてもらったほうがいいかな。わかります？」

「はい」

「じゃあ、よろしくお願いします」

沢木さんは頭を下げると、沢木さんは颯爽《さっそう》と大型の高級リムジンを運転し、ピッタリと我が家の駐車場に停めた。

さすがに「戦車も運転できますよ」なんて言えちゃう人は車の運転も上手い。

「では、失礼して」

さっそく敷地の端で作業を始めた沢木さんを見ながら、その仕事ぶりに感心する。

働き者でしっかりした美人さんだ。

自由奔放《ほんぽう》に暴虐《ぼうぎゃく》と悪逆《あくぎゃく》を絶妙にミックスした母の後輩とは思えない。

「じゃあ、後で。お茶、入れておきますね」

「恐縮です」

俺は作業を続ける沢木さんに会釈すると、家の中に戻った。


「でさでさ、今日中に『城塞都市トロアナ』に到着できる目算だけど、ついたらどうすんの？」

幹也《バカ》が竹串で器用にたこ焼きを回しながら質問する。

最初はさゆりがやっていたのだが、上手くひっくり返すことができず、四苦八苦しているところを、見かねた春さんが興味本位でやってみるも、極めて無残な結果に終わり、意気消沈してるところに俺と幹也が参戦し、今に至る。

ちなみに当然ながら、ハルさんのその様を見て爆笑した幹也《バカ》に、鉄拳の制裁が速やかに下ったことは言うまでもない。

「そうだな、俺は機能解放したらネルキド北の『ポートセルム』へ向かおうと思っている。料理のレパートリーを増やしたいからな」

俺は焼きあがった三十個のたこ焼きを各皿にとりわけながら答える。

皿は全部で七皿なので一皿四個だ。

余った二個は、適当に由美子とさゆりの皿に1つずつ入れる。

それを見た玲央奈と春さんがほんの一瞬むっとした空気を出したので、次周はこの二人に入れよう。

たこ焼きともなると二人とも食い気が出るのだろうか？

「沢木さん、遠慮しないで食べてよ？」

「はい、頂いています」

皿が七つの理由は田嶋姉弟のボディガード兼運転手の沢木さんが食事に参加しているからだ。

件の防犯装置は設置後、俺とさゆりの『フトゥレ』に同期を行い、動作を確認した。

きちんと警告アラートが出て、緊急ダイブアウトが行われたことを確認した沢木さんはすぐに帰ろうとしたが、それを俺が引き留めたのだ。

……この人、どうせ一晩中家の近くで警戒に当たるんだから、家にいてもらった方がこっちも精神衛生上よろしい。

大企業『タジマコーポレーション』の子供たちを守る、常識外れに強力なボディガードである沢木礼子《れいこ》が、怪しい影を見た後で「悪戯かもしれない」なんて楽観的観測で状況を放っておくわけがないのだ。

気にするなと言っても、たぶん納得などしていないハズだ。

おそらく明日、田嶋姉弟が帰るまで警戒監視を続行し、問題があれば問題の排除を行うだろう。

それだったら、「もうウチの中でテレビでも見ながら見守ってりゃいいじゃない？」という結論に俺は達した。

「沢木？　仕事熱心もいいですけど、たまには休んだほうがいいですよ？」

俺と同じことを考えたのか、余人にはわからぬ警戒の気配をうっすらと漂わせる沢木さんに、春さんが小さく釘を刺す。

「私《わたくし》はきちんと休んでいますよ？　一日三時間も安全な場所で睡眠する機会を頂いています」

それに対して、ツッコミどころ満載の返答をするあたり、沢木さんも母と同じ変人なんだろうと、なんとなく理解した。

決してまともなどではなかったのだ。

「食った食った。たこ焼きを腹いっぱい食うのって初めての経験かもしれねぇ……」

「意外といけるだろ？」

「さぁ、ダイブインなのです」

「今日こそ『城塞都市トロアナ』に着きたいものだね」

ゆったりとした食事が終わり、時間は午後三時すぎ。

リビングの思い思いの場所に設置した専用マットの上で、俺たちは『フトゥレ』をかぶる。

お手洗いも、水分摂取も準備万端に終えたし、沢木さんには柔らかいクッションとポテチ、テレビのリモコンを握らせておいた。

あとは、『レムシータ』にダイブするのみだ。

「では、沢木。留守番をお願いします」

「かしこまりました。お任せください」

春さんの声に、会釈する沢木さんを傍目に、俺たちは各自ダイブインをしていった。

◆　◆　◆

……。

…………。

……………。

「――よし、だいぶこの感覚にも慣れてきたな」

俺はアパートメントのリビングにすとん、と立つ。

リビングにはヴェイン姉弟とリリーがすでに待っていた。

こっち《レムシータ》の時間は現在夜の八時。

今から出発するのは、どう考えても悪手だな。

「メシ食って寝ちまおう。とりあえずは冒険者ギルド出たところで集合しようか」

俺はコユミにも聞こえるように『カンパニーｔｅｌｌ』で話す。

「ボクとコユミちゃんはもう外にいるよ」

そうレオナから返答があったので、俺たちもアパートメントの外へと出た。

幕が引かれるように景色が変わり、ログハウス風の建物の中に転移した俺は、小さなため息をつく。

「この感覚は何回やっても慣れないな……」

「オレはもう慣れたぜ」

時々ミック《バカ》がうらやましい。

きっと脳が単純な構造をしているので、繊細な俺とは違って慣れるのが早いんだろう。

「この時間でも賑わってんな」

「のんべぇはこれからが本番だろ」

今、俺たちがいるのは『城塞都市トロアナ』まであと二日という距離にある、『マリーゴート』という大きめの集落だ。

大陸随一の大都市である『城塞都市トロアナ』には、北の穀倉《こくそう》地帯からは麦が集まり、南にあるドワーフ王国『ダッテムト』からは鉱石や金属、工芸品が運び込まれる。

その二つの交易路がこの『マリーゴート』でネルキド東街道と合流するのだ。

そのため、ここは様々な素材や物資が集まっており、『城塞都市トロアナ』に運び込まれる前に先物買いに訪れる商人も少なくない。

街というには発展途上だが、集落というにはちょっと規模が大きい。

『マリーゴート』はそんな場所である。

「なに、たべる？」

俺の姿を見つけて駆け寄ってきた『アナハイム』の食いしん坊が裾を引っ張ってくる。

「コユミの希望は？」

「にく」

肉食系女子だった。

「じゃあ大通りに出るか。まだこの時間なら店もあいてるだろ」

六人連れ立って馬車も通れるように整備された大通りを歩く。

両脇には所狭しと倉庫のような大きな建物が並び、その隙間に飲食店や小売店が軒を連ねている。

最近は外食が多くなっている。コユミと一緒に食事をしようとすると、どうしてもそうなってしまいがちだ。アパートメントが一緒ならば、食卓を囲むのも簡単なのだが……。

新しく六人用のアパートメントを賃貸するか、あるいはとんでもない金とBPを要求されるが『カンパニーハウス』の購入を提案するべきだろうか。

『カンパニーハウス』自体は許可が下りれば、どこにでも何軒でも買ったり建てたりすることができる。

ただし、その許可と『転移水晶』の設置にそれぞれ莫大なBPを要求される。

許可については、その土地を管轄する国や自治体にギルドを通して申請するか、直接許可をもらう必要がある。

例えば王様なんかに土地を下賜された場合、領地のどこにカンパニーハウスを建ててもいい。この場合は許可に関するBPはかからない。

しかしながら、安全を考慮すると、アパートメントのようなモンスターの一切生息しない孤島に建てるか（ギルドの管理するアパートメント群は孤島に建てられているらしい）、街の中に建設するべきだろう。

現実的に考えて、街の中の空き地に建設するか、あるいは空き家を取得して『カンパニーハウス』とするのが適当な手段と思える。

例えば所有者のいない孤島を見つけても、所有権を主張することはできるかもしれない。

しかし、そこにカンパニーハウスを建設することは相当に困難だ。

そして、所有者のはっきりしている場所をシステム的に渡り歩く者《ウォーカーズ》が取得するにはギルドからの支援を受ける必要がある。つまり、ＢＰを要求されるのだ。

ちなみにネルキドで空き家になっている小屋敷を購入しようと思ったら、一万ＢＰと金貨が五百枚必要だ。

そこに、『小型転移水晶』の設置費用五千ＢＰがのしかかる。

こうやって数字を並べてみれば、アパートメントがいかにコストパフォーマンスに優れた建物か一目瞭然《いちもくりょうぜん》だ。

ただ、『カンパニーハウス』には利点もある。

室内への出入りが『転移水晶』に依存しないため、カンパニー外の客を招くこともできるし、基本的に普通の家屋であるため、増改築も可能だ。

ちなみに、小型の『転移水晶』はカンパニーごとに一か所しか転移先を固定できないため、『カンパニーハウス』が複数軒あっても基本はムダだ。別荘的な使い方をするならいいかもしれないけど。

もしかすると、攻略組のような大規模カンパニーは、すでに拠点として『カンパニーハウス』を持っているかもしれない。人数が多いというのはこういう時に便利だな。

「リョウくん、ぼーっとしてどうしたんですか？」

「家が欲しい」

「えっ」

色々考えていたら、思わず口にしてしまった。

「いや、カンパニーハウスがあれば、コユミも一緒に飯が食えるし、今後メンバーが増えても面倒がなくていいなと思っただけだ」

「なるほどね。ボクもそれには賛成だけど……先立つものがないよね。お金も、ＢＰも」

「なのです……」

そうだな、現実的に今は無理だ。

「ありがと、おにーさん」

「ま、その内、現実的になってきたら考えようか。俺は近くに海があればいいな」

そうすれば、毎日釣りができる。

できれば近くに森があって、池や川がある場所がいい。

ついでに敷地内に小さな農園でも作れれば最高だ！

「リョウさんがまた妄想を膨らませているのです」

「あっと……すまんすまん。さぁ、メシだ。どこにするか」

「おにく」

コユミの要望に応えて、肉の焼けるいい匂いを漂わせる食堂へと俺たちは向かう。

明日は強行軍になるからな、しっかり食わないと。

◆◆◆

翌日、『マリーゴート』を出発した俺たちは、再び『城塞都市トロアナ』への道をひたすらに歩き続けていた。

ここに来るまでに幾度となくモンスターの襲撃を受け、これをことごとく撃退。

そのおかげでBPは稼げているし、ドロップした素材の換金で懐も温かい。

みんなは、トロアナで装備を一新すると息巻いている。

新しい都市で新しい装備……実にRPGな意気込みだと思う。

俺も釣竿をいいものに変えよう。

あと、手斧もいいものに変えよう。

携帯コンロももう一つあれば料理の幅が広がるし、コンパクトな作業台があれば野外調理に便利だ。

「リョウくん。また『すろーらいふのちょうてん』とやらのことを考えていますね？」

「ああ、楽しみだな！　この大陸の中心地なんだろ？　きっといろんな食材や調味料が手に入るぞ」

その言葉にため息を吐《つ》く仲間たち。

なんだ、その反応は！

「リョウちゃんさ、ダンジョンとか解放されるんだぜ？」

「珍しい食材に化けるモンスターがいたら教えてくれ」

「「「……」」」

「トレード掲示板で取引してスキル強化とか、ボクは興味あるんだけど」

「調理関連スキルとか、キノコを採取できるようなカードは出回ってるだろうか」

「「「……」」」

「ド、ドワーフやエルフの里にも行ってみたいのです。リリーの弓とか、ミックさんの防具とか
……見にいきたいのです」

「ああ！　いろんな民族料理が楽しめそうだな！」

「「「……ハァ（なのです）」」」

「わーすごーい。おにーさんはすろーらいふができるおともだちなんだねー」

唯一の称賛を送ってくれるコユミを除いて、全員が深いため息。

「なぜ、ため息をつくんだ……」

「だってリョウちゃん、オレたちはこの世界では勇者《ブレイブス》なんだぜ？　やっぱ冒険しなくっちゃよー」

「よし、わかった。今後はゲテモノ料理をミックに出そう」

「その冒険はハイリスクじゃねぇかッ⁉」

「食えなさそうなものを食ってこその勇者だろ」

「勇者のニュアンスがちがくね……ッ？」

とはいえ、そこまでガツガツと冒険らしい冒険を楽しもうという気持ちは、今のところない。二週間もかけて別の都市に歩いて旅するのも、俺にとっては十分な冒険だ。

「まぁ、リョウくんですからね」

「そうだね。リョウ君ならしかたないね」

……と俺のレムシータ嫁二人は苦笑いだ。

「必要とあれば冒険にだって行くし、危険もおかすけど、そこまでしなくても楽しめることはまだまだたくさんあるからな」

これは俺の正直な感想だ。

まだ、はじまりの街を出たに過ぎない。

しかし、ネルキドの周辺を遊びつくしたかというとそうでもなく、『港町ポートセルム』や『牧《ぼく》羊《よう》都市ミールフォート』にもまだ行ったことがないし、海釣りや川釣りもやっていない。

ため息をつきつつも、ミックが「リョウちゃんらしいや」と笑う。

「しばらくはオレたちもトロアナから動かないと思うけどな。ああ、でもリョウちゃん、ダンジョンアタックの時は手伝ってくれよ？　オレら『アナハイム』は全員でようやくフルパーティなんだからよ」

「ああ、その時はな。もしかしたら最奥で真銀《ミスリル》製のフライパンとかが隠されてるかもしれないし」

「ねーよ！」

あるかもしれないだろ……？

「しばらくはトロアナ周辺でBP稼ぎですね。ダンジョンアタックはもう一つレベルを上げて、スキルの見直しもしてからの方がいいと思いますし」

ハルさんが人差し指を顎に当てて考え事をしている。

超かわいい。

「できそうなクエストをこなして、手堅く稼いでいこう。ボクらなら何とかなるさ」

「リリーはエルフの里に行ってみたいのです」

「あっ、オレはその先のドワーフ都市『ダッテムト』だな！　鎧を作ってもらいたい。ごついけど動きやすいやつ」

確かにミックは盾役《タンク》としては少々軽装だ。

ミックだけでもちゃんとした甲冑鎧《プレートメイル》を装備するべきだろう。

「コユミちゃんはどうするのです？」

「わたしは……おにーさんにくっついて、ポートセルムかな？」

「お、そうだったな」

「おぅ～たのしみ。マグロステーキ……かいせんどん……魚介パスタ……」

そういえば、以前から海釣り&グルメに行こう、と話していたのだった。

コユミは一緒に釣りをするには、価値観を静かに共有できる心地のいい相手だ。

「む……コユミちゃんが行くならボクもついていこうかな？」

「そうなると私も、ですね」

ああ、見える……。

俺にはハルさんとレオナの背後に龍虎《りゅうこ》が見える……！

火花を散らして、今にも実体化しそうだ。

これはよくないな……みんなの本来の目的は、トロアナでのＢＰ稼ぎやスキル集めだったはずだ。

これじゃあ、ミックとリリーだけが手持無沙汰《てもちぶさた》になって、結局、全員でネルキドにとんぼ返りしてポートセルムに行く、なんてことになりかねない。

俺がポートセルムに行くための四日間、トロアナで手堅く稼げば今溜まってる分と合わせてレベルアップするくらいのＢＰは稼げるハズだ。

そうすれば、みんなが行きたがっているダンジョン攻略に乗り出すことだってできる。

俺の趣味でみんなの予定を引っ張るのはよくない。

「うーむ、じゃあ、今回は俺一人で行くか。すまんなコユミ。海鮮料理は材料買ってくるからさ」

「むー……」

「そうむくれるなよ。いい釣りポイントも探しておく。落ち着いたらみんなで行こうぜ」

「やくそく、した……」

「ぐっ……」

やめろ、子犬みたいな目で見るな。

「ハルねぇ、大人げないぞ。アズキちゃんも。今回はオレらの為にトロアナについてきてもらったんだし、たまにはリョウちゃんの好きにさせないと、ストレスでハゲんぞ？」

見かねたミックが助け船を出す。俺のため、というよりもコユミのためだろう。

コイツはコイツで、年下とか下級生とかの目下の立場の人間に優《あま》しいからな。

この性質はミックがクズだった時から変わっておらず、俺は高く評価している。

なんせ、更正した今でもたまに昔の下っ端が、手土産持って教室訪ねてきたりするからな。

俺にもパックジュースなんかを差し入れてくれるいいヤツらだ。

「ぐぅっ！　大人げない……です……って」

普段から〝大人らしさ〟を前面に出したいハルさんには、かなり効いたようだ。

「ボクとしたことが……まさかヴェイン君に諫《いさ》められるなんて……」

レオナ、それはさすがにミックを侮《あなど》りすぎだと思う。

あとで謝っとけ。

「ハゲ、る……？」

ハゲねーよ！

「だいじょぶ、ハゲても。わたしは、差別しない」

見当違いな慰めをありがとう、コユミ。

だが、俺はハゲない！

「わかりました。今回は私はトロアナで調べものなんかをしていますので、辞退します」

「ボクもパスさせてもらうよ。コユミちゃん、ボクの旦那《リョウくん》がバカしないように見張っててね」

「あい」

いろいろ丸く収まったようで、よかったよかった。

もし終始この調子だと、頭皮がストレスでマッハだったよ。

「たのしみ」

「ああ、旨い食い物があったら、メモっておいてみんなも連れてこようぜ」

子犬《コユミ》の機嫌も直ったし、あと二日、頑張ろう。

7：「私と、デートでもどうでしょうか！」

「おお……」

城壁を見上げると自然に声になってしまった。

翌日の昼過ぎ、普段なら昼食をとろうかという時間にはもうトロアナが見えていたので、俺たちはテンションに任せて門の前にまで来てしまっていた。

おかげで現在、俺の視野の端には空腹のデバフが点滅している。

「すげー……。万里の長城みたいじゃね？」

「こんな建造物、現実《リアル》世界でもそうそう目にできないですね」

『城塞都市トロアナ』――トロアナ大陸と呼ばれるこの大陸の中心地として、その名を冠するこの街は、四方が高さ十五メートルの巨大な城壁で囲まれ、その内部には約三十万人が生活しているとブレイブスマニュアルに記載があった。

この巨大構造物は古代から既に存在していたとされ、一説には今も周囲に存在する敵性蛮族《ばんぞく》――トロルやジャイアント、ギガース族など――との戦争から民を守るために偉大な王が建設したとの伝説がある。

ちなみに現在も、補修・改修・増築が行われ、外部にその規模を少しずつ広げているそうだ。

そして、この都市においてもう一つ特筆すべき点は、かなり遠くから……それこそ『マリーゴート』からでもうっすらと見える、天を貫く白い構造物。

『塔』の存在だ。

『塔』については、その存在自体が謎に包まれており、現在も研究が続いている。

公式には『ダンジョン』の一種とされているが、『塔』に関しては最奥《さいおう》にダンジョンボスや財宝があるわけではなく、上下どちらでも十階層行ったその先には別大陸に繋がる出口がある、という仕組みになっている。

また『塔』は十日周期で内部を変容させ、入るたびに構造、罠、モンスター、財宝を変化させる。内部に慣れることも、あらかじめ準備をすることもできないニアデスな高難易度『ダンジョン』。

それが『塔』である。

そんな場所に誰が行きたがるのか、と俺は思うが。

「すごいのです。まるで大きなお城なのです」

「この中に町がまるまる入ってるなんて……信じられない規模だよ。さすがにボクもビックリだ」

そう、この壁の中には町があるのだ。

いくら何でも規模が違い過ぎる。端から端まで歩くのに丸一日かかってしまうんじゃないだろうか……。

「見上げてても仕方ないし、中に入ろう。メシにしよう」

「もう、リョウ君はいろいろと情緒《じょうちょ》が足りないな！」

レオナの意見はもっともだが、腹を満たしてからでも情緒は味わえると思うんだ。

「まあ、リョウちゃんだしな。でもメシにはオレもさんせー。屋台でもいいから何か食いたい」

「……おにく」

コユミの肉に対する熱い情熱は不朽だな。

「その前に『転移水晶』を探しましょう。登録しておかないと」

「あれなんだろう？」

「なんだか変なのがいっぱいなのです！」

新しい街にきて、みんな浮かれているようだ。

かくいう俺も城門から入ってから、その光景に驚きの連続だ。

今までの『レムシータ』が中世風の田舎っぽい雰囲気だったからだろうか？

何というか、『城塞都市トロアナ』はなかなかに近代的だった。

上を見上げると、城壁の高さに何やら橋のようなものが通されている。

さながら高速道路を見ている気分にさせられる、高架状の構造物だ。

その構造物に沿って、信じられないことに……本当に信じられないことだが、モノレールのようなものが走っているのが見える。

「おのぼりさんか？　驚いただろ」

トロアナの風景に唖然としていた俺たちは、その声ではっと正気に戻る。

目の前には黒塗りの甲冑鎧《プレートメイル》をまとった熊のような大男が、暑苦しい笑顔を浅黒い顔に張り付けていた。

「お、びっくりさせたか？　すまんすまん」

「いや、いいんだ。ちょっと思ってたよりすごいところだなと思ってな」

俺は、取り繕《つくろ》うように返事した。

「名乗りもしないで悪かったな、俺はガイ。この街におそらく一番乗りした渡り歩く者《ウォーカーズ》の一人だ」

そう言って右手を差し出してくる。

俺は差し出された武骨なその右手を握り返して応える。

「それはすごいな！　俺はリョウ、リョウ＝イースラウドだ。見ての通り、今さっきここに着いたばかりだ。こっちにいるのは俺のカンパニーメンバーで、右からリリー、ミック、ハル、レオナ、コユミだ」

各々、会釈して挨拶する。

「まあ、ここに来たら誰でも最初は〝ああ〟なる。だから見かけたら声をかけるようにしてるんだ。俺が初っ端にネルキドで困ってた時に冒険者ギルドの方向を教えてくれたヤツがいて……な……!?」

その視線が、レオナで止まる。

「アンタ、そう、アンタだよ！　ああ、礼を言わせてくれ！　あの時は助かった!!」

そう大声をあげながら、ガイと名乗った大男はレオナの前で頭を深々と下げた。

「まさかこんなところで恩人に会えるとは！　今日はいい日だ！」

「俺も隣にいたはずなんだけどな」

「すまないが、覚えてない」

だろうな。

きっとお前も女神《レオナ》の神聖な縦揺れに導かれた勇者《ブレイブス》の一人なんだろう。

「あれに感銘を受けてな！　暇なときはここに立って、ついたばかりのヤツらの案内なんかをしてるんだよ」

「そりゃ助かる」

しばらく俺たちはガイの案内を受けながら説明を聞いていた。

あの城壁から伸びる大型の構造物は、見た目通り高速道路であるらしい。

「漢字の〝田〟みたいに上に町の上に専用通路を通してあってな、大型の馬車なんかはそこを通って移動するんだ。人身事故を起こさないで済むし、道もまっすぐで走りやすいから運搬が早くて済む」

馬車は各箇所に設置されている大型の昇降機《エレベーター》で馬車ごと城壁の上にあげてしまうらしい。

「で、あの通路な、『十字天井』って呼んでるんだが、アレに沿ってモノレール……魔導《まどう》列車が通っている。二時間くらいで街の端から端まで移動できるぞ。この街を拠点にするなら覚えておいた方がいい。乗車賃は一律《いちりつ》でどれだけ乗っても銅貨一枚だ。移動に関しては街の中を巡回する乗合馬車もあるし、人力車なんて変わったのもある。そこらへんは慣れてきたら自分で調べてくれ」

整備された街並みの中を、ガイの説明を聞きながらしばし歩く。

すると見慣れた水晶がきらめく広場が見えてきた。

「で、ここが『七十八番街水晶広場』だ。トロアナには水晶広場が合計四か所ある。『水晶広場』間の移動はタダだから、最初は街を巡って水晶に触れて回るのがオススメだ」

俺たちは水晶に触れて、自分たちを『登録』する。

これでBPさえ払えば、ネルキドにいつでも転移することが可能だ。

「ありがとうなのです」

「いいってことよ。ああ、あと冒険者ギルドは『塔』の麓《ふもと》にある。『塔』はこの街の北東、十二番街水晶広場のそばだ。ここまでくればあとは自分たちで何とかできるだろ？」

ガイは顎髭《ひげ》を撫でつけながら、ニヤッと笑う。

「俺たちも新人《ルーキー》じゃない、なんとかなるさ。ありがとう、助かったよ」

「おう、また会うこともあるだろう。そのとき儲《もう》かってたら酒の一杯でも奢《おご》ってくれりゃいい」

そういって、ガイは手を振りながら転移して消えた。

「いい人だったのです」

「ボクは少しびっくりしたけどね」

人助けはしておくものだ。

俺やミックが誘導したヤツらもあんな風になってくれると嬉しいんだが。

「さて…差し迫った問題として」

「にく～……」

「コユミさんが凶暴化しているので、早急にメシどころを探そうと思います」

◆◆◆

『城塞都市トロアナ』での初めての昼食（ステーキパスタというB級グルメを提供する屋台にした）を終えた俺たちは、冒険者ギルドへ紆余曲折《うよきょくせつ》の末なんとか到着。

方向音痴の俺にとって、この巨大都市は『ダンジョン』と同義だった。

方向感覚の強化は、今後の課題として心にとどめておくことにしよう。

とにかく、アパートメントへ移動した俺たちは、いったんダイヴアウトし小休止を行うことにした。


現実世界《リアル》での時刻はちょうど深夜零時。

夕食のタイミングで一度ダイヴアウトしたので、今回は体のだるさは少ない。

ちなみに部屋で待機していた沢木さんは、俺のコレクションであるアニメの一つ『THE☆ICHI』を延々視聴していたらしく、その半分をすでに消化していた。

俺は念のため2ndシーズンとポテチをもう一袋提供しておく。

ビシっと黒スーツを着こなした妙齢の女性が、クッションを抱えてポテチを齧《かじ》りつつアニメをガン見。

まともな精神を持った者なら、この家に侵入を企てようとはしないだろう。

トイレや水分摂取を終えた俺たちは、沢木さんに一声かけて再度ダイヴする。


ダイヴアウトした時は明るかった空が、現実世界《リアル》での三十分の休憩で月夜になるという『レムシータ』の醍醐味《だいごみ》を味わいつつ、俺たちは冒険者ギルドに近い食堂兼酒場『木漏れ日の枝亭』にいた。

今後の方針を確認しておく必要があると思い、夕食がてら俺が提案したのだ。

ちなみに『木漏れ日の枝亭』は野菜や果物を中心としたヘルシーなメニューが多く、女の子たち《てんし》には評判が良かったが、俺とミック、そして肉食動物《コユミ》には少し物足りなかった。

「……と、いうことで、俺は次はポートセルムに行こうと思ってるがいいか？」

「そのことに関しては昨日納得したので大丈夫ですよ。私たち四人はこの周辺で経験を積もうと思っています」

「装備も更新したいのです」

「『トレードボード』が使えるようになったから、ボクは【魔法】スキルとスクロールを充実させるつもりだよ。そのためにはカードパックをどんどん開けていかないとね」

『トレードボード』は、トロアナの冒険者ギルドで申請することで機能が解放される自動交換ツールだ。

例えば、俺が【調理／全般】が欲しいとする。

今現在トレード可能な【テンペストエッジ】を放出することに決めて、『求：【調理／全般】／出：【テンペストエッジ】』という形でトレードボードに登録しておけば、明日の朝にはトレードが成立しているだろう。

【テンペストエッジ】は『レア』のウェポンスキルで欲しがるヤツはきっと多いからな。

トレードが成立すると自動的に『個人ポスト』へ送られる仕組みとなっている。

通常のトレードではパーティを組んで対面で行わなければいけないが、そういう煩《わずら》わしさを解決する実に便利なシステムだ。

ただ、登録可能な件数はレベルが上限だ。

今の俺なら二件のみ。

そして、登録する際にレベル分のＢＰを手数料として徴収される仕組みになっている。

これは、魚を二匹も釣れば解決だ。

ちなみに求めるものはカードでなくてもよい。

金でも素材でもいいし、ＢＰでもいい。

例えば千ＢＰ出すから【テンペストエッジ】が欲しい、というのがあれば交換してもいいかな……なんて思う場合はそういう条件のものを探すこともできる。

「ただ、出発を少し待ってもらってもいいですか？」

「それは全然かまわないよ。何か用事？」

「いえ、せっかく大きな都市にみんなで来たのですから、二、三日はみんなで街を見て回ったりする時間が欲しいな、と思いまして」

「確かに。じゃあ、明日は朝からトロアナ観光と洒落《しゃれ》込みますか」

確かにせっかく到着したのにネルキドにとんぼ返りするのはもったいない。

市場もまだ覗いてないし、釣り具もここならいいものがありそうだ。

「そうだな、三日くらいはこっちにいよう。コユミもそれでいいよな？」

「おーけー」

俺はもう一つの大切なことを切り出した。

「あと、アパートメント。変更しないか」

俺の提案にリリーが手を挙げて肯定する。

「賛成なのです！　コユミちゃんだけ別々は寂しいのです」

「それはボクも思ってた。コユミちゃんは一人用の部屋なんだよね？」

「ん」

「コユミさえよければなんだが、みんなでシェアハウスにしないか？」

相談や食事のたびに外に出るのは面倒が多い。

こうやって外食の機会を得るのは、それはそれで楽しいのだが。

「いいの？」

「いいんじゃね？　リーダーがああ言ってんだし。もち、オレッちも歓迎だぜ？」

「じゃあ……おねがい、します」

コユミから少し照れっとした雰囲気が出た。

慣れてくるとわかりやすくて面白い。

「じゃ、食事が終わったら引き払ってすぐに新しく借りよう。部屋の選定はハルさんにまた頼んでもいい？」

「今と同じ感じで選んだらいいですか？」

「部屋にこだわらなくても二階建ての家とかでもいいよ。ハルさんにまかせる」

ハルさんに任せておけば安心だ。

「あとはー……俺たちが戻ってきてからどうするかってのだが」

「ポートセルムだっけ？　どのくらいでトロアナへ戻ってこれるんだい？」

「ネルキドから四日くらいって話だけど、着いたら一日二日は市場を見たりとか、いい釣り場を探してみたりしたいから……そうだな、出てから一週間で戻ってくるよ」

「寂しくなるよ」

しっとりとレオナが笑う。

時々見せるこういう〝女の貌《かお》〟がホントにギャップ萌えというか、なんというか……。

下半身に直撃する感じでヤバい。

実は、あれ以来コトに至ってないので、そういう欲求が高まってきている自分を時折感じる。本当に、やばい。

よし、今度頼んでみるか！

……いやいやいやいや！

俺は、何を考えているんだ。

平常心、平常心だ。

正気を保つんだ、俺。保たねば深淵《エロ》に呑《の》み込まれるぞ！

「リョウくん、大丈夫ですか？　具合でも悪いんですか。さっきからヘンですよ」

ハルさんが心配した様子で俺の顔を覗き込む。

今回は心が読まれてないようだ……セーフ。

「いや、大丈夫だ。……で、どうする？」

「一週間あればレベルも上げられると思います。『ダンジョン』アタックに挑むか、南下してドワーフ都市『ダッテムト』へ『転移水晶』を開通させに行くのもいいかもしれません」

「戻ってきてから考えたらいいんじゃね？」

「なのです。ヘタすればリョウさんは道に迷って十日くらい彷徨《さまよ》ってる可能性があるのです」

リリー、冒険者ギルドへの道を間違えたことをまだ根に持っているのか……。

「だいじょぶ。わたしがいる」

「ああ、頼りにしてるぞ、コユミ」

俺たちはやや物足りない食事を終え、冒険者ギルド——ネルキドよりも倍はデカい——へ向かった。

なんとアパートメントはすぐに決まった。

ハルさんが即決するくらいにいい物件が。

その広さ、なんと七ＬＤＫだ。

人数に対し一部屋多いが、この先メンバーが増えないとも限らないし、あって困るものではない。

お家賃はレムシータ時間で二十五日あたり三十ＢＰ。

現在の俺たちにとっては余裕だ。

新しいアパートメントは二階建てで、一階のリビングダイニングは窓が多いので明るく、窓の外には海が見える。

窓を開けて外に出られないのが悔やまれるが、それがアパートメントの仕様なので仕方がない。

代わりにアパートメントは、不思議な力で温度と湿度が一定に保たれていて快適だ。

部屋は一階に二部屋、二階に五部屋で一階は俺とミックが、二階は女性陣で使用することが決まった。

キッチンがやや狭くなってしまったことが不満といえば不満だが、調理に支障が出るほどではないし、実にいい物件だと思う。

そろそろ明日に備えて寝ようか、という段階になって俺の元にハルさんからの『フレンドｔｅｌｌ』が届いた。

［リョウくん、今いいですか？］

［いいとも。もうあと寝るだけだしね］

［あ、ああ……あの、ですね。明日は、みんなで、ですね、観光するじゃないですか］

「その予定だよね。俺は釣具屋とか市場とかに行ってみたいな。調味料で面白いのがあれば欲しい」

「そっ、それでですね。明後日の予定とかって、もう……き、決まってますか？」

明後日は特に決まっていない。

時間的には現実世界《リアル》で朝ごはんを食べてるくらいの時間だな。

「いや、現実世界《リアル》で朝飯食ったら、観光がてら都市内の釣り場でも探しに行こうかと思ってたくらいかな」

「じゃ、じゃあですね…………ッ……」

タメ、長くね？

ソニックなブームが飛んできたりしないよね？

サマーでソルトなキックもノーサンキューですよ？

「わわわ、私とデデデ、デートでもどうでしょうか！」

ハルさんは緊張すると震えて声が聞こえにくいけど、今の話はわかったぞ。

俺と、デートしよう、と言ってくれたんだな……って、えっ？

ちゃんとそう聞こえたよな？

幻聴ではないはずだ。

「や、やっぱりダメですよね。ごめんなさい！」

「いや、行こう。ごめん、ハルさん」

「え？」

焦った様子のハルさんに逆に気持ちを落ち着かされて、俺は冷静に答える。

「せっかく気持ちを打ち明けてくれたのに、俺、全然それらしいことしなかった」

「それはいろいろ忙しかったのもありますし、仕方ないですよ」

「だから、明後日はちゃんとデートしよう。うん。ハルさんの行きたいところに行って！　食べたいものを食べて！　したいことをしよう！」

「えええええぇぇぇえ、そんな……」

忘れていたわけじゃないんだ。

でも俺って、現実世界《リアル》ではいまだに童貞《ヴァージン》なワケで生まれてこの方十七年間、どう女の子に接していいのかわからなかったんだよ。

言い訳になってしまうけど、そういうところがいけないんだろうな……。

特にハルさんが俺のことを好きっていう実感は、いまだに薄い。

それはハルさんが、俺やレオナに気を遣って適切な距離感でもって接してくれているからだ。

それに甘えてハルさんを放置《てんし》した俺の罪は重い。

「ずっとハルさんと二人でいる時間は作らなきゃって思ってたんだ。いい機会だし、二人でデートしよう」

「よ、よろこんで……いいんですか？　ホントに？」

「もちろん！　楽しみだよ。明日の朝みんなに吹聴《ふいちょう》して回りそうなくらいだ」

「そ、それは……できればやめてほしいですけど……わ、私もうれしいです。じゃ、じゃあ約束ですよ！　おやすみ、ハルさん」
［おやすみなさい］
向こうでキュウ～という声が聞こえた気がしたが、何の声なんだろう。
ともあれ、デートだ。
ヴァーチャル内とは言え、記念すべき俺の初デートだ。
『トロアナウォーカー』とか売ってたりしないだろうか。
明日中になんとか完璧なデートプランを練らないといけない……！
うんうん唸るうちに俺は、いつの間にか眠りの底へ沈んでいった。

◆◆◆

翌朝、トロアナの街をみんなと巡りながら歩きながら、俺は地図などを売る書店で『あるもの』を手に入れた。

その名も『ルールブック《ルルブ》トロアナ観光五月号～春到来、最新デートスポット特集～』である。

ウォーカーはなかったけどこっちはあった……。

なんとかみんなにバレずに購入するコトに成功（周辺地図や特産品目録なんかと一緒に買った。

所謂《いわゆる》、サンドイッチ型購入だ）した。本屋さんで大人の本を買うときのスキルが活かされている。

これは、部屋に帰ってからしっかりと読み込もう。

しかし、トロアナは広大で近代的ないい街だ。

整然としているかと思えば、辻一つ違うだけでところどころ雑然としていたり、そうかと思えば急に畑が広がっている場所もある。

古代、この中で自給自足していたという言い伝えはあながち間違いではないのだろうと思わせる何かがあった。

ハンバーガーショップで早めの昼食をとったところで、一旦買い物のためにバラけようということになり、俺は釣具屋がありそうな場所を目指して道を歩く。

このタイミングでさっきの本屋に行けばよかったのではないかと思ったが、あとの祭りだ。

いや、待てよ。今のうちにこの本を開いて下見をすればいいんじゃないか？

当日に迷ってグダグダはカッコ悪い気がする。

「おにーさん」

「……ッ!!」

そう考えてうろうろしていると、俺を呼び留める子犬……もといコユミがいた。

咄嗟《とっさ》に本をストレージに投げ込む。

「ど、どうした、コユミ」

「かいもの、てつだって」

「まかせろ、何か重たいものか？」

黙って裾をついついと引っ張られ、俺は首をひねりながらもコユミの後について行った。

辻をこうも何回も曲がられると、俺は方向がわからなくなってしまうぞ、コユミ。

ダメだ。現在地がどこかなんてもうわかりっこない。

しばらくついて歩くと少し開けた場所に到着した。

いくつかの商店らしきものがあるものの、営業しているのかしていないのか、活気はない。

「あった。あの店」

指さす先は〝薄汚い〟という言葉をつけなければ表現しきれない雰囲気を持った店。

まだ露店や屋台の方がキレイにしてるぞ！　ってレベルだ。

「コユミ、あの店……スゲー怪しいんだが」

「だいじょぶ」

コユミに背中を押されて薄暗い店内へ。

何とも言えない匂いが漂う店内には、雑然と並べられた棚に、これまた雑然とならぶ瓶《びん》、瓶、瓶。

中身は香辛料のような粉末だったり、液体だったり、何かの根っこだったり、蟲《むし》の死骸《しがい》のようなものもあった。

コユミは店主らしき怪しい婆《ばあ》さんに紙切れを渡している。

「……ぃ？」

「……て……の」

ボソボソと話す声は聞き取れないがチラチラと俺を見ている気がする。

「ちょっと、あんちゃんこっち来な」

急にはっきりした発音で婆さんが俺を呼ぶ。

「なんだ？」

「髪の毛と血を一滴およこし」

わかった。

俺を呪う気だな？

「おにーさん、おねがい……」

その子犬モードやめろ。

ああ、……もう。

今回だけだからな？

「はいよ、これでいいか」

俺は髪の毛を数本を渡し、ナイフの先で指を突っついて血を一滴瓶に垂《た》らす。

「これでどうするんだ？」

婆さんは黙って血の入った瓶に緑色の液体を注ぐ。

シュワーと炭酸みたいな音が聞こえてくるが、泡は出ていない。

「仕上げに、ほいっと」

婆さんが俺の髪の毛を瓶に放り込む。

液体に触れた俺の赤茶の髪はシュっと音がして煙になった。

瓶の中身は緑から薄い青色に変化している。よくわからないが、なかなかきれいなものだ。

「完成だよ。もってきな」

「ありがと」

コユミは蓋《ふた》がされた瓶を丁寧に布で包んで鞄にしまい込んだ。

「コユミ、それなんだ」

「けはえぐすり」

「……」

「ねんのため？」

コユミの謎の配慮に俺はどう反応すればよかったんだろうか。

「あ、ああ。ありがとう。しばらく必要ないけど……な」

しかし、髪の毛を媒体にする毛生え薬って、髪の毛が一本もない人はどうすればいいんだろうか
……？

◆◆◆

「ま、待ちましたか？」

「いま来たところ。うん、その服似合ってるよ、ハル」

ベタで様式美なやり取りはこれでＯＫだ。

待ち合わせ場所が『水晶広場』というのも、まあ、ベターだろう。

わかりやすく、いかにもデート感が出ているはずだ。

ハルさんは白のワンピースに草色のカーディガンを羽織っている。

いつもぴょこぴょことポニーテールが揺れている頭には大きめの麦わら帽子《ストローハット》。避暑地に来たいいとこのお嬢さんみたいだ。

おろされた金色《こんじき》の髪が風にたなびいて大変美しい。

……？

金色？

「ハルさん、髪の毛……色が」

「び、美容院で染めてもらったんです……ヘン、ですか？」

「いや、すごくよく似合ってる！　少し、びっくりした」

実際はかなりびっくりした。

ハルさんの『さん』を抜き忘れる程度には。

「リョウくん。無理しないで『さん』つけていいんですよ。もう意地悪言いませんから」

と、ハルさんが笑う。

また心を読まれたようだ。

「じゃあ、ハルさん。どこか行きたいところがあれば」

「そうですね……まずは朝食にしませんか？」

よし、この流れは読めてた。

「じゃ、『四十番街転移水晶』へ飛ぼう。いいお店の情報を手に入れたんだ」

「あいかわらず、料理となると情報が早いですね」

　クスクス笑うハルさんと一緒に水晶に触れる。

　四十二番街にあるレストラン『ケンポ』の朝食。『ルルブ・トロアナ』に掲載があったこの店は、俺も行ってみたいと思っていた場所なのでちょうどいい。

　問題は方向音痴の俺がきちんと誘導できるかどうかだ。

　……ええい、ままよ！　男は気合と根性と鉄壁だ！

「リョウさん。その……鞄に入ってる本お貸しくださいな」

　なん……だ……と？

「いやー、その……」

「もうバレてますよ？　道に迷う前に確認しましょう」

　俺は渋々、『ルールブック《ルルブ》トロアナ観光五月号～春到来、最新デートスポット特集～』を取り出す。

「こういう本、『レムシータ』にもあるんですね。あ、ちゃんとデート特集ってかいてあ……る……」

　読んでいて恥ずかしくなったのか、ハルさんの顔がみるみる赤くなっていく。

「ハルさん？」

「ひゃい！」

　ビクっと姿勢を正すハルさん。

「こ、ここの付箋《ふせん》のお店ですね？　大丈夫です、複雑な道ではありませんよ」

多少ぎくしゃくと歩き出すハルさんの手を、俺はこれまたぎくしゃくと握る。

「あわわわわわ」

「あ、イヤ、だった？」

「いえいえいえいえいえいえ……ちょっと、び、びっくりしましたけど」

二人で手をつないでぎくしゃくと歩く。

ＯＳの古いロボットみたいだ。どこぞの天才が「こんなＯＳでこれだけのデートを成功させようなんて！」とリアルタイムに書き直してくれたりしないだろうか。

「あそこですね」

お互い慣れないながらも、ハルさんは、ちゃんと俺の手を引いて店に導いてくれた。

うん、おそらく俺だったら完全に迷ってたな。

やはり道の下調べとか、夜のうちにしとけばよかったと今更ながらに後悔する。

とはいえ、レストラン『ケンポ』の朝食は、本当にうまかった。評判になるのもわかる。

パンからして使ってる小麦の違いや焼きの丁寧さを感じさせるし、スクランブルエッグのふわふわさと言ったら俺では再現できないレベルだ。

……いや、道具があれば再現できるか？

今度試してみよう。

「リョウくん、次はどこへ行きましょうか？」

食後の紅茶を優雅に傾けながら、ハルさんがたずねてくる。

「もうバレちゃったから言っちゃうけど、その本の付箋番号通りに、植物園、買い物、昼食と続く……予定デス」

「リョウくんも男の子ですね。一冊の本で全部決めてしまうのはよくないですよ？」

本で顔を隠しながら、ハルさんが笑っているのがわかった。

「笑わないでくれよ、ハルさん。俺だってデートするのは初めてで、パニクってるんだから」

「でも、付箋がいっぱい貼ってありますね。すごく、うれしいです」

いろんな状況を想定してパターンＣまでルートが存在するからな。

その後、予定通りに……実に予定通りに俺とハルさんはデートを楽しんだ。

あの本をハルさんに渡してしまってから、心が妙に軽い。

正直に言うと、かなり身構えていたのだ。『ちゃんとデートする』ということに。

……しかし、よくよく考えれば、普段からグダグダな俺が初めてのことを完璧《パーフェクト》にこなせるはずはないし、そうしようとすればするほど、ボロがでてどこかで歪《ゆが》みが出てしまうハズだ。

戦いの心得と同じだ。

自然体でしなやかに、柔軟に、それでいて基本に忠実に。

されど型にはまらず、臨機応変に、そして自分に正直に、というのが肝要なのである。

つまるところ、俺は俺らしく、ハルさんと今日を一緒にただ楽しめばいいのだ。

植物園では『レムシータ』の珍しい植物を見ることができたし、いろいろな花に囲まれたハルさんは本当に春の妖精の様で美しかったし、一緒に入ったアクセサリーショップでは、ハルさんに似合うピンクシルバーのネックレスをプレゼントできた。

ハルさんは顔を真っ赤にしてたけど、嬉しそうにうなずいてくれたので、俺の拙《つたな》い美的感覚でしたチョイスとしては及第点《きゅうだいてん》だろう。

喜んでさえくれたらそれで十分だ。

昼食に入ったレストランでは初めて食べる食材がいっぱいで、ハルさんは目を白黒させていたけど、お気に入りになった料理を「今度同じのを作ってください」なんて小さなわがままだって言ってくれたのが嬉しかった。

出来事のどれもこれもが、ハルさんらしくて、どれもこれもが新しく知るハルさんだった。

「お昼からのプランはなんですか、リョウくん」

「プランAが観劇、プランBが美術館、プランCが博物館でございマス」

「ふふ。ちゃんと、全部頭に入ってるんですね。ちょっと驚きました」

「一応、ハルさんの好きそうなのをチョイスしたつもりなんだけど、どうかな?」

「私はリョウくんが一緒なら、釣りだって市場巡りだっていいんですよ?」

ハルさんは機嫌よさげに柔らかに微笑む。

「そうは言うけどハルさん、それじゃあいつもと変わらないよ」

「いつも通りでいいんですよ。私にとってはリョウ君は何してても様になっているんですよ? 女の子を凝視してる時以外は、ですけどね」

バレてるの、知ってた。

「でも、今日はちゃんと私の方を見てくれていますから、許してあげます」

「今日はハルさんの日だからね。今度、総理大臣に頼んで国民の休日にしてもらおうかな」

「いいですね。同じ名前の休日がこの先もたくさんできるといいんですけど」

軽口を言うと、ハルさんもいたずらっぽい笑いを浮かべて返してくれる。

これも、今日初めて見る、新しいハルさんだ。

「そろそろ、行きましょう。プランはDです」

「D？　俺のプランはCまでだったような気が」

「城壁の上に行きましょう。景色がきれいだと聞いて……リョウくんと見に行こうって決めてたんですよ」

確かに高くてもモノレール乗り場までだ。

まだ、城壁の上までは行ったことがなかったな。

「了解。行きますか」

ハルさんと手をつないで、一番近い昇降機《エレベーター》を目指す。

もうハルさんは震えた声を出さないし、お互いにぎくしゃくもしない。

昇降機《エレベーター》を降りて、二人で見たその光景はきっとこの先も忘れないだろう。

広がるレムシータの大地を遠くまで見渡すことができる、その光景を二人でしばし、黙って見ていた。

「あら……」

ハルさんが空を見上げる。

雲一つないが、空からポツポツと降る滴が、地面を徐々に濡らし始めた。

「ハルさん、涙雨だ」

涙雨《ティアーズレイン》と呼ばれるこの現象は、トロアナへの旅の最中に何度か出会ったことがあったが、今日のは特大であるようだ。

空に大きな虹を掛けながら、大粒の雨が打ち付けるように降ってくる。

「きゃー、すごい！　こんな大きなのは初めて！」

雨の中、傘も差さずに踊るハルさんは本当に美しかったが、春先の雨は冷える。

特に城壁の上は風が吹いていて、あっという間に俺たちは冷えてしまった。

「ハルさん、大丈夫？」

「ちょっとはしゃぎすぎました……すごく、寒いです」

土砂降りの涙雨《ティアーズレイン》の中、冷え切った体の俺とハルさんはとりあえず、――昇降機近くの建物へと避難した。

「すごい、涙雨だ」

「ええ、これは噂に聞くあれですね」

「あれ？」

この涙雨《ティアーズレイン》は、春の本格的な到来を告げる風妖精《シルフィン》の涙《ティア》と呼ばれるものらしい、とハルさんが教えてくれる。

「なるほど」

「？」

巨大な虹をバックに、輝くような雫をきらめかせるハルさんは、まるで本当の妖精のように美しかった。

8：「姉になる覚悟はできてる」

ハルさんとのデートの翌々日、午前六時。

俺とコユミはネルキドの『踊るアヒル亭』で朝食をとっていた。

「今日は夕方まで北上して、『北ネルキドキャンプ』まで進んだら、そこでいったんダイブアウトだ。その後のことは現実《リアル》世界の夕食を食べながら考えよう」

「ん。わかた」

コユミがソーセージを頬張りながら返事する。

本当によく食べるやつだ。

ちなみに今日の現実《リアル》世界での夕食は沢木さんが作るらしい。

アニメのお礼だとか。

「準備おーけー」

「俺も昨日全部準備しておいたからな、じゃあ出発しよう」

食事を終えた俺たちは、小さな看板娘《ミーシャ》に代金とチップを渡して席を立ち、なんだか久々な感じのネルキドの『水晶広場』から北門へ飛ぶ。

そこからホタル池のキャンプまでは、こないだと同じ道のりだ。

「多いなぁ……」

「いっぱい」

日中のネルキド平原は、やはり渡り歩く者《ウォーカーズ》であふれている。

ここである程度強くなって基本を押さえたら、俺たちのようにトロアナへ向かうというのがセオリーなのだろう。

トロアナではまだそれほど多くの渡り歩く者《ウォーカーズ》を見かけないので、あちらも早く賑わってほしい。

俺たちは時々襲い来る突撃羊《チャージシープ》や、サッカーボールほどの大きさで機敏な動きをする『翳りタマネギ《ワイルドオニオン》』を撃退しながらネルキド平原をまっすぐと北に進む。

ちなみにこのタマネギ型モンスター……春の到来を告げる旬のモンスターで、『レムシータ』では縁起物として若芽が取引されているらしい。

そのため、討伐依頼と素材依頼が出っぱなしの人気モンスターである。

「これ、食えるんだろうか？」

「おいしくなさそう……」

「付け合わせによさそうじゃないか？」

「なるほど」

倒した『黐りタマネギ《ワイルドオニオン》』は『剥ぎ取る』と若芽と文字通りの『ワイルドオニオン』という名前の野菜をドロップする。

現実世界《リアル》のタマネギより小ぶりで色も黒っぽい。

まあ、タマネギはなんにでも使える万能野菜だ。見かけたら狩っておこう。

そうこうするうちに俺たちはホタル池のキャンプ地《セーフティーゾーン》に到着。

テントを張った例のキャンプ場所で、早めの昼食をとることにした。

ここから約六時間ほど歩けば、次の『北ネルキドキャンプ』に到着することができるはずだ。

「順調順調。俺たちも少し旅慣れて来たな」

「おにーさんと、旅をするのは……楽しい」

コユミの後ろに、パタパタと振られる尻尾の幻影が見える気がする。

表情以外は感情表現豊かなヤツなんだよなぁ。

「俺もコユミと旅するのは気楽で楽しいよ。そういえば、コユミは家近くなのか？　帰り、車が必要なら出すぞ」

「だいじょぶ。結構、近く。リリちゃんが近くに住んでるなんて知らなかった」

「そうなのか。じゃあ、ちょくちょく遊びに来れるな。リリーも喜ぶし、高校に入っても仲良くしてやってくれよ」

「まかせて」

眠そうな顔でサムズアップされてもやや不安だが、なんとなく雰囲気はキリリとしているので大丈夫だろう。

昼食を終えて、再び街道を北上する。

ネルキドの東街道に比べて、この『ネルキド平原街道』はあまりにも景色が変わらないので些か景色は退屈だが、コユミと話をしながらだと、あまり苦にはならない。

時折モンスターと遭遇はするが、東街道のような巨人タイプのモンスターはいないし、総じて弱いので問題もなかった。

「のどかだなー」

「うん」

「あ、コユミ」

「何？」

「いや、こないだ俺が会った紫ワカメって……結局誰なんだ？」

「……」

コユミが黙ってしまった。

もしかして聞いちゃダメなワードだったか？

「話したくない内容だったか？　すまん」

「……ルザール」

コユミが、つぶやくように告げる。

あの紫ワカメ……コユミをカンパニーに誘っておいてほったらかしたバカか。

「現実世界《リアル》では、私のはとこ。同い年で、四月から同じ高校」

しかも、俺の後輩になるらしい。

矯正が必要な後輩だな？

優しい先輩が性根を叩きなおしてやろう……。

「でも、結果おーらい？」

「何がだ？」

「おにーさんとみんなと出会って、カンパニーいれてもらった」

コユミがふんわりと小さく笑顔を作った。

なんだ、ちゃんと笑えるんだな。

俺はなんとなく温かい気持ちになって、コユミの頭をくしゃりと撫でる。

「そうか」

「うん。現実世界《リアル》でもタコパなんて初めてで……たのしかった。わたし、友達すくないから……」

身につまされる言葉である。

俺も学校ではよく避けられてるんだぜ。

体育なんかの「二人組を作ってくださーい！」とかってあれ、ミックがいなかったら相当悲惨なことになっていただろうな。

「おにーさんは高校では有名人？　なんだっけ」

「悪い方の意味でな」

俺は自嘲気味に笑う。

教師たちも同級生たちも、果ては事件のことを直接見たわけではない下級生すらも俺を避ける傾向にある。

「こまったら、頼ってもいい？」

「状況を悪くするだけだと思うが……好きに頼ってくれ。ていうか、困ったらハルさんとかミックにも相談するといい。あの二人は頼りになるぞ」

「うん。ありがと」

コユミの尻尾がまた揺れている気がした。

もういっそ、犬系獣人コスでもしたらどうかと思う。

きっと大きなお友達に大人気になるぞ。

「おにーさんは、なんで有名になったの？」

「ちょっとミック《バカ》に教育をしていたらそうなっていたんだ。教室の壁が脆いのもよくなかった」

「……もろい？」

二人で他愛のない話をしながら延々と続く街道を歩く。

時々通りがかる荷馬車の後ろに便乗させてもらったり（たまにモンスターが出るので護衛代わりらしい）しつつも、ゆっくりとネルキド平原を堪能する。

馬車に乗せてもらったりしたおかげか、予定よりも、少し早い段階で本日の野営地である『北ネルキドキャンプ』に到着できた。空はまだ明るく、周囲に人影は少ない。

二パーティほど渡り歩く者《ウォーカーズ》の一団がいるだけだ。

俺と同じポートセルムに向かうか、あるいは狩場の混みあっていないこの周辺でＢＰ稼ぎを行うつもりではないだろうか。

俺とコユミは軽く会釈して、お互いのプライバシーが保てるようにキャンプの端へ行く。

現在、レムシータ時間で午後三時。

現実世界《リアル》だともうそろそろ夜か。

「うーん、どうするか、こっち《レムシータ》で夕食をとるには早いな」

「ダイブアウト、する？」

「そうするか。そろそろいい時間だし、晩飯食ってからどうするか考えよう」

「おう～」

戻るタイミングを合わせるために俺は『カンパニーｔｅｌｌ』でアナウンスする。

［こちらリョウだ。予定していた場所に到着できたので、今からダイブアウトする］

［了解！　オレらもアパートメントに戻ってきてっから、すぐダイブアウトするわ］

ミックの返事を聞いてコユミと頷きあい、俺たちはメニューからダイブアウトを選択した。

◆　◆　◆

……。

…………。

……………。

「もどったのです？」

目を開けた瞬間、妹《てんし》がいるなんて、俺は天国に来てしまったのだろうか？

素晴らしい、天国への扉は開かれた。

「ただいま」

「おかえりなのです」

キッチンからは、起き抜けの胃を刺激するスパイシーないい匂いがする。

予告通り、夕食はカレーだな。

「キッチンをお借りしています。すぐできますので」

スーツの上から愛らしい猫の絵柄のエプロンをつけた沢木さんが、水差しと人数分のコップを運んできてくれる。

「沢木、あなた、料理なんかできたんですね」

「お嬢様、軍では食事当番は持ち回りですよ」

なるほど、納得だ。

そして、カレーなのも納得した。カレー粉があればなんだって食える。ヘビでもカエルでも、虫でもだ。俺も昔、修業時代にそれを思い知った。

ちなみにカレー粉がなくても、塩があればなんとかなることも多い。

NUKO NUKO

「あー、でもオレ、カレー久々かも。この匂い嗅ぐと腹減ってくるんだよな」

「ぼっちゃま《おバカさま》は普段いいものを食べていらっしゃいますからね」

沢木さんを割と強引に座らせて、俺と幹也はキッチンから人数分のカレー皿をなんとか探し出す。

半数はパスタ皿も混じっているが、気にはすまい。

これほどの人数で食べるということが、我が家ではなかったので、俺としてはうれしい限りだ。

俺は炊き立ての米にカレーをたっぷりかけ、それを幹也が順番にコタツへ運んでいった。

コタツに置ききれない分はミニテーブルを出して、その上に置く。

全員にカレーとスプーンが行き渡ったのを確認してから、俺は手を合わせる。

「では、いただきます」

俺の言葉に呼応して、「いただきます」が連鎖する。

日本人ってカンジするなあ。

「うまい」

「これは美味しいですね」

やや甘めのカレーに舌鼓《したつづみ》を打ちながら、俺はこの後の予定を確認することにする。

「これからの話だけど、みんは今日の予定は？」

「オレらはこれ食ったら帰るわ」

「そうですね。玲央奈さんもお送りしないといけないですし、時間的には丁度いいですね」

じゃあ耐久レースはこれでお開きだな。

「由美子ちゃんはどうするのです？」

「まだいても、いい？」

「大歓迎なのです！」

「わーい」

無邪気でよろしい。

「戻ってからはみんなダイヴインするのか？」

「もちろんさ、今日は警告アラートが出るまで遊ぶよ？　ボクはッ！」

ゲーマーとしては正しい姿なのだろうが、些か心配になるな。

まぁ、玲央奈は前々から一晩中ゲームするようなヤツだから、逆にアラートが出るだけマシという見かたもできるか。

「オレらは帰ったら今日はダイヴできねーな。明日は丸一日あいてるから朝からダイヴすると思うが」

「じゃあ、お互いダイヴ前に一報ってことにしとくか」

何も時間を合わせる必要はないのだが、なんとなく気分の問題だ。

「竜司くんはどうするんですか？」

「俺は由美子次第だな。この後ダイヴインするなら、それに合わせてダイヴインするし」

お互い現在位置が街道の途中だからな。

時間合わせてログインしないと『向こう《レムシータ》』で手持無沙汰になる。

「……する」

「じゃあ俺も合わせてダイヴインするとしよう」

よし、方向性は決まった。

あとはこのカレーを食うだけだ。

しかし、このカレー……やや甘口だが、その中にも香辛料のしっかりした刺激が来て非常にうまい。レシピが欲しい。

「沢木さん、このカレーすごくうまいよ」

「左様でございますか。ようございました」

沢木さんは食べ終わった皿を手早くキッチンに運びながら、水の追加を準備するなど無駄のなくテキパキと動いている。幹也とは違った意味で慣れている感じだ。

おそらく、どこであっても同様にテキパキと動ける人なのだろう。

「すごくおいしかった！　ボクも料理ができるようにならないといけないな……」

「玲央奈さんは料理はあまりされないんですか？」

「ボクは正直料理は苦手かな……。どうも凝ってしまうみたいでプレーンなものが出来上がらないんだよ」

「わかります。今度、竜司くんに教えてもらいましょう……」

二人はやや落ち込んだ様子だ。

玲央奈はなぜ失敗するか手に取るようにわかるが、春さんが作る料理は十二分にうまいと思うんだけどな。

でも、料理をしたいという向上心は素晴らしい。

「いいよ。どうせ四月までは暇なんだし、いつでも遊びに来たらいい」

「ありがとう。あ、それか『レムシータ』で教えてもらってもいいのかな……？」

「現実世界《リアル》の技術はあちら《レムシータ》でも利用可能ですが、――あちら《レムシータ》で覚えた技術は現実世界《こちら》でも使えるのでしょうか」

首をかしげる玲央奈と春さんに、沢木さんが答える。

「可能です」

キッチンをすっかり片づけてしまった沢木さんが手を拭きながら戻ってくる。

「現在『フトゥレ』は統合軍内で実験的使用がなされています。それによると、新兵が基本装備の準備や武装の分解・清掃・組み立てをＶＲ内で練習する実験を実施し、その結果、短時間でそれらの技術を習得することができたと報告書があがっています」

それ、機密情報なんじゃないの……？

「ちなみに指導教官についたのは私《わたくし》でございます」

ああ、それは新兵さんご愁傷《しゅうしょう》さま。

「じゃあ、私もあちら《レムシータ》で料理のレクチャーを竜司くんにしてもらいましょうか……手を切っても回復魔法がありますし」

そういう考え方もあるか。

確かに向こうなら料理する機会も増えるだろうし、いいかもしれない。

「じゃあ、ポートセルムから戻ったら二人に料理を教える機会を作るよ」

「由美子ちゃんはいいのかい？」

「わたしは、たべる人だから……」

圧倒的な食べ専宣言。

でも、現実世界《こっち》では小食なんだよな。

「みんな休み中にもう一回くらい遊びに来いよ？」

「賛成なのです」

夕食も終わり、食後のお茶を淹れて一息つくとなんだか名残《なごり》惜しい気持ちになる。

「今度はうちにお呼びしたいですね」

「リョウちゃん家《ち》ばっかだと悪い気がするんだよな」

「君ら上流階級《ハイソサエティ》と違って、俺のような一般ピーポーはメイドのいるような屋敷は落ちつけないんだよ」

田嶋家はとにかく屋敷がデカい。

メイドもたくさんいる。

ヘタをすれば『世界の田嶋』の会長と屋敷で握手！　……なんてイベントがある可能性もある。

正直、緊張して落ちつかない。

「おお！　春さんの家にはメイドがいるのかい？」

しまった、玲央奈のオタク・ソウルに火が入ってしまったようだ。

「え、ええ……」

「ボクはぜひ……行きたい」

よだれを拭け、玲央奈。大好物なんだよな、メイド。

前に言ってたもんな。

「と、玲央奈さんも申しておりますので、田嶋家《わがや》に是非いらしてください」

「実はさゆりも少し行ってみたいのです」

そうか、さゆりはまだ一回も連れていってなかったな。

「……わたしもいっていい？」

由美子が首を傾けてぼんやりした顔をしている。

話のペースについていけなかったか？

「もちろんですよ。ぜひいらしてください」

「ありがとう、はるさん」

話もまとまり、田嶋姉弟と玲央奈は帰り支度を始める。

沢木さんは「車を回してきます」と外へ出ていった。

「じゃあ明日、また連絡してくれ」

「おう、春ねぇもそれでいいよな？」

「ええ、おそらく朝の八時にはダイブインしてるかと思います」

俺もそのくらいにダイブインする予定でいよう。

「玲央奈は帰ったらまたダイブインするんだよな？」

「うん、そのつもりだよ。さゆりちゃんはどうするつもり？　ダイブインするならボクとクエストでもする？」

「さゆりはこの後もダイヴインするのです。玲央奈さんとお買い物希望なのです」

「お、いいね！　まだトロアナ内のお店把握しきれてないから、いろいろ行ってみよう」

俺もトロアナの店を把握したい。特に釣り具とか、鍛冶道具を売ってる店。

そろそろクラフトにも手を出していきたい頃あいだしな。

……とはいえ、幹也は真銀《ミスリル》の剣を持ってるし、由美子はボスドロップの高性能な小太刀だ。

俺の【鍛冶】の出番はあまりなさそうな気もする。

「じゃあ、オレら帰るわ」

「おやすみなさい、竜司くん」

「またね、竜司君」

門扉の前まで出て三人を見送る。

由美子がいるおかげだろうか、今日は寂しい感じがいつもより和らいでいる気がする。

「ああ、また明日な」

「おやすみなさいなのです」

「おやすみ……」

リムジンが走り去って見えなくなってから、俺たちは家に戻った。

「さて、由美子。再開か？」

「おーう」

「待つのです」

さゆりがマットに寝転がろうとする俺たちを止める。

「？」

「……？」

「二人ともお風呂がまだなのです。もう沸かしてあるのです」

「お、そうか」

夢中になると風呂忘れそうになるんだよな。

悪い癖だ。

「俺最後でいいよ、さきにどっちか入っておいで」

「わかったのです」

「さゆりちゃん、先どうぞ。玲央奈さんとやくそく、あるでしょ？」

「ハッ、そうなのです！　では、さゆりが容赦なく一番風呂なのです」

玲央奈の家はここから車だとそう遠くないらしい。

下手をすれば三十分ほどで連絡が来る可能性がある。

「じゃあ俺らはお茶でも飲んでのんびり待つか」

「のんびり」

パタパタとさゆりが風呂に向かう足音が響く中、俺は由美子とダラダラとお茶を飲むことにした。

つけっぱなしのテレビの向こうでは「『フトゥレ』依存が深刻です」と不安をあおる口調で『フトゥレ』を持ってすらいなさそうなコメンテーターが見当違いなことを話していた。

◆　◆　◆

「あわわーなのです！　玲央奈さんはもうダイブインしているそうなのです」

パタパタとパジャマ姿で戻ってきたさゆりは、俺が準備した水を一杯、グイっと飲みきるとすぐに専用マットに体を横たえた。

「由美子ちゃんごめんなのです。先にダイブインするのです！　お風呂の説明は竜司さんに頼むのです」

「承《うけたまわ》った」

返事をするとさゆりはすぐにダイブインしていった。

玲央奈とこんなに仲良くできるなら、もっと早く紹介すればよかったな。

「おにーさん」

「ああ、風呂だろ。先に入れ。使い方の説明……」

「今日もとまって、いい？」

由美子がついつい、と裾を引っ張りながら上目がちに尋ねてくる。

……散歩に連れて行きたくなる可愛さだな！

「ん？　俺は構わないけど、家に帰らなくていいのか？」

「家、だれもいない」

「家の人は？　いいって？」

「うん。仕事で帰れないって……連絡きてたから」

「そうか、ちゃんと連絡してあるなら俺はかまわないよ。さゆりも喜ぶだろうし」

「ありがと。ひとりだと、こわくて」

じわり、と目を潤《うる》ませる。

「どうした、大丈夫か。何かあったのか？」

「わからないけど、家に一人でいるの、やだ。誰かの気配がしたりすると、こわい」

怪奇現象系は俺も怖い。

昔、爺さんの家に一緒に住んでいた時、風呂に行ったらカエル面《ヅラ》の男が風呂に入っている幻を見て以来、俺も怪奇現象が怖くて仕方ない。

あの時はきっと稽古で疲れていたんだ。

そうだ、そうに違いない。

カエル人間なんていない、いいね？

「よしよし、わかった。うちもどうせ滅多に親は帰ってこないし、怖くなったらいつでも遊びに来ていいからな」

由美子の頭をわしわしと撫でる。

現実世界《リアル》でも実に触り心地がいい……！

ゴールデンレトリバーの腹を撫でているような心地よい感触だ。実際に撫でたことないけど。

「ありがと、おにーさん」

にへらといつもの独特な笑顔を見せたので俺は安心する。

「じゃあ風呂だ。先にいってこい」

「あとでいい」

「そういっても由美子はお客だしな。先に入ってくれ」

「じゃあ、じゃんけん。勝ったほうが、さき」

ほう、なかなか遊び心があるじゃないか。

譲り合うより建設的な決定方法だな。

「その勝負、乗った！」

「じゃーんけーん」

ぽん、と出された由美子の手はグー。

そして俺はパーだった。

「まけたー。いってらっしゃい」

「仕方ない。じゃあ、先に行かせてもらうぞ？」

「ん」

まぁ、とっとと入ってしまおう。

徹夜で多少眠いし、由美子が泊っていくならダイブインは無理せず、明日に回すのも手だな……。

身体をさっと洗ってしまって、俺は外湯《そとゆ》に出る。

さすがに夜は冷えるが、空には満月が出ていてなかなかいい景色だ。

そういえば『アナハイム』は完成したら天気のいい日は、地上から目視できるらしい。

そのうち風呂に入って空を見上げたら『アナハイム』が見えたりするんだろうか？

なかなか現実がファンタジーに……いや、ＳＦに近づいてきたな。

そういえば、ファンタジーと言えば、かなり昔、一度だけ爺さんに〝空の国〟に連れていってもらったことがある。

今にしてみれば夢だったのだろうが……どこまで広がる雲海を、黒い竜の背に乗って飛んだ記憶がいまだに鮮明に残っている。

保育園で話したらみんなに嘘つき、と言われて大喧嘩《げんか》に発展したんだっけ。

人間離れした爺さんと過ごすうちに、俺も浮世《うきよ》離れしてたのかもなぁ……。

あー……そうだ。

さゆりの誕生祝い……買わないと……進学祝いもだ……。

せっかくだから、由美子にも何か見繕おうか……さゆりとお揃いになるようなヤツ……。きっと、喜んでくれる……何がいいだろうか……うーむ……。

……。

…………。

…………さん。

……に……さん。

「おにーさん！」

「かは……ッ！　ゲホッゲホッ!!」

気が付くと、俺は激しくむせ込んでいた。

服をずぶ濡れにした由美子が俺の顔を覗き込んでいる。

いつもの無表情と打って変わって、ものすごく心配そうな顔だ。

「おにーさん、だいじょぶ？」

むせ込む俺の背中を由美子がゆっくりさすってくれる。

ちょっとずつ落ち着いてきた。

「だいじょうぶ……あー、なんだ……何が起こった？」

「おふろでねてた。もうちょっとで沈むところだった」

おおう。

うっかりと言うには怖すぎる。

「一時間待ったけど……でてこないし、呼んでも返事ないから……不安になって、みにきた」

「助かった。ありがとう、由美子」

由美子は風呂に入って俺を引き上げたせいか、完全に濡れネズミだ。

「しかし、由美子はいつも濡れてるな」

「む……今回は、おにーさんの、せい」

そうでした。

すいませんでした。

「すまんすまん……。待たせたな、上がるから入ってくれ」

「もうめんどう、このままはいる」

そういうと由美子は濡れた服をその場で脱ぎ、あたりにベチンベチンと放り投げた。

この光景には既視感があるぞ……。

俺が呆然とする間に全部脱ぎ終わって、散らかし終わった由美子は我が意を得たりといった風情で俺の向かいに腰を下ろす。

あ、現実世界《リアル》でも胸結構あるんだな。

……ではなく。

「よし」

「よし、じゃないよ？　由美子さん」

「何が？」

「……いいか、突然俺が呆然とするのは〝何やってんだコイツ〟という意味であって〝どうぞ続けてください〟という意味ではありません」

「あい」

まぁ、〝家族団欒《だんらん》〟のおかげで裸の付き合いに慣れてるとはいえ、流石に現実世界《リアル》で会って一日の女の子と混浴してるなんてバレたら……。

「……大変なことになる」

「あきらめろん？」

「いやいや、さすがにマズい」

「だいじょぶ。誰にもいわない。はぷにんぐはぷにんぐ」

なんとなく力が抜けてしまう。

助けてもらったのだし、本人がいいのなら良しとしよう。

眼福といえば眼福だ。

おかげで立ち上がるタイミングを待たなくてはいけなくなってしまったが。

「まー……由美子《コユミ》ならいいか」

「いえーい……？」

じゃぶじゃぶと由美子が近づいてくる。

「こら、そっちに居なさい」

「だがことわる」

立ち上がれない俺はあっという間に距離を詰められて、由美子の背もたれにされてしまう。

さすがにこれはヤバい……現実世界《リアル》では特にまずい。

「おにーさん、あたま撫でて」

「ん？」

「あたま」

言われるままに頭をくしゃくしゃと撫でる。

しっとりしていて、先日のホタル池の時を思い出す。

それにしても、この体勢はさゆりにでも見られたらことだぞ……。

「んっふっふー」

当の由美子はご機嫌そうなのでしばらく撫でているか。

でも、あんまり背中を詰めてくるな。いろいろと危険だ。

本当に危機感とかないのか……？

「もう、苦しくない？」

「ああ、大丈夫。ありがとうな、由美子」

俺はもう一回礼を言う。

助けられたのは確かだ。

「ん。その代わりわがままをきいてもらおう……か？」

「なんだ？　今の〝あたま撫でて〟で三つのうち一つは使っちまってるぞ」

「おにーさんはランプの魔人だった……？」

少しうなった末に、由美子が一人で頷く。

「じゃああと一つはー……頭、洗ってほしい」

まぁ、頭くらいいなら。

「わかった、いいぞ」

「いぇーい」

「じゃあ洗い場行こうかね」

外湯を由美子をそのまま抱えて出る。振り向かれるとまずいのでこのまま移動だ。

「おにーさん、はずい」

「我慢したまえ。ほれ、目をつぶってじっとしてろ」

「ん」

まぁ、いい。

その触り心地のいい頭をふわっふわに仕上げてやるぜ……！

◆
◆
◆

翌日。

昨晩は結局、風呂を上がってからすぐに寝てしまった。

……そして現在。

爽やかな光が差し込む自室にて、俺は絶賛正座中である。

「いいですか、竜司さん」

「はい」

「さゆりの同級生と同衾《どうきん》することは許されざる愚行《ぐこう》なのです」

難しい言葉を知っているな、さゆり。

「俺は無実だ」

「でも由美子ちゃんと一緒のベッドで寝てたのは事実なのです」

そうなのだ。

俺は昨日客間に簡易ベッドを準備して、由美子とそこで「おやすみ」とあいさつして別れたはずなのだが……朝、目を覚ますと隣で由美子が丸まっていた。

由美子を探していたさゆりが俺に尋ねるために部屋を訪れてこれを発見し、今に至る。

当の由美子はまだ寝ているが。

「いつの間に部屋に来たんだろうな」

「もう、なのです。念のため、もう一度聞くのです。〝まちがい〟は起きてないのです？」

「――……ない」

「その溜めはなんなのです……？」

この状況で混浴したなんてバレたらそれこそ終わりだ。

「んー……？　おにーさん、さゆりちゃんおはよう」

由美子が寝ぼけ眼をこすりながら起き上がってくる。

普段より髪の毛がぴんぴんとはねていて、なかなか可愛いが、いまそれどころではない。

「由美子ちゃん、ダメなのですよ？　淫獣《りょうじさん》の部屋に入っては」

「だいじょぶ」

妹《さゆり》今俺のことを不名誉な感じの名前で呼称しなかったか？

しかし、由美子は毎回、根拠のはっきりしない『大丈夫』を連発するが、本当に大丈夫なんだろうか。キミ、貞操的《ていそう》にはなかなかの危機だったと思うんだが。

「いいですか。竜司さんは一見有害そうな顔をしていますが、本当に危険なのです」

「さゆり、それフォローになってないからな」

「いざとなったら……さゆりちゃんの姉になる覚悟はできてる……！」

寝ぼけ眼で握りこぶしを作る由美子に、俺たち兄妹《きょうだい》は凍り付くことになった。

「「……」」

この沈黙はいけない。

よし、今の流れはなかったことにしよう。

「よ、よし。朝ごはんにするぞ」

「な、なのです」

まさか、朝一から凍り付くとは思わなかった。

仕切り直しだ。

「妹《さゆり》よ、偉大で慎ましく、広い心を持った我が妹よ」

「……春ねぇさんと玲央奈さんには黙っててあげるのです。ボロを出さないように注意するのです」

朝食を作りながらの朝の兄妹の会話がこれ。

もう少し何とかならなかったのだろうか。

「ごめん、おにーさん。ちょっとさみしくなっちゃって」

項垂れた犬耳の幻影を見れば許すしかあるまい……。

「ダメだぞ、由美子。お前はもう少し貞操観念とか恥じらいとかを身につけないと」

「それを取得するには、ＢＰが……足りない」

ゲーム脳か！

まったく、と苦笑しながらも和気あいあいと朝食は進む。

そして、少し多めの朝食をすっかり平らげた俺たちは、今日も今日とて『フトゥレ』をかぶって『レムシータ』へと旅立つのであった。

９：「はぷにんぐ、はぷにんぐ。のーかん、のーかん」

「よし、到着」

「とうちゃく」

こっち《レムシータ》の時間はすでに夜の九時。

前回ダイブアウトした地点……『北ネルキドキャンプ』には灯りのともった中型のテントが端の方に一つっきり。

俺たちも睡眠をとるためのテントを反対側の端に設営する。

「ダイブイン早々だがメシにするか。何が食べたい？」

「にく？」

ブレないね、コユミは。

「新鮮な羊の肉もあるし、串に刺してバーベキューにするか」

「わーい」

わくわくとした様子のコユミを座らせて、俺は調理に取り掛かった。

羊肉は叩いて柔らかくする。そして、一口大に切り分け、塩、コショウをふりかけた後、香辛料とニンニクを細かくしたもので作ったソースをたっぷりと塗り付ける
あとは四つに切ったワイルドオニオンと交互に串に刺していき、焚火の上に設置した網で焼く。

しばらくすると、何とも言えない旨そうなにおいが漂い始める。

匂いだけで白飯が食えそうだ……。まだこちらではお目にかかったことがないけど。

「よし、完成だ。『イースラウド風草原の幸《さち》串焼き』ってとこかな」

「おいしそう」

よだれ、よだれを拭きなさい。

「じゃあ、いただきます」

「いただきます」

コユミと二人、一口齧る。

「おいしい」

「うん、我ながら上出来だな」

柔らかく、ジューシー。

そして香辛料とニンニクで味自体はしっかり締まってる。

「おにーさん、どうぞ」

コユミが木製のカップを差し出してくる。

「お？」

カップの中には透き通った液体。

促されるまま口をつけると、甘い香りとほのかなアルコールの匂い。

柑橘《かんきつ》系の果実酒だ。程よく甘くて、口当たりはさらりとしている。

「せっかくなのでいいおさけ、買ってきた」

「また酔っぱらうぞ？」

「だいじょぶ」

コユミはちびちびと舐めるように酒を飲んでいる。

まあ、あの飲み方なら大丈夫か。

「うまい食い物とうまい酒があれば、どんなとこでも幸せって感じるもんだな」

「おにーさん、ちょっとじじくさい……」

グサっときたぞ、コユミ。

「いいんだよ、俺はこういうのがしたくて『レムシータ』に来てるんだから」

俺は酒をグイッとあおる。

「そうなの？」

コユミが瓶を傾けて、俺の空になったカップに再度酒を注ぎ入れる。

「ああ、この非日常なファンタジーの世界で、だらだら過ごすって最高の贅沢《ぜいたく》じゃないか？」

「……そうかも」

コユミはわかってくれると信じてた！

あとで頭をわしわししてやろうな。

残った肉とタマネギをつまみながら、二人で酒を飲み続ける。

コユミに戦闘のレクチャーをしたり、ポートセルムでどんな魚が釣りたいなどのよもやま話をしたりしているうちに、視界の端に『酩酊』『眠気』のデバフが付いたので、酒盛りはここで切り上げることにする。

「ごちそうさま、でした」

「ああ、うまかった。酒、ありがとうな。いい酒だった」

「ちょっと、おねだんたかい」

酔って赤い顔をしたコユミがトロンと笑う。

一体どのくらいするんだろう？

金貨クラスとかじゃないだろうな……。そのくらいうまい酒ではあったが。

後片付けを多少ふらつきながらさっと終わらせる。

「よし、寝るか」

「おー……」

俺は防寒マントを引っ張り出し、焚火の前に座り込む。

「……テントは？」

「コユミ使っていいぞ」

「むー」

今回は中に毛布どっさり置いてあるから寝やすいはずだ。

「おにーさんもテントで寝よう」

「さすがに現実世界《リアル》に引き続き一緒に寝るってのもな……」

「だいじょぶ、はじめてじゃない」

ああ、ホタル池の時のことか。

「おにーさんがここなら、わたしもここ」

相変わらずヘンなとこで頑固だな、酔っぱらいめ。

あと、その子犬モードはやめなさい。わしわししたくなるから。

「わかった、わかったよ」

「ん。わかればよろしい」

例のボスモンスター騒ぎはまだ収まっていないので、このキャンプに新しく人が来ることもないだろうし、見張りを立てなくてもまあ大丈夫だろう。

正直横になってしまいたかったこともあって、俺はコユミに手を引かれてテントの中へと向かう。

このテントは防風・防水加工なので中はかなり温かい。

夏になったら夏用のテントを買わないといけないかもしれないが、今日のようにまだ少し肌寒い季節にはありがたい性能だ。

「んっふっふー」

横になった俺の背中に、コユミが体を寄せてくる。

フワっと甘い香りがする。

「コユミ、テントは十分広いぞ」

「やくとく?」

俺はぼんやりする頭で少し考えて「そうだな」と答えた。

背中に触れる柔らかな感覚とか、腹に回された腕の重みとか、俺よりも少し高い体温が伝わってくる感じとか……妙に安らぐ。

どちらかというと俺は現実世界《リアル》では避けられる人間だし、実際避けておいた方がいいかもしれない人間なので、こういう無防備な接触をされることが少ない。

こうしてコユミに甘えられるのは、正直嬉しいと思えるのだ。

「ん。おにーさん、何か聞こえる」

「セーフティエリアだ、魔物はいないはずなんだが」

しばし二人で耳を澄ませると、すぐに声の主が判明する。

どうやら、反対側にあるお隣のテントでは夜の営《いとな》みをお楽しみのようで、その声が漏れ出てきて

いた。

顔も会わせなかったし、離れていたから俺たちに気付いていないのかもしれない。

「よし、寝よう。……深く考えたら負けだ」

コユミからの返事はない。寝てしまったのか。

背中の柔らかな温もりと漂う甘い香りが、すっかり冴えてしまった俺の意識になだれ込んでくる。

……落ち着け。よし、落ち着け。

酒のせいか、外から漏れ聞こえる声のせいか。

昂《たかぶ》り始める己が心を俺は必死に抑えつけた。


『睡眠不足』のデバフを引きずりながら、俺はややふらふらとした足取りで街道を歩く。

昨晩は『いろいろあって』、結局俺は眠ることができず……体に鞭《むち》打って出発することとなった。

「だいじょぶ？」

コユミはいつも眠たそうなので、眠いかどうか判断が付きにくい。

「眠い。次のキャンプ……えぇと『マーブの丘《キャンプ・マーブヒル》』についたら今日は早めに寝よう」

「おー……」

今ばかりは晴天の空が恨めしい。

二日目の行程は『マーブの丘《キャンプ・マーブヒル》』まで、と当初の予定通りやや短めだ。

時間にして約六時間程度。

昼過ぎには到着して、のんべんだらりとキャンプを楽しむつもりだ。

「コユミ、昨日のことは、な……」

「はぷにんぐ、はぷにんぐ。のーかん、のーかん」

はぐらかされてしまった。だが、コユミがそういうならそれでいいと納得しよう。

若さゆえの過ちは若い俺たちの特権だ。うん、そういうことにしよう。

「ん、なんだあれ……？」

普段と変わらぬ距離感で話ながら街道を歩いていると、小さな丘を越えたあたりで、前方にやたらとデカい影がゆっくりと動いているのが見えた。

「かめ……？」

「亀だな」

近づくにつれ、それが亀だとはっきりわかった。

ただし大きさは二ｔトラックほどもある。

そして、速度は俺たちが歩く速さよりもかなり遅い。

「【動植物知識】のアシストでもわからないな。デカい亀、としか」

「おそってくる？」

「どうかな」

とりあえず、こちらは街道に沿って歩いているため、距離を保って接近できているが、視界に入ったら襲ってくる可能性はある。

「とりあえず、襲ってきたら迎撃、来なければ放置。戦闘はできるだけ回避していこう」

俺がそう言った瞬間、亀の首がグルンとこちらを向いた。

その頭部は亀というよりも竜《ドラゴン》の様で、立派な角と鋭い牙が見えている。

「オオ、オオ。人ノ子ガ、オル」

……話しかけて来た。

これは俺の想定にないパターンだな。

「あ、ああ。いい朝だな」

「ウム、ウム。ヨキ朝ダナ。春ノ訪レヲ、感ジル」

ちゃんとコミュニケーションが成立するようだ。

敵性モンスターではないのか？

「俺はリョウ。渡り歩く者《ウォーカーズ》だ。こっちはコユミ」

俺に続いてコユミが会釈する。

「番《ツガ》イカ。ヨキカナ、ヨキカナ」

ん？

「俺たちは番《ふうふ》いじゃないぞ」

「ホゥ……？　オ主ノ匂イガ濃イガ、番《ツガ》イデハナイノカ」

「「……！」」

コユミ、照れっとした空気を出すのはやめなさい。

「……で、そちらは？」

「オォ……名乗リヲ欠イテイタノ。我ガ名ハ『フォヌエア』。見テノ通リ、竜亀《ドラゴンタイマイ》ヨ」

竜の頭を持った亀。

おそらく分類上は竜なんだろう。

「こんな街道沿いを歩いていたら騒ぎになるんじゃないか？」

「北ノ海へ、急ギ行カネバナラヌ。友ガ待ッテオル故《ユエ》」

急ぐ、というには随分のんびりした速度だ。

「この速度じゃ随わかかるし、騒ぎになったら討伐隊とか来ちゃうかもしれないぞ？　念のため聞くが人は襲わないよな？」

「失敬ナ！　人ノ子ハ、我ガ守ルベキモノゾ？」

善《い》い方のモンスターだった。

となると、ますます放ってはおけないな。

「一緒に歩いて、【調教《テイム》】してる体《てい》に誤魔化《ごまか》すか。騒ぎにならないようにしたいな」

「……うん。フォヌエア、いいひと」

「コレ以上小サクナレバ、サラニ速度ガ落チル。ダガ、大キクナレバ騒ギニナル。ママナラヌナ……」

巨大な竜亀《フォヌエア》が大きなため息をつく。

「ん？　待て。小さくなれるのか？」

「余リ小サクナルト、狼ナゾニ狙ワレテ面倒ナノダ」

「サイズ的には？」

「オ前ノ手ノヒラニモ乗ッテミセヨウゾ」

なんだ、問題解決じゃないか。

「俺たち、ポートセルムまで行くんだが一緒に行かないか」

「ホゥ……ソノ様ナ提案ヲスル人ノ子ハ、初メテダナ」

「俺たちの方が、歩くのは速いだろ？　ポートセルムは海沿いの街だし、海岸まで一緒に行けば騒ぎにもならないしな」

旅は道連れというし、こういったファンタジーならではの同行者がいるのも面白いだろう。

「ダガ、人ノ子ラヨ。我ハ、オ前たちニ支払ウベキ対価ヲ持タナイ」

「気にするなよ、ちょっと姿かたちの変わった友人ができたと思えばお釣りがくるさ」

特に俺みたいにトモダチの少ないヤツはな……。

「我ヲ友ト呼ブカ、人ノ子ヨ」

「おっと、嫌だったか？」

「イイヤ、久シク聞カヌ言葉ダ。嬉シク思ウ。人ノ子ラ、イヤ……リョウ、コユミ。我ヲ北ノ海へ

ト連レテ行ッテクレルカ？」

フォヌエアの深い金の双眸《そうぼう》が、こちらをじっと見る。

「まかせてくれ」

「おーう」

俺たちの返事に、竜頭が器用に笑う。

ドラゴンでも笑っているのはわかるんだな……。

「じゃあ、フォヌエア。できるだけ小さくなってくれるか？」

「ウム」

スルスルと竜亀《フォヌエア》の体が小さくなっていき、十センチほどの大きさに変わった。俺はそっとフォヌエアを抱えると肩に乗せる。

「バランス大丈夫か？」

「ウム、ウム」

フォヌエアは俺の肩に不思議な力でくっついているようで、少しばかり身動きしても落っこちることはなかった。

「おにーさん、わたしも。……フォヌエアのせたい」

「ホゥ。コユミ、ソチラニ行コウゾ」

フォヌエアは器用にコユミに飛び移り、モゾモゾと両肩を行ったり来たりしている。

「くすぐったい。おにーさん、フォヌエア飼っていい？」

「我ヲ飼ウカ！　コユミハ豪胆《ゴウタン》ヨナ」

「フォヌエアさんはペットではないので連れて帰ってはいけません」

今回ばかりはションボリしてもダメだぞ。

「コユミ。ヤハリオ前カラハ、リョウノ匂イガスルゾ？」

「えへ……」

「フォヌエア、それは非常にデリケートでセンシティブな事情があるので、そっとしておいてくれると助かる」

「人ノ関係ト言ウノハ、ナカナカ難シイノダナ？」

匂いでわかってしまうのか……今後気を付けよう。

いや、今後はない。ないんだ。あってはいけない。

「おにーさん？　嫌だった？」

「そんなわけあるか」

俺は首を横に振って、コユミの頭を軽く撫でて応える。

そうじゃないけど、おにーさんは絶賛自己嫌悪中だ。

「落チ込マセテシマッタ。スマヌ、スマヌ」

「いや、これは俺の失態だからフォヌエアのせいじゃないよ。さあ、先を急ごうか」

道中の会話にはフォヌエアが加わり、少し賑やかになった。

おかげで街道を行くのは全く苦はなく、むしろ楽しい時間に感じる。

時折、干し魚なんかを積んだ荷馬車とすれ違うことがあり、フォヌエアを先だって保護できたことに、俺はほっと胸を撫でおろした。

今でこそ肩に乗っているけど、ドラゴンだしな。

俺だって、討伐依頼であればよく確認せずに、問答無用で戦闘に発展していた可能性もある。

まだ日も高い午後二時。

視界の先に、木製の柵が張られた小高い丘が見えてきた。

「あそこだな……間違いない。『マーブの丘《キャンプ・マーブヒル》』だ。今日はあそこで休憩だ。フォヌエア、すまないが俺たちは些か寝不足だ。多少早いが、今日はあそこで一晩休憩する。明日か明後日にはポートセルムに到着する予定だが、それで構わないか？」

「良イ、良イ。友ト共ダッテ旅ヲスル等、初メテノコトダ。我ハ楽シンデイル」

「たのしー」

コユミとフォヌエアが顔を会わせて笑い合う。

コユミの表情筋はあまり仕事をしないが、溢れる楽し気な雰囲気は雄弁だ。

「よし、テントを作ってしまおう。フォヌエアもう少し大きくなってもらって大丈夫だぞ」

「てつだう」

「ドレ、我ハ火ヲ起コストシヨウ」

各々が手分けして、キャンプの支度をする。

……その晩。俺たちは、このキャンプに誰もいないことにかこつけて、やや大きくなったフォヌエアとともに酒盛りをするのであった。

◆　◆　◆

「オハヨウ、ヨイ朝ダナ」

テントの外に出ると幾分サイズアップしたフォヌエアが頭をこちらに向けた。

昨日の食事時から、大きさは大型犬ほどだ。

「おはよう、フォヌエア。今日も天気がよさそうだ」

「雨ヲ降ラセヨウカ？」

「なんでだよッ!?　てかできるのか？」

「デキルトモ」

フォヌエアって、実は結構大物なんじゃないか……？

「おはよー……」

テントから肌着のコユミが目をこすりながら出てくる。

誰もいないとはいえ、その恰好はよくないだろう。

「コユミ、ちゃんと着替えてから出てきなさい」

「あーい」

水を絞ったタオルを手渡しながら、コユミをテントに押しやる。

「ナルホド。番イトイウヨリモ、兄妹ノ様デアルナ」

「実際の妹と同じ年だからな。妹分みたいなもんだ」

「人ノ子ハ妹ニ『マーキング』スルノカ？」

何気ないフォヌエアの言葉が、朝一番から俺を凍り付かせる。

「……しないな」

「ソウカ……」

「この話題はいいじゃないか。朝飯にしよう」

「ウム、ウム」

フォヌエアは焼いた肉よりも生肉の方が好みだということで、ストックしてある羊肉のブロックをどんと皿にのせて朝食代わりに差し出す。

「ゆっくり休めたし、今日はちょっと強行軍で行こう。今晩にはポートセルムにつけるだろうと思うが……中に入れるのは明日の朝だろうな」

「ソウカ、助カル。次カラハ、人ノ子ラニ旅路ヲ頼ムトショウゾ」

フォヌエアの言葉に、ちょっとした疑問を挟む。

「そういえば、海が生息域なんだろ？　なんでこんな陸地にいるんだ？」

「ウーム、我ラ竜亀《ドラゴンタイマイ》ノ弱ミトナルノデ、言葉ニスルノガ憚《ハバカ》ラレル」

「ああ、ならいい。事情があるなら力になれるかと思っただけだ。また内陸に向かうことがあるならと思ってさ。こうやって一緒に旅する方が楽しいだろ？」

「然《シカ》リ。シカシ、リョウ。オ前カラハ同族ノ……竜ノ匂イガスルヨウナ気ガスル」

「まさか。俺は口から炎吐いたり、空を飛んだりできないからな？」

俺の爺さんはしそうだが。いや、きっとできる。

「きがえたー」

今度は旅装束にしっかりと身を包んだコユミがテントから出てくる。

「よし、朝飯にしよう。今日はスープと堅パンだ。今晩中にポートセルムに到着して明日の朝一番で街に入るぞ」

「あい。フォヌエアとは、お別れ？」

コユミが名残惜し気にフォヌエアの甲羅《こうら》を撫でる。

意外とすべすべして触り心地がいいんだ、あれ。

「港近くに砂浜があるらしい。そこまで送れば大丈夫だろう？」

「ウム、ウム。デハ、今宵《コヨイ》ハ語リツクソウゾ」

昨日の酒宴でわかったことだが、フォヌエアはなかなかに博識でおしゃべりな奴だ。

おかげで俺はいろいろと『レムシータ』における知識を知ることができた。

ハルさんがいればきっと、意気投合してたんじゃないだろうか。

「よし、出発だ」

キャンプの後始末を行い、俺たちは再び街道を行く。

フォヌエアは再びサイズダウンして、今はお気に入りのコユミの頭の上に乗っている。

あのふわふわを全身で感じることができるのは、さぞ気持ちがよかろう。

「そういえば、海でまってるヤツらも竜亀《ドラゴンタイマイ》なのか？」

「イイヤ、アヤツラハ魔神鮫《ベリアルシャーク》ダ。我ガオラネバ退屈シテ悪サヲスルヤモシレヌ。ソレデ、少々急イデオルノダ」

種類はわからないが鮫《さめ》であるらしいことはわかった。

「はやくお友達にあいたいね」

「ウム、ウム」

歓談しつつもしばらく街道を行くと、向かいから黒い武装で統一した一団が歩いてくるのが見えた。人数は……十八人。

十八人《フル・アライアンス》パーティとはなかなか物々しいな。

鎧やローブのどこかには、必ず赤い塗料で竜の頭をあしらった装飾《デカール》が施されている。

……おや、見た顔がいるな。

「コユミ、こんなところで何してるんだ！　探したんだぞ！」

声の主に気付いたコユミが、俺の後ろに半分隠れる。

一団の中から進み出て来たのは、噂のルザール君だ。

今日も紫色の髪がワカメってるな。

「コユミが怖がってる、大きな声を出すのはやめてくれないか？」

「うるさい！　お前には関係ないだろ！」

紫ワカメ《ルザール》が、一歩こちらへ踏み出してくる。

「俺の妹分でカンパニーメンバーだ。関係ないわけないだろ？　そもそもお前は誰で、何様なんだ？」

あえて聞くことにする。

そうすることで、コイツが自分の立場をどのくらい理解しているかがわかる。

「おれは『ｔｅａｍＧＡＮＯＮ』第八番隊副隊長のルザールだ！」

思った以上に頭が悪いな。

「お前の肩書なんか聞いてないんだが……。まあいい、俺たちは先を急いでいる」

コユミを後ろに庇いながら、手を引いてルザールの横を通り抜けようとする。

「囲め！　逃がすな！」

ルザールの号令で、黒い鎧の一団が俺たちを一斉に取り囲む。

うん……なかなか無駄に練度のいい、統制された動きだ。

フルアライアンスに慣れてるな。

「どういうつもりか、聞かせてもらおうか？」

「コユミはオレのカンパニーで引き取る」

そう答えるルザールは、以前と打って変わってどこか余裕の顔だ。

人数が多いと強気になるのはわかるが、態度があからさますぎる。

「話にならんな。そもそも追い出したのはお前のカンパニーだろ？」

「……ッ！　あの時と今は違う！　今のオレには自分の部下を増やす裁量権がある！」

「じゃあ、『あの時』と違うのは裁量権だけだろ？　裁量外のことになったら、またコユミを放り出すのか？」

俺の問いかけが癇《かん》に障《さわ》ったのか、ルザールはその顔をヒステリックに歪める。

「う、うるさい！　とにかくコユミはこっちに来いよ！」

「……いや。キライ」

コユミが握った手に力を込める。

「だってさ。コユミの意思が変わらん限り、俺はコユミを守るし、お前の言うことは聞いてやれないな」

「そんなことが許されるとでも……ッ！」

ルザールの顔は憤怒《ふんぬ》で真っ赤だ。もう少し、落ち着けよ。

「おにーさん、いこ。フォヌエアが困ってる」

「そうだな。道を開けてくれ」

『teamGANON』は道を開けてくれない。

本当に軍隊の様な奴らだ。俺のプレイスタイルと全く相いれないな。

そして、きっとコユミのプレイスタイルとも。

「……待て。待てッ！　ここまでコケにされて黙っていられるか！」

「コケにしてないだろ？　どれも単なる事実だ」

俺の言葉に、黒鎧の中からも小さな笑いが聞こえた。

おい、ルザール君……ちょっと人望薄いぞ、何やってんの。

「カンパニーバトルだ！　オレのカンパニーは『レムシータ』で一番強いんだぞ！　オレの方がッ！　オレが……コユミに相応しいハズだ！」

ＰｖＰのカンパニー版……それが『カンパニーバトル』だ。

人数制限のないPvPで大規模な戦闘が楽しめるコンテンツだが……今は二人しかいない俺たちにそれを挑むのはどうなんだ。

「おいおい、俺のカンパニーは六人で楽しくやってる弱小カンパニーだ。それを人数で捻り潰そうっていうのか？」

「なら、オレの方が強いってことだろうが！　コユミをよこせよ！」

論点とかいろいろズレてるよ、ワカメwith紫。

「やる必要ない。いこ」

コユミが裾を引っ張って俺を促す。少し、震えているようだ。

こいつ、なんだってコユミを怯えさせるんだ？

本人が嫌だと言っているのにそれを強要するつもりか？

一度カンパニーを追い出しておいて？

こいつの頭はハッピーなセットか？

俺はため息をつきながらカンパニーtellを飛ばす。

［みんな、いろいろあってカンパニーバトルを挑まれた。例の紫ワカメからだ。受けていいか？］

「おにーさん？」

コユミが俺を振り返ると同時に、次々とカンパニーtellで返事が返ってくる。

［了解。大丈夫だと思うけど負けんなよ］

［もう。リョウ君はまた無茶をする気だね？　ま、ほどほどにね］

「どうぞ気にしないでください。無理はしすぎないようにしてくださいね」

「ルザール君なのです？　ギッチョンギッチョンを許可するのです！」

メンバーから温かい声援を頂いたところで、俺は紫ワカメに向き直って笑顔を作る。

ちゃんと笑えているだろうか？

こういうとき、笑顔は大切だ。戦場に立つ伏見は、笑っていなくてはいけない。

「いいぞ、やろう」

「ハァ？」

「やろうっていってるんだよ、『カンパニーバトル』。……条件は？」

「本気か？　たった二人で？　バカか？」

「なんだ、冗談で言っていたのか。それならそれでそこを通してくれ。さっきも言ったが急いでいる」

俺がそう笑った瞬間に、システムメッセージが表示される。

〝『ｔｅａｍＧＡＮＯＮ』ルザール＝エックスから『カンパニーバトル』の申請が届いています〟

条件は……『フル・アライアンス』、『フルデュエル』、『オールグリード』、『ベットＢＰ』、『ベットカンパニーＢＰ』。

大きく出たな……これじゃ、完全衝突じゃないか。

十八人パーティで、戦闘不能になるまで。かつ、敗北側のスキルカードは全没収。

極めつけはＢＰまで賭けに乗ってるってことだ。

条件の説明によると、『ベットＢＰ』、『ベットカンパニーＢＰ』は敗北した側がレベルに応じた

ＢＰを勝利側に移譲《いじょう》される仕組みのようだ。

その量、レベルアップに必要なＢＰのおよそ三割ほど。少ないとは言えない。

「おいおい……これ、ちゃんと許可得てるのかよ？」

「相手は二人だぜ？　余裕余裕」

「またルザールさんの弱小イジメがはじまったぜ……」

「女がらみとかマジで面倒」

などという声が、所々から漏れ聞こえてくる。

練度は高いが士気の低い連中だな……。

「コユミ、ケガしないようにちょっと離れた場所にいろ。フォヌエア。すまん、すぐに終わるからちょっと待っててくれ。」

「別ニ彼ラヲ倒シテシマッテモ構ワンノダロウ？」

「遠慮はいらないな。近寄ってきたら痛い目にあわせてやってくれ」

「承ッタ」

コユミを怯えさせた代償は身を持って償っていただこう。

俺はコユミが離れるのを確認して〝受諾《YES》〟のパネルをタッチした。

10：「カンパニーバトルを開始します」

〝カンパニーバトルを開始します〟

システム音がそう告げるとともに、周囲が戦闘フィールドの指定となっていることを表わす半球状のエリアに覆われる。

「よし、はじめようか」

開始直後に一斉にかかっては来なかった。じりじりと間合いを詰めて囲いを狭めてくる。

なかなかに戦闘慣れしていると感心した。

もしかすると、そういったことに関するプロがカンパニーメンバーにいるのかもしれない。

俺の囲いの後ろには、弓持ちと魔法使いが二人ずつ計四人。

ルザールの横にも魔法使いっぽい杖持ってるのがいるな。

そして、俺を押し留めている間に、左側面を抜いてコユミに向かおうとするヤツが三人。

「何をしている、はやく魔法で仕留めろ！」

攻めあぐねているのにイラついたのか、紫ワカメがヒステリックな号令を出す。

魔法は少し厄介だな。

レオナが使っているのを見ている限り、あれはかなり威力が高そうだ。

俺は腰に提《さ》げてあった斧を素早く最小の予備動作で引き抜き、杖を振り上げようとした魔法使いっぽいヤツに投擲する。

「え……」

反応できないままに、杖を振ろうとしていた渡り歩く者《ウォーカーズ》は首と胴がお別れして崩れ落ちた。

これで、魔法を使ったら狙われるということを印象付けられるだろう。

次いで、腰の魔法の袋から鉄屑《くず》（俺が【鍛冶】で失敗してダメにしてしまったヤツだ）を一掴み取り出し、狙いもそこそこに全力で左の側面に【投擲】する。

散弾のように飛んだ鉄屑は、衝撃波を伴ってコユミに近寄ろうとしていた一団に襲い掛かった。

「ぎゃあああああ！」

「ぐあぁ……」

軽装だった槍の一人は吹き飛んで言葉なく倒れ、剣士二人は鎧のおかげか即死は免《まぬが》れたものの地面に転がって呻《うめ》いている。

HPゲージはやや残っているが、鎧には複数の小さな穴が開いていて、血が時々噴き出している。

『出血』のデバフでその内、戦闘不能になるだろう。

自分でやっておいてなんだが、意外とえぐいな……これは。

「なんなんだ……！　なんなんだよ！　どんなスキル構成してんだ⁉」

「釣りをメインに採集と調理を少々？」

「ふざけるな！　やれ！　ぶっ殺せ！」

呆然としていた前衛たちだが、ルザールの激昂を伴った号令で気を持ち直したのか、俺の囲いを再び狭めてくる。

指示するだけでルザール君は来ないのか？

俺は果敢に剣を突き出してきたヤツの腕をつかみ、全力で……そう、文字通り全力で目の前のやつにぶん投げた。

両手斧を持っていたそいつは、投げられた剣士と一緒になって吹っ飛び、後ろで狙いを定めていたボウガン持ちを巻き込んで動かなくなった。

剣士はちょっと凄惨《ゴア》なことになってしまったが、仕方ないだろう。

脆いアバターを作ってしまった自分を恨むといい。

「てあ！」

「ふん！」

ひるまずに槍で突進してきた二人は、コンビネーションはよかったが……些かスピードに欠けていた。

突き出した槍をへし折って、ついでに手に入れた穂先をその胸に返してやる。

表示された二人のＨＰゲージが両方一瞬で赤くなるのを確認して、左右に放り出す。

「魔法で動きを止めろ！　回り込んでコユミを確保するんだ！」

魔法使い三人が一斉に杖を掲げる。

「ぐっ！」

〈エネルギー・ボルト〉三発が飛来し、俺のＨＰを二割ほど削る。

痛みに思わず声が漏れる。

「効いてるぞ！　バケモノめ！　ウヒヒッ……アンタのカンパニーもこれでおしまいだ！　コユミに手を出したのが間違いだったな！　コユミもわかっただろう？　えぇ？　お前がコイツのギルドに入らなきゃこうならなかったのによぉ！」

再び〈エネルギー・ボルト〉が俺に着弾し、ＨＰを削る。

これに、俺はたたらを踏んだ。予想外に痛む。

好機ととらえたか、弓使いの矢が数本飛来するが、俺はこれを手刀で打ち払った。

これ以上傷を負うのは避けたいところだ。何せ、俺はオーバーオールしか着てないし。

しかし……魔法ってヤツは、思いのほか危険だな。

ＨＰの残りはあと半分ほど。魔法使いに気を取られたままでいると、走り出した別動隊からコユミをカバーするのは難しそうだ。

何とか距離を詰めて、魔法使いを叩いてやりたい。

「ぐっ……」

そうこうするうちに、再び魔法が着弾して、俺のＨＰを削る。

「アンタの負けだ！　強いやつが一番偉いんだよ！　バーカ!!」

思わず膝をついた俺を嘲笑するように、ルザールが勝ち誇った顔で笑う。

「おにーさん、みんな……ごめん……なさい」

俺の後ろでぐずる声が聞こえる。

コユミが泣いている。

……違うだろう？　コユミ。

お前、俺たちと出会えて「結果おーらい」だって、楽しかったって喜んでたじゃないか。

お前が気に病む必要なんて、どこにもない。

なのに、お前が泣く必要がどこにあるんだ？

どうして、お前が泣いてる？

──なぜ、俺はコユミを泣かせたままなんだ？

〝これは俺らしくない〟

俺は痛みを我慢して立ち上がる。

ＨＰの減少って結構痛いんだな……ミックはよく耐えてる。

「トドメをご希望ですか～？　イヒヒヒ！　望み通りぶっ殺してやるよ！」

ルザールが冗談めかして魔法使いに指示を送る。

魔法使いたちが杖を振り上げるのを見て、飛来するであろう〈エネルギー・ボルト〉に耐えるべく、俺は身構えた。

（いいか、リョウ坊、魔法というのは──）

……こんな重要な場面なのに、ふと、昔のことが思い出される。

走馬燈《そうまとう》系のヤツか？

さすが第二の現実だが、今は必要ないぞ。

(いいか、よく聞け。リョウ坊)

お構いなしに、記憶が想起されていく。

これは……爺さんの道場によく遊びに来ていた、外国人のおじさんだな。

手品が上手で、『瞬間移動』や『物隠し』の手品をよく稽古の合間に見せてくれたっけ。

おじさんは『魔法』だって言ってたけど。

(いいか、リョウ坊、魔法というのは数字の計算みたいなもんだ。どんな魔法でも複雑な計算式があって、それをほんの少し弄《いじ》ってやるだけでそれは正確に答《はっどう》えを導けなくなる)

(弄る?)

(簡単さ、余計な数字を入れたり意味のない記号を入れてやればいい。あるいは1+1が2であると信じてる連中に実は3なんですよ……と、そっとささやくだけでもいい。魔法なんてもんは、それだけで不確定になるんだ。それが【青魔法】の神髄《しんずい》で基本なんだよ。いいかリョウ坊。覚えておくんだ。きっといつか役に立つ……──)

そんな何でもない思い出の一幕の言葉が締め括られると、俺のどこか深いところでカードがめくられる音が聞こえた。

「〈呪文破り《スペルブラスト》〉……」

自然に俺の口から紡がれた言葉が、力ある現象となって現れた。

それに魔法使いたちは気付かなかったようだが。

「何やってんだ！　仕留めろ！」

「【魔法】……【魔法】が発動しません！　使用回数が……いきなりなくなって……！」

混乱した様子の隙に、続いて別の言葉を紡ぐ。

「……〈反響呪文《エコラリア》〉」

俺が指を一振りすると、周囲に発動した〈エネルギー・ボルト〉の光弾が、いまだ混乱状態にある魔法使い三人を貫き、吹き飛ばした。

ＨＰゲージが一瞬で赤く染まり、砕ける。

その信じられない光景に、コユミに向かっていた一団が足を止め……一斉に逃走を始めた。さっきまで牽制の矢を撃っていた弓使いも同様だ。

正しい判断だ、負け戦《いくさ》でわざわざ痛い思いをしなくてもいいだろうさ。

彼等を追うつもりはない。

俺の目的の人物は、ただ一人だ。

「お前ら、戻れ！　戻れよ！」

俺は目の前で引き腰になって剣を構えるルザールに、詰め寄る。

「これでサシでやれるな、コユミにきちんと謝るなら、ドローにしてやってもいいぞ？」

「なんなんだよ！　なんなんだよ、アンタは！」

「――スローライフの頂点を目指す男さ」

決まった。

……と思ったが、目の前のヤツはバカにされたと感じたようだ。

「ふざけやがって！　お前みたいなのはコユミにふさわしくないんだよ！」

「お前ならふさわしいとでも？」

「当たり前だ！　幼馴染ってのはそういうもんなんだよ！」

「……ラノベの読みすぎでは？」

「うるさい！　【ブリッツブレード】！」

赤い光を伴ってルザールが突っ込んでくる。

赤い軌跡を伴った斬撃が三度繰り返され、俺を刻む。

「バカめ！　油断したな！　やっぱりオレの方が強い！　正義は勝つんだよッ!!」

「俺はコユミを泣かせる正義なんか認めない」

俺の拳がルザールの鎧にめり込む。

高そうな鎧だったが……残念だ。少しばかり脆い。

これではミックにはお薦めできないな。

せめて教室の壁くらいは固くないと。

「グェッ……アンタ……なん、で」

「ヒミツだ」

残念ながらお前が刻んでたのは、事前に【青魔法】で出現させておいた俺の〈空蝉幻影《ブリンクシャドウ》〉だ。

「これで、〆だ」

ルザールの片腕をつかみ、片足を軸に体を回転する。

何回転目かの時にゴキリ、とルザールの肩が脱臼《だっきゅう》する音と悲鳴が聞こえたが、お構いなしにとにかく回す。

「やめ……ッ！　やめてくれ！　頼む！　謝るから……」

「反省してこい。もう二度と目の前に現れてくれるなよ？」

十分に加速がついたところで、遠心力にまかせてルザールを空高く放り投げる。

その姿は空の彼方に小さくなって……しばらくすると、かなり遠方で土煙あげてダイナミックな着地を俺に知らせた。

〝カンパニー『アナハイム』がカンパニー『ｔｅａｍＧＡＮＯＮ』に勝利しました〟

そんなシステムメッセージが戦いの終わりを俺に知らせた。

〝カンパニーバトルに勝利しました。本戦闘に参加した全ての『ｔｅａｍＧＡＮＯＮ』メンバーがカードスロットにセットしていたスキルカードが、本戦闘に参加した『アナハイム』メンバーに移譲されます〟

〝カンパニーバトルに勝利しました。本戦闘に参加した全ての『ｔｅａｍＧＡＮＯＮ』メンバーより、各レベルに応じたＢＰが本戦闘に参加した『アナハイム』メンバーに移譲および分配されます〟

〝カンパニーバトルに勝利しました。『ｔｅａｍＧＡＮＯＮ』に所属する全てのメンバーから、レベルに応じたＢＰが移譲され、『アナハイム』全メンバーに分配されます〟

立て続けに三つシステムメッセージが視界の端に表示される。

周囲では戦闘不能となって倒れていた渡り歩く者《ウォーカーズ》が、次々と光となって消える。

カンパニーバトル終了までは復帰の可能性を残してあるってことか。

「我ノ出番ガナカッタ。ホレ、ホレ、コユミヨ。リョウガ勝ッタゾ」

「ん……」

コユミは頷きながらもいまだにぐずっている。

「ちょっと危なかったけど。ま、結果オーライってやつだな」

「おにーさん……わたし……」

涙を流すコユミをそっと抱きしめる。

「よーし、よしよし、大丈夫だ。ほら、ちゃんと勝ったぞ」

「迷惑、かけちゃた……」

えずくコユミの背中をポンポンと叩く。

「コユミがいて迷惑だったことなんてないだろ？　俺は釣り仲間ができたし、リリーはお前がいると楽しそうだ。ミックとハルさんは仲間が増えてうれしいって言ってたし、レオナは妹ができたみたいなんて喜んでる」

「……うん」

「だから、気にするな。またあいつが来たら、また俺が追い返してやる。その代わり次来たときは殺撃《せいさんなことになる》を使うから、目はつぶってろよ」

今回は幼馴染だっていうのでコユミに気を遣いひどい現場にすることを避けて、放り投げてやったが、次は粉々に打ち砕く。

戦場で伏見に挑んでおいて、直接の死因が墜落《ついらく》死だなんて、ルザール君は幸せ者である。

「だからほら、もう泣きやめ」

「ん……おにーさん、愛してる」

コユミがぎゅっと抱き返してくる。

うん、この「愛してる」は気持ちがこもっててステキだ。

よしよし、と柔らかくてフワフワした頭を撫でる。

「それに見ろ。いろいろ副賞もついてきたから、気分は悪くないだろ？」

まず、ＢＰが一人頭八千七百三十三。

これだけでレベルが５まで上げられるし、カードパックだったらゴールドカードパックが、なんと二十九個も購入できる。

次に百枚を超えるスキルカード。

「大量すぎる……ほとんど戦闘系スキルだし、コユミが全部持ってっていいぞ」

「え」

「俺のスローライフには必要のないものばかりだ……」

いくらかもらっておいて、トレードボードに使ってもいいが差し迫って必要なのは戦闘をするメンバーだろう。

「おにーさん、むしろこれ、全部おにーさんのもの、だよ」

「よしわかった、とりあえず半分持っていけ。残りは俺が回収してメンバーに分配するから」

「む……」

こうなるとコユミが頑固なので適当に半分とって、残りはコユミに強引に渡す。

『ウェポンスキル』とかは全部コユミ行きだ。

「思わぬところでレベル上げとスキル上げができてしまったな」

「それは、何かちがうと思う」

「まぁ、いいじゃないか。これでBP稼ぎをしているみんなに後れを取らずに済むぞ」

「ん。そうだね」

一息ついていると、フォヌエアが俺をじっと見つめているのに気が付いた。

「どうした、フォヌエア」

「リョウ、オ前ハ……一体何者ダ？　アノヨウナ魔法ハ、ズイブン前ニ失伝《しつでん》シテイルハズダ」

「んー……俺にもわからん」

俺はそう返事して、メニューを開いてスキルスロットを確認する。

半ばあきらめているが、どうせ妙なことになってるに違いない。

＊＊＊＊＊＊＊

・スキルスロット（9／6）：
【太公望】【調理／全般：2】【調理知識／全般：1】【動植物知識：1】【感覚強化／視覚】【採取

／全般：1】
【愚者／伏見流交殺法】【愚者／青魔法】【愚者】

＊＊＊＊＊＊＊

あぁ……やっぱり変なの増えてる。

「おにーさんは、おにーさんだから……それで、いい」

「フォヌエア、巻き込んですまなかったな」

「ヨイ、ヨイ。我ノ力ヲ見セラレナカッタコトダケガ残念ダ」

そう言うフォヌエアに、俺は背筋を寒くさせる。

天候すら自由に操るドラゴンに挑むなんて、無謀もいいところだ。

もしそんな事態になっていれば、ルザールたちは俺が相手するよりも、もっと悲惨なことになってたかもしれないな。

「勝った」

「ああ、こっちにも三千ほどBPが来てたぜ。おつかれ～」

「大丈夫でしたか？」

「ちょっと危なかったけどな、無事だ」

「また無理したんじゃないのかい？　後でちゃんと聞かせてもらうからね」

「なのです！　ルザール君はギッチョンギッチョンなのです？」

「すごく……遠くに、とんでいった」

「……？　とにかく勝ったならよかったのです！」

「ってことで勝利報告終わり。また連絡入れるわ」

一息つき、ネルキド平原を見渡すと、先ほどまでの戦闘などまるで嘘だったかのように、のどかな風景が広がっている。

「さて、気を取り直して行こうか。腹も減ってきたし、少ししたら昼飯にしよう」

「ウム、ウム」

穏やかな気候のネルキド平原を歩くのは、気分を落ち着けるのには最適だった。

落ち込んだ様子だったコユミも、どことなく楽しげな雰囲気を出しているように見える。

見晴らしのいい草原の真ん中で昼食をとり、再び歩き続けること数時間。

日が落ち星空がくっきりしてくる頃に、ようやくポートセルムの街が見えてきた。

港町には明かりが灯り、目を凝らすと灯台の光がちらついているのも見える。

「もうすぐ到着だが……うん、やっぱり門が閉まってるな。街に入るのは明日になりそうだ」

遠目に見える町の入り口には、すっかり閉じられた扉が見える。

「よていどおり？」

「まぁ、そうだな。あいつらに絡まれなけりゃギリ滑り込めたかもしれんが……コユミ、ほら泣くな。コユミのせいじゃないぞ」

これは失言だった。

「リョウヨ、コユミヲ泣カセテハナラヌ。ドレ、ドレ、コユミ。我ノ背ニ乗セテヤロウ」

フォヌエアは地面に降り立つと二メートルほどの姿に変化した。

長い尻尾を使って器用にコユミを背に乗せると、ノッシノッシと歩く。

「我ノ背ニ乗ッタ人間ハ、コユミガ初メテゾ。北海竜王《ホッカイリュウオウ》ノ背ニ乗ッタトアラバ、末代マデ誇レヨウ」

なんだかすごい二つ名が出てきたぞ。

フォヌエアはもしかすると、とんでもなく偉いヤツなんじゃないだろうか。

「……うん。ありがと」

「ヨイ、ヨイ。娘ノヨウデ、カワイイモノヨ。ノウ？　リョウヨ」

「生憎《あいにく》いたことがないから、わかりかねるな」

目にねじ込まれても痛くない妹はいるが。

「コユミト子ヲ成セバヨイダロウ。オ前タチカラハ、番イノ匂イガスルゾ」

「俺たちは渡り歩く者《ウォーカーズ》だからな、そう簡単にいかないのさ」

コユミが甲羅の上で照れた空気を出しているので、頭を撫でてやる。

「この辺でいいか。あまり街に近づきすぎてもフォヌエアを見て騒ぎになるかもしれないしな」

「ウム、ウム。コユミヨ、楽シカッタカ？」

「うん」

「ヨキカナ、ヨキカナ」

本日の野営地を決めた俺は、キャンプの準備を始める。

いつも通りテントを張り……修得したばかりの【青魔法】で〈霧の監視者【「霧の監視者」にルビ：ミスト・ウォッチャー】〉を発動させる。

この薄い霧のようなものは、侵入者を検知するための魔法だ。

セーフティエリアでないため、モンスターが来るかもしれないし、恨みを持ったルザールの所属カンパニーが報復に来るかもしれない。

「おにーさんが魔法使いになってしまった……」

「コユミ、男性に魔法使いは禁句だ。俺は三十までに必ず成し遂げるぞ……！」

「おー……意気込みが、すごい」

「それは置いといて、飯にしよう。街はすぐそこだし、補給を気にする必要もない。今日は食い物も酒もどんどん使ってしまおう」

……その日の酒宴は深夜まで続いた。

意外なことにフォヌエアは歌が上手く、披露してくれた古代の歌はどれも素晴らしいものだった。

「すごいな。こんなきれいな歌を聴くのは初めてだ」

言語《ことば》こそわからないが、独特の声で謳《うた》い上げられたその歌は心地よく、俺の心の奥底に響くような気がした。

「竜 詩《ドラコポエティカ》ト呼バレルモノダ。原初ノ韻律《インリツ》ニ、最モ近イ歌トサレテイル」

「ああ、とてもいい歌だ。言葉なんてわからなくても、いいものはいいとわかるんだな」

「然リ、然リ。酒ト同ジヨ」

「おー……」

コユミはまた酔っぱらっている。今日はフォヌエアの送別も兼ねているので俺も何も言わない。

俺だって視界の端に薄く『酩酊』のアイコンがついている。

「しかし、このコユミが持ってきた酒、本当にうまいな」

気持ちよくアルコールが回るし、疲れが吹き飛んで元気になる感じだ。

代わりに魂にも火が入って大変なんだが。

俺の自制心に任せるしかない。

……一回負けたけど。

「シカシ、コユミヨ。コノヨウナイイ酒ニ、毒ヲ混ゼルノハ感心シナイ」

「毒？」

コユミが毒を盛った？

いやいや、自分も飲んでいるしそれはないだろう。

「毒デ無ケレバナンダロウナ？　リョウ、ドウニモオ前ト同ジ匂イガスルゾ」

「何混ぜたんだ、コユミ」

「えへ……」

酔っぱらってトロンとした目つきのまま、コユミが誤魔化し笑いをする。

酔うと活発になる表情筋のお陰か、何かを隠しているのは一目瞭然だ。

「何を混ぜたのかな？　んん？」

「ちょっと、実験……？」

「人体実験はよくないな。何の毒だ」

「おくすり。からだにわるくない。ダイジョブ」

そう言って、自分の杯をあおる。

あのように自分で口にするのだから、危険なモノではないと思うが気にはなる。

「コレハ、コレハ。リョウ、ワカッタゾ、コレハ媚薬《ビヤク》ダ。我ニハ効カヌガ、人ノ子ニハヨク回ルノデハナイカ？」

フォヌエアが器用に皿の酒を舐めながら、くっくと笑う。

「コーユーミー？」

「はい！　すみませんでした！」

しゃきっとした受け答えをする当たり、相当酔っぱらってるな？

「待てよ……？　じゃあ『北ネルキドキャンプ』でのあれも……」

「はい！　混ぜてました！」

シャキシャキと白状するんじゃないよ、まったく。

「コユミ……まあ、あれはお隣が〝ああ〟だったりしていろいろ状況があったけどさ、ダメじゃないか」

「……あい」

「こっちきなさい」

俺が手招きすると、怒られると思っているらしいコユミは、びくびくしながら近づいてくる。

そんなコユミの手を引いて、胡坐の上に座らせる。

頭を撫でてから、そっと手を回して、後ろからコユミを抱き、頭に顎をのせる。

よし、捕獲完了だ。

「おにーさん？」

コユミはびっくりしたのか何なのか、所在なさげにもぞもぞと動いている。

「フォヌエア、俺たちはそろそろ寝るよ」

「ヨイ、ヨイ。デハマタ明日ニナ。遮音結界《シャオン》ハ必要カ？」

「そんなことまでできるのか……。いや、獣が近づいたら追い払ってくれるだけでいい」

そもそも、フォヌエアがいたら獣の類は近寄ってこないけどな。

俺は無抵抗なコユミを抱きかかえたままテントへと入る。

「……おにーさん？」

「朝までお説教だ、コユミ」

11：「おにーさんのこと好きだよ？」

翌朝、開門から少し経ってからポートセルムに入った。

港町というのだから、さぞ活気に溢れているのかと思っていたが……往来に人は少なく、商人たちは意気消沈した様子で腕組みして話し合ったりしている。

どうにも雰囲気が重い。

「どうしたんだろ？」

「へん、だね？」

俺とコユミは首をかしげる。

すれ違う馬車の数も少なく、荷もあまり積んでいない。

「人ノ子ノ巣トハ、コノヨウニ生気ガナイモノナノカ？」

「町、な。ここは貿易拠点でもあるはずだから、かなり賑わってると予想したんだが……」

肩のフォヌエアも不審に思っているようだ。

「お、おい、あんた！　冒険者さんかい？」

「そう見えるか？」

往来を港に向かって歩いていると、住人らしき男が声をかけてきた。

オーバーオールに胸当てのエセ農夫が冒険者に見えるとしたら、よっぽど切羽詰まっているんだろう。

まあ、間違えてはいないんだが。

「あんたは……どうだろうな。でも、そっちのお嬢さんは冒険者さんだろ？」

「……わたしはスローライフの頂点をめざすもの」

よし、説得《せんのう》が効いてるな！

毎日『スローライフ』の素晴らしさについて布教《ふきょう》した結果が出てきた。

時々、眠そうな目がうつろになっていたけど。

「冒険者じゃないのか……」

「何かあったのか？　町の雰囲気がおかしいようだが」

俺の質問に、男はため息をついて返す。

「一週間前くらいからよ、港の沖合にバカでかい鮫が居座ってよ、入港も出港もできないんだよ。おかげで商人《おれ》たちは商売あがったりだ。さらにネルキドへの街道にこれまたバカでかい亀のモンスターがいるとかで荷を動かすのもままならねぇ……」

「「デカい……かめ」」

「デカイ……鮫。アヤツメ……」

亀のことは間違いなくフォヌエアのことだろう。

そして鮫の方は、件《くだん》の魔神鮫《ベリアルシャーク》だろう。

「せめて街道だけでもと思ってな……商人組合で金を出し合って、高名な冒険者結社《カンパニー》に依頼したが、モンスターに敗走したらしいんだ……何人かこの街に戻ってきていた」

ああ、ルザールたちはフォヌエアの討伐依頼を受けていたのか。

まあ、途中で俺に返り討ちにあったと話すよりも、モンスターが強かったと言うほうが、対外的なイメージダウンは少なくて済むか。

というか、そもそも……あいつらフォヌエアに勝てるつもりだったのだろうか？

ドラゴンだぞ？

俺にすら勝てやしないのに、ドラゴンの相手は無理だろう。

「八方塞がりだよ」

「あー……その亀のモンスターだが、心配いらない。俺が危険のない場所に誘導しておいた。もう街道にいつも以上の危険はないはずだ」

「ええ？　たった一人でか⁉」

嘘は言ってない。

町に連れて入ってるけどな。

「あと、鮫の方ももうすぐ何とかなると思うから、もう少し休暇を楽しんでくれ」

「ハァ……でもあんた冒険者じゃないんだろ？」

「渡り歩く者《ウォーカーズ》ではあるさ」

男はなるほど、とうなずいて「街道の件を確認してくる」と去っていった。

『渡り歩く者《ウォーカーズ》』……便利な言葉である。

「フォヌエア、お友達が悪さを始めているようだぞ？」

「マッタク、退屈シノギニ人ノ子ヲ脅カシテ遊ンデオルノダロウ。イツマデタッテモ悪戯者ダナ」

肩にぶら下がるフォヌエアが小さくため息を吐く。

船ばかり停まって閑散とする港を抜け、俺たちは海岸に向かって歩く。

港を抜ければ、砂浜はすぐそこだ。

「ここでいいか？」

「ヨイ」

目の前には広がる白い砂浜。

押しては返す波が朝日を受けてきらめいている。

フォヌエアはひょいと飛び降りて海岸に降り立つと、出会ったころほどの大きさへと変化する。

「ウム、ウム。リョウ、コユミ。実ニ楽シイ一時デアッタ」

「ああ、また歌を聞かせてくれ」

「また呑もうね？」

コユミがフォヌエアの首に抱き着く。

「リョウヨ。古今東西、北海竜王タル我ヲ、仮トハイエ従属契約シタノハオ前ガ史上初ダ。誇ッテヨイゾ？」

「ん？」

そんなのしてないぞ？

「オ前ハ鈍感ジャナ。ナゼ我ガ対魔結界内《セーフティエリア》ニ入レタカ、考エタコトモナカッタノカ？」

海水に触れたフォヌエアの姿が変化していく。

浅黒い肌、たおやかなウェーブする黒髪、豊満な肢体。

ハワイ系美人……だ……と？

「うむ、うむ。この姿になるのも久しいな。海に触れねばならぬのが難点だが」

「おおぉ……美人に、なた」

フォヌエアはコユミを抱擁《ほうよう》しくるくると回っている。

「で、従属契約というのは？」

「お前が言ったのではないか。【調教《テイム》】してる体《てい》にする、とな」

確かに言った。

「その文言を言質《げんち》にして、仮の契約を結んだのよ」

「質《たち》の悪い詐欺師《さぎし》みたいなマネを……」

「安心せよ。チカラある者しかできぬ手法故。あと、お前にその気がなかったらできなかったハズじゃぞ？　人の子であるにもかかわらず我を保護しよう、などと考えていたな？」

「……まあな」

保護というか、困ってるなら助け合いだと思っただけなんだが。

「よい、よい。我も女の端くれじゃ。嬉しきことよ」

フォヌエアは快活に笑う。

美人で若いお袋さんって感じだな。

「この仮契約、お前との出会いの記念として切らずに残しておく。海で困れば我を呼ぶがよい。きっと力になろうぞ」

「ああ、俺の針にかからんでくれよ？」

「よい、よい。お前であれば釣られてやるのも一興《いっきょう》じゃて」

妖艶に笑うフォヌエアは、コユミを砂浜へと降ろし、海に向かって手を一振りする。

沖で大きな水柱があがり、ものすごい勢いで水しぶきをあげながら砂浜に突っ込んでくるものが見えた。

着岸したそれは勢いそのままに砂煙をあげて、フォヌエアの隣に停止する。

「呼ンダカ、主殿」

収まってきた砂煙の中から、全長二十メートルはあるかという巨大な鮫が姿を現す。

「これ、悪戯坊主。人を害してはならんと、言ったろうが？」

「オレ、遊ンデタダケ。喰ッテナイ」

その様子に、フォヌエアがため息交じりに苦笑を漏らす。

「では、では、さらばだ。またいずれ酒を飲みかわそうぞ」

「ああ、また会おう」

「フォヌエア、ばいばい」

鮫に胡坐をかいたフォヌエアは鮫とともに海へ消えた。

〝街道沿いの脅威を解決しました：五百ＢＰ〟

〝ポートセルムの脅威を解決しました：五百ＢＰ〟

「お」

解決ってことは、これで町の流通も回復するかな？

そうでなくては困る。この街でしか手に入らないものに期待していたのだから。

「おにーさん」

コユミがそっと抱きついてくる。

「どうした?」

「なんかさみしい」

ああ、そうだな。

気持ちはわかる。一時とはいえ、共にいた人と別れるのは寂しいものだ。

「俺がいるだろ」

「ん」

俺はコユミをやんわりと抱きかえす。

朝日の柔らかな光の中しばらく抱き合っていると、次第に落ち着いたようで、コユミはニヘラと不器用に笑って見せた。

「よし、とりあえずは食材を買い込んで冒険者ギルドだ。アパートメントで豪華な朝食といこうぜ?」

「おう~いこ~」

コユミが俺の手を引いて歩き出す。

俺はコユミの手を握りかえして、引かれるままにポートセルムへと引き返した。

◆　◆　◆

「では只今から裁判をはじめます」

現在、アパートメントでは絶賛裁判中である。

被告人《ひこくにん》は俺。

すなわち正座中である。

裁判官はレオナとハルさん。

罪状は『レムシータで勝手に嫁を増やした罪』である。

「申し開きがあればどうぞ」

「……ない」

「有罪。死刑です」

判決早いよッ⁉

あー……でも、やっぱり怒ってるよな。

そりゃ、許せと言うほうがどうかしてる。どう考えても俺が悪い。

コユミにも謝っておかないと。最初から気持ちに応えられない、とちゃんと伝えておくべきだった。

俺がうつむいて自己嫌悪の海であっぷあっぷあっぷしてると、いつの間にかそばに来ていたレムシータ嫁二人《レオナとハルさん》が苦笑して俺の両頰にキスをする。

「と、いうのはウソです。リョウくんがどう思っていたかはともかく、こうなるだろうなとは私た

ちは思っていましたから」

「ボクらはコユミちゃんから相談も受けてたしね」

え、そうなの……？

じゃあ、この裁判の意味とは……？

「でもリョウくん、事後報告になった件に関しては良くないですね？」

「正直に話してくれたことについては評価するけどね」

とはいえ、俺のやったことは裏切りに他ならないし……きちんと話し合いをするべきだよな。

「いや、うん。ほんと……ごめん。もっと気を付けるべきだったし、ちゃんと二人に話すべきだった」

レオナがハルさんと笑いあってる。

「あらあら」

「ほらね、ボクが言ったとおりでしょ？」

二人は俺を左右それぞれからそっと抱きしめる。

「いいんですよ。レムシータなら《こ》リョウくんは自由なんです」

ハルさんが俺の頭を撫でながらささやく。

事情を知るハルさんは、俺がなぜ自由にこだわるかを知っている。

彼女はこのレムシータで、俺が求めるものを知っているのだ。

「正直言うと、ボクはこの先もライバルはきっと増えていくんだろうなって思ってる。こっち《レムシータ》でも、
それこそ現実世界《リアル》でもね」

レオナは俺の背中をさすりながら苦笑している。

「でも、私たちはリョウさんを縛りませんし、リョウくんも遠慮しなくていいんです。私たちはリョウくんが好きなことをやめませんし、リョウくんが私たちを好きだってこと、ちゃんとわかっていますから」

「だいたい、リョウ君が節操なく女の子を侍《はべ》らすような人じゃないのは知ってるしね」

でも実際増えちゃったんだよ？

そりゃあ、油断もあった。コユミは最初から距離感の近いやつだったし、二人目の妹ができたみたいで嬉しい、なんて思ってたんだ。

まさかさ、こうなるなんて……。

「だから、ほら、自己嫌悪の時間は終わりですよ？」

「よかったじゃないか。夢のハーレム生活が充実するね？」

再び両頬にキス。

「あ、でも……ちゃんとボクらのことも構ってくれないとダメだよ？」

「そうですよ？　また、デートに連れて行ってくださいね？」

心が少しずつ軽くなる。

「うん……そうだな。ありがとう、ハルさん、レオナ。俺の嫁たちは優しい。俺は幸せ者だ」

俺はおどけて見せて、二人を抱き寄せた。

深呼吸するをすると、二人のいい匂いがする。

「じゃあ、話はこれでおしまいです。現実世界《リアル》でそろそろ夕食の時間ですし、私はいったんダイブアウトしますね」

「ボクもそうしようかな」

「俺もそうするよ。あー……現実世界《リアル》の話なんだが、コユミを家まで送っていかないと。構わないかな？」

念の為、確認をしておく。

「あたりまえです。ちゃんと送ってあげてくださいね」

「あはは、ハルさんがイインチョモードだ。そこはちゃんと自制を効かせてくれれば大丈夫さ。それに、コユミちゃんにはさっき、ボクらの協定のことを伝えておいたしね」

「コユミはなんて？」

俺の問いにはすぐに答えが返ってきた。背後から。

「やったー、これでおにーさんのヨメだー」

いつの間にか背後に潜んでいた、コユミが抱きついてくる。

いつもの平坦な口調ではあるが、背中に触れるコユミからは嬉しそうな雰囲気が溢れている。

「……って、言ってますよ？」

「そ、そうか。コユミはそれでいいのか？」

コユミがニヘラと笑ってうなずく。

「ん。それに、あのお薬だってハルさんがおし……ムググ……」

「薬？　ハルさんがどう――……」

「何でもないですよ？　コユミちゃん、ちょっと向こうでお話ししましょうね？」

俺の言葉が終わらぬうちに、ハルさんはコユミを抱えて二階へ行ってしまった。

同じくらいの体格なのに、なかなかパワフルだな……。

「まあ、いいか……。あとで聞こう」

「じゃあ、ボクからいいかな？」

立ち上がった俺にレオナが腕を絡めてくる。腕に触れる柔らかな感触。

このボリューム感……久しぶりだ。

あれ、俺さっきまで反省してたんじゃなかったっけ？

「さて、リョウ君。これでキミはボクを含む、キミのことを好きな女性三名を〝味見〟したわけだけど、どの子が一番〝美味しかった〟んだい？」

「なッ……」

流し目気味にこちらを見るレオナが悪戯っぽく笑っている。

「ボクとしては、最近ちょーっと寂しいな、と思うんだけど。あれ以来、その……えっちなコトもあんまりしてくれないし。ボクは、もしかするとキミにとって魅力の薄い人間なんじゃないかなーって不安になったりするのさ」

「おいおい、レオナ。そんなことを考えてたのか？」

見当違いもいいところだ。

トロアナへの旅やら、その後のポートセルムへの移動やらで、なかなかレオナとの時間を作れなかったこともあるが、レオナに魅力を感じないなんてありえない。

「ボクらの年代は、もう少し無節操なものだと聞いた気がするんだけど？」

小さく笑うレオナを正面から抱き寄せて、軽くキスをする。

少し驚いた顔をしたが、レオナはすぐに『次』をせっつくように目を閉じた。

それに応えてから、レオナを抱擁する。

「レオナに魅力を感じないなんて、そんなバカな話があるわけないだろ？」

「リョウ君……」

「よし、部屋に行こう。すぐ行こう。レオナがどのくらい俺にとって魅力的な女の子か、いますぐにでも証明できるぞ」

俺はレオナを抱え上げると、自分の部屋に向かって歩き出す。

みんな大好き、お姫様抱っこだぞー？

「にゃにゃにゃッ⁉　……わかった、わかったから！　みんなもいるから！」

軽くパニックを起こして暴れるレオナを、そっと床におろす。

「もう！　行動がぶっ飛んでるのは、まったくキミらしいよ！　その……二人っきりの時が、いいな」

顔を赤くしたレオナがもじもじとしながら、俺の裾をつまむ。

レオナ可愛いよ、レオナ。

……ああ、どうしよう。本当に今すぐ部屋にお持ち帰りしたい。

「約束だよ？　今度はボクとデートだからね？」

レオナはつま先立ちで、軽く触れるようにキスするとすぐにダイブアウトして消えてしまった。

薄れゆく燐光《りんこう》を名残惜しげに見ながら、俺はどうにも落ち着かない心をなだめようとする。

ホントに現実感ないな。いや、ヴァーチャルではあるんだけど。

あんなに可愛いレオナが、俺のことが好きだなんてなかなか実感がわかない。

そのあたりもあって、なかなか積極的に慣れない部分もあるのだが。不甲斐ないというか、我ながら情けないことである。

「実感、わきました？」

ハルさんが、階段を降りながら微笑みかけてくる。

「レオナさん、ちょっと気にしてたみたいだから。ちゃんと私たちのことも〝可愛がって〟くれないとダメですよ？」

「……ああ。もっと好きになってもらえるように頑張るよ」

「残念ですが、好感度は上限値なのでこれ以上はムリですよ？」

なんて冗談を言いながら、ハルさんも俺に軽くキスして……ダイブアウトしていく。

しばらくソファに座っていろいろかみしめてると、コユミが降りてくる。

「お、コユミ戻ったか。現実世界《リアル》で夕飯にしようぜ」

「ん。あのね……わたしも、おにーさんのこと好きだよ？」

「ありがとうよ、だけど、薬はもうなしだぞ？」

「反省はしてる。でも、またする」

するのかよ……！

「コユミ、俺を誘うのに【調薬】を悪用するのはやめなさい？」

「だって、はずかしい……し」

ああ、もう！

いちいち可愛いな！

俺の嫁たちは！

12：「ヴァチャ充っていうのか……」

現実世界《リアル》帰還した俺たちは、さゆりが用意してくれた炊き込みご飯と筑前煮《ちくぜんに》をたらふく食べ、しばしの歓談の後に由美子を送っていくこととなった。

ネットワークエンジニアである由美子の両親は、残業や帰宅が遅くなることがままあり、昨日のような急な夜勤も時折あるのだと由美子は寂しそうに言っていた。

両親が宇宙《そら》に上がってめったに家に帰ってこない俺たち兄妹としても、他人事とは思えない気持ちになる。

「今日は帰ってきてるのか？」

「ん。おかあさん、さっき帰ったって」

「そうか。大変だな由美子も」

由美子は帰り支度をしながら、個人用携帯端末を操作した。

「いまからかえる、って連絡した。おにーさん、おうちまで、いっしょ？」

「おう。ちゃんと家まで送るから安心しろ。忘れ物ないか？」

「ない」

少しばかり大きめのリュックサックを見て、由美子がうなずく。

「由美子ちゃん、明後日は卒業式なのです。準備はできてるのです？」

さゆりがタッパーを風呂敷に包んで持ってきた。

中身は本日の炊き込みご飯と筑前煮だ。

由美子の母親に、挨拶の手土産として渡すことにしよう。

「だいじょぶ」

「当日は竜司さんに車を出してもらうのです」

どちらにせよ、さゆりは俺が送っていく予定だったし、近くなのだから迎えに行ったってそう手間ではない。

幹也が適宜《てきぎ》調整してくれてるとはいえ、さゆりの義足が不調になる可能性もある。

せっかくの晴れの舞台の日くらいは、消耗を控えたい。

俺の準備も万端だ。

強力な固有通信回線、そして配信用カメラなどの機器——田嶋家が提供してくれた——と、加えて最新の視覚共有型ビデオカメラ。

これらで、さゆりの卒業式を録画&リアルタイム配信する。

多少のタイムラグはあるかもしれないが、これで『アナハイム』にいる両親にさゆりの姿を届けることができるはずだ。

「じゅんび、できた」

「オーケー。じゃあ帰りますか」

「竜司さん、由美子ちゃんをお願いするのです」

「まかされた」

玄関を出ると、外はかなり暗かった。

現実世界《リアル》では曇り空が広がっていて、今日は星も月も見えない。

予報によると、明日は雨らしい。

幸い、明後日の中学校の卒業式は晴れるらしいが。

隣を歩く由美子が、おずおずと腕を組んでくる。

歩調も合わせるし、このくらいは許容範囲だろう……だよな?

玲央奈とも組んで歩いたことがあるのだから、セーフに違いない。

「ん、ふっふー」

ま、由美子がご機嫌そうだし、いいか。

誰かに見られたらご近所で噂になりそうだが、幸いこの曇天《どんてん》の夜を歩く人は少なそうだ。

「家、どのへんなんだ？」

「十五分くらい？　山手の方」

すごく近いというほどでもないが、我が家には歩いてこれる距離だな。

しかし、西門高校は歩いていくにはいささか遠いだろう。

「高校は何で通うんだ？」

「自転車、かな？　おにーさんは、何で通ってるの？」

「モペット。バイクみたいなやつだ。バイクの免許がいる自転車って言えばわかるか？」

「わたしも、バイクの免許とろうかな」

「お、いいね。ツーリングとか行けたら楽しそうだな」

「……とろう」

決断速いね？

「親御さんの許可はちゃんととれよ」

「高校がはじまるころには、もう大人だから。だいじょぶ」

「そうなのか？　誕生日、いつなんだ？」

「来月の、三日」

……ってことは、あと二週間ないくらいか。

「もうすぐじゃないか。何かお祝いしないとな。何か欲しものとかあるか」

「おー……。ほしいものが、ある」

「お、何だ？」

「薬指に嵌《は》める指輪？」

ギクリとした俺だったが、それに由美子がふにゃりと笑った。

「……」

「じょーく、じょーく」

その眠たそうな目は本気か冗談かわかりにくいんだ。

あまり俺をドキドキさせないでもらおうか。

「学校に着けていけるレベルのアクセサリーを贈ろう。それでいいか？」

「ん」

おお、嬉しそうに振られる尻尾の幻影が見える。

『向こう《レムシータ》』で慣れると、現実でもちゃんとわかるもんなんだな。

高校生活の質問なんかを受けながら、しばらく夜道を歩く。

腕を組んでいるので密着して温かい。あと柔らかい。

玲央奈ほどではないけど、由美子も結構あるんだよな……。

まぁ、誰もいないし、こう暗ければ少しくらい鼻の下を伸ばしたってバレやしないだろう。

「おい、アンタ！」

はい、伸ばしてません！

……って誰だキミは。

俺の腕につかまる由美子が、少し強張るのがわかった。

「それは俺に言ってるのか？」

夜道の中、街灯に照らされた丸い顔のそいつは俺より幾分若く見える。

街灯のせいか、やけに青白い。

「当たり前だろ！　由美子から離れろ！」

何かすごく雰囲気似てる人を、ごく最近遠くにぶん投げた気がするぞ。容姿は全然違うが。

あっちで《レムシータ》絡んできたヤツは正直、イケメンだった。

いわゆる細マッチョ的な……ああ、ジャパニメーションとかＪＲＰＧの主人公っぽい感じと言えばわかるだろうか？

だが、今、目の前にいるこいつは太っていてやや背が低く、大変申し訳ないが……顔もイケメンとは少しばかり遠い。やけにぎょろっとした目が印象的だ。

似ているのは声とうねった髪だけだな。

あ、髪の色も違うか。

「あー……どこかで会ったことあったっけ？」

「ふざけやがって！」

大きな声を出すと、ご近所に迷惑なのでやめてほしい。

「（由美子、もしかして彼、ルザールくんか？）」

「（ん。最近、よくわたしの行先にあらわれたりする）」

……ってことは、昨日のピンポンダッシュはお前の仕業か？

「何をコソコソやってんだよ！　由美子から離れろって言ってんだろ！」

「って言ってるけど？」

「いやー」

むしろ俺の腕にギュッと抱きついてくる。おお……こりゃいい感触だ。

でも、あんまりこれを楽しみ過ぎると後で玲央奈と春さんに怒られてしまうな。

「っざけやがって！」

業を煮やしたルザール（仮）が手を伸ばして突っ込んでくる。

まぁ、このくらいは由美子を抱えたままでも余裕だ。

何せ、彼の動きは遅すぎる。

「おい、コラ！」

ひらりと躱《かわ》す。

二度、三度と躱しているとルザール（仮）はすぐに肩で息をし始める。

もう少し鍛えたほうがいいんじゃないだろうか。

「もういいか？　由美子を家に送らなきゃならん」

「向こうでも、こっちでも、お前はなんなんだよ！　由美子、なんでこんな奴と一緒にいるんだよ！　ずっと一緒だって……約束しただろ？」

汗だくの少年が、じっとりした目で由美子を見る。

なんだろう、それに俺が不快感を覚えるのは違う気もするが、そう感じてしまう。

しかし、当の由美子は首をかしげて、きょとんとしている。

「？　……いつ？」

「え？」

「してないよ？」

静寂が痛い。

あ、コレきついやつですわー。

俺だったら耐えられないやつですわ……。

一晩中枕が涙でぐっしょりですわー。

「あああああああッ!!　クソが！　クソが！　そいつが！　そいつが一体何だっていうんだよッ!?」

「おにーさんは、わたしの恋人、だよ？」

んん？

「……ね？」

あっ、はい。

『向こう《レムシータ》』ではそうだな。大きな誤りではない……ということにしておこう。

「ぶっ殺してやる！」

ルザール（仮）がポケットに手を突っ込む。

「そこまでにしとけよ。それ出《ひかりモノ》したら、現実世界《リアル》でもケガじゃ済まんぞ」

殺意には殺意をもって応ずるのが伏見の流儀だ。

命の取り合いをする戦場において、伏見流交殺法の使い手は常勝を旨とせねばならない。

リアルで殺撃を使ってでも、だ。

「うるさい、うるさいッ！」

だが、結局、彼はそれを取り出してしまった。

仕方ないので、準備しておいた鉄礫《てつれき》を指で弾いて、彼の手に握られたナイフの刃に当てる。

かん高い音と共にナイフの刃が折れて、彼の手からもはじかれた。

そんな安物はダメだぞ、と諭《さと》したくなるレベルの粗悪なナイフだったようだ。

「ひぃ」

しかし、久々にやったが、意外と当たるもんだな。

ちなみに、これは伏見流交殺法ではない。指弾《しだん》は俺の趣味だ。

つまり、今はまだ伏見としてではない俺ということである。

「見逃してやるから、とっとと行け」

へっぴり腰で逃げ去るワカメ頭を確認してから、俺は由美子を家まで送り届けた。

◆◆◆

「マジか……やらかしやがったな。アイツ」

自宅に戻った俺は、個人用携帯端末で幹也に連絡をしていた。

軽く事情を説明すると、端末の向こうで幹也が何とも言えない顔をしている。

似たようなことをやらかしたが故に、それがどういった結果を招くかを幹也は知っている。

「ああ、由美子は大事にしたくないって言うんで、母親に事情だけ説明してある。すまんが、しばらく田嶋のエージェントを由美子の護衛に回してくれないか。警察なりが動くと厄介なことになるからな」

今、俺に向かっている悪意が由美子に向くと非常にまずい。

それに加え、俺という人間はリアルでは少しばかり特別な立場にあり……下手に動けば大事になる可能性が高い。

「ま、こういう時のためのオレだかんね。任せとけって。ていうか、もう由美子ちゃんも普通にオレのダチだし。エージェントと、あと適当にウチのヤツらに声かけとくわ」

「頼む」

ウチのやつら、とは幹也がやんちゃをやらかしていた時代のカラーギャング仲間である。

エージェントは仕事で動くが、彼等は友情と恩義で動く。

時には、そちらの方が有用な場合もあるのだ。

「ところで、リョウちゃん。変な噂が出回ってんだけど」

「変な噂?」

「『レムシータ・ブレイブス・オンライン』の情報交換掲示板あるだろ？」

「ああ、俺は見てないけどな」

俺はあまり機械に強くないし、ネットにしたって必要な部分しか使わないし、使えない。

元が山奥で過ごす田舎者だったからかもしれないが、いまだにああいったモノはいまいち使い勝手がよくわからないのだ。

「オレは情報収集とかのために色々チェックしてるんだけどよ、要注意人物のところにリョウちゃんの名前と画像、挙がってるんだわ」

「あれ、『レムシータ・ブレイブス・オンライン』ってSS《スクショ》撮れたっけ？」

「アイテム使えば取れるぜ。結構高いけどな」

撮れるらしい。

今度、購入しよう。

俺、嫁《てんし》たちの美しいSSを撮りまくって、『お気に入り特選ファイル』に収納するんだ……。

「えーっと……、これだ。『RBO　要注意人物＠指名手配その三』。今データ送ったから確認しといたらいいぜ」

「おう、ありがとな」

俺はソファに座って該当のリンクをタッチする。

後ろに立ったさゆりが、それを興味深そうに眼で追う。

個人用携帯端末情報の盗み見はエチケット違反だぞ、さゆり。

お兄ちゃんは、気にしないけど。

……『お気に入り特選ファイル』以外の時は。

「どこだ……？　この手の前時代的掲示板は俺あんまり見ないからな……」

「コレではないのですか？」

さゆりが該当箇所らしき部分を指さす。

＊＊＊＊＊＊

109：名無しの渡り歩く者さん　二〇七八年三月十八日　ID：Q8jaJMrSk
ポートセルム封鎖《ふうさ》、こいつの仕業だったらしい
リョウ＝イースラウド

110：名無しの渡り歩く者さん　二〇七八年三月十八日　ID：v9o08D8r3i
ソースはよ！

111：名無しの渡り歩く者さん　二〇七八年三月十八日　ID：GPIPbEfie6
どういうこと？
あれってイベント的なやつじゃなかったわけ？

１１２：名無しの渡り歩く者さん　二〇七八年三月十八日　ID：YShNkG6ZCS
鮫で港封鎖されてたやつか？
バージョンアップで開放とかそういうのだと思ってたが

１１３：名無しの渡り歩く者さん　二〇七八年三月十八日　ID：Q8jaJJMrSk
証拠写真↓＊＊＊677.cpg　＊＊＊678.cpg
鮫のモンスターをテイムして意図的に封鎖してた模様
ついでに亀のモンスターも映ってる。

１１４：名無しの渡り歩く者さん　二〇七八年三月十八日　ID：6s7U3QWd6U
マジだ（゜Д゜）
あのレベルのモンス【調教】するとかどのくらいレベル要るんだろうな

１１５：名無しの渡り歩く者さん　二〇七八年三月十八日　ID：mSPaWgJTyd
それよりも横のカワイコちゃんの詳細ｐｌｚ

１１６：名無しの渡り歩く者さん　二〇七八年三月五日　ID：CYJaAV2kXZ
じゃあぼくはその隣のハワイアンお姉さん！

121：名無しの渡り歩く者さん　二〇七八年三月十八日　ID：GHM6g5C0tY
＞＞113
男の方、見たことあるぞ。
初日に冒険者通りでＰｖＰやってたやつだ
素手で鎧ぶち抜いてたｗｗｗ

122：名無しの渡り歩く者さん　二〇七八年三月十八日　ID：40Z4ysV6xD
ｍｊｄ？
俺も【格闘】上げようかな
一応二まで上げたけど羊すらつらいぜｗｗｗ

123：名無しの渡り歩く者さん　二〇七八年三月十八日　ID：kCx8QZGaEV
ていうか北方面封鎖して何がしたかったんだろうな

124：名無しの渡り歩く者さん　二〇七八年三月十八日　ID：Q8jaJMrSk
＊＊＊＊679.cpg

125：名無しの渡り歩く者さん　二〇七八年三月十八日　ID：mSPaWgJTyd
なん……だ……と
砂浜で俺のカワイコちゃんと抱き合う……だ……と

126：名無しの渡り歩く者さん　二〇七八年三月十八日　ID：Q8jaJMrSk
＞＞125　お前のじゃねーから

127：名無しの渡り歩く者さん　二〇七八年三月十八日　ID：oFylOPLhJS
ヴァ　チャ　充　wwwwwwwwwwww
リアルでは相手されないからってwwwww

128：名無しの渡り歩く者さん　二〇七八年三月十八日　ID：GDtsux9r4g
正直けしからん

129：名無しの渡り歩く者さん　二〇七八年三月十八日　ID：bRMQBOE5Wi
けしからん

130：名無しの渡り歩く者さん　二〇七八年三月十八日　ID：51w8dQysSc

こいつらｗｗｗ
絶対コンフィグ突破してるｗｗｗｗｗｗ
ウラヤマ指数急上昇でござるｗｗｗｗボスケテｗｗｗｗ

１３１：名無しの渡り歩く者さん　二〇七八年三月十八日　ID：Q8jaJMrSk
＞＞１３０　ねーよ

１３２：名無しの渡り歩く者さん　二〇七八年三月十八日　ID：LRNj3uhpNx
何？　コンフィグになんかあるの？

１３３：名無しの渡り歩く者さん　二〇七八年三月十八日　ID：51w8dQysSc
＞＞１３２　全部外すとＲＢＯ内でズッポシ可能ですわｗｗｗ
※ただしヴァチャ充に限る

１３６：名無しの渡り歩く者さん　二〇七八年三月十八日　ID：LRNj3uhpNx
すぐ外してくる！
おらワクワクしてきたぞ！
……

…………

以下雑談

＊＊＊＊＊＊

「ヴァチャ充《じゅう》っていうのか……」

「重要なところはそこではないのですよッ!?」

これがMMORPGに連綿《れんめん》と受け継がれる伝統――〝晒《さら》し〟ってヤツか。

しかし見ている限り、特に誰も気にしてなさそうだな。

むしろ、この朝焼けをバックにした写真はよく取れている。

保存しておこう。

「どうするのです？」

「え？　何が？」

「悪い意味で有名になってしまってるのです」

「いつものことだろ？」

「……そうだったのです。平常運転過ぎたのです」

いいんだよ。有象《うぞう》無象《むぞう》の関心がどうかより、少数の俺の理解者がわかってくれればそれで。

「さて、ダイブインしますか」

「その前にお風呂なのです」

「久々に一緒に入るか？　時間もったいないし」

妹《さゆり》は、ため息をついて俺の鼻先に指をつきつける。

「さゆりはもう高校生になるのですよ？」

義足を外すと入りにくかろうと思ったのだが。

まぁ、大丈夫ならいいんだ。

さゆりも立派になったなぁ……。

そういえば　好　き　な　人　とやらのことを確かめていなかった。

「さゆりよ、お前の好きな人って……」

「早くお風呂に行くのです」

押しやられてしまった。

いずれわかるとハルさんも言っていたし、今のところは生かしておいてやるか……。

◆◆◆

「見た？」

ソファにだらしなく座ったミックが、のっぺりとした感じで聞いてくる。

セットするスキルで頭を悩ませているようだ。

「見た」

「しかし、誰なんだろうな？　リョウちゃんを晒しあげたやつ。いやー、勇気あるわ」

「それを言い出しても仕方ないだろ？」

それが不特定多数が関わる掲示板というものなんだろうし。

「いま、リョウちゃんたちってポートセルムにいるんだっけ？」

「おう。今日は釣りやって、市場漁《あさ》ってそれからそっち戻るつもりだ。期待してろよ？　昼飯は、うんとうまいもん食わせてやれるぞ」

「帰り道に新しい嫁拾ってくるとかやめてくれよな？」

「お前は俺を何だと思っているんだ」

まったく失敬な奴だ……。

だいたいイケメンのお前が言っても嫌味なだけだぞ。

スキル構成に唸るミックを放っておいて、俺は『転移水晶』に触れる。

「じゃあ、行ってくるわ」

「おーう」

ミックの返事が終わるや否や、幕が下りるように景色が切り替わる。

そこはポートセルムの冒険者ギルド兼酒場『ホワイトジャック亭』だ。

一階が酒場、二階が冒険者ギルド、三階は宿……という変わった建物で、下の階で飲み食いしてるのは主に渡り歩く者《ウォーカーズ》だ。

安くてうまい海の幸がいっぱいで、そのうち俺もここで一杯やろうと思っている。

「おい、あんた……」

意気揚々と冒険者ギルドを出ようとした俺を、誰かが呼んだ。

振り向くと立っていたのは、昨日道端で会った商人だ。

「ああ、商人さんか。港は無事に入港できてるか？」

「その件で冒険者ギルドに来たんだが、そもそもあんたが原因だって聞いて混乱している」

「俺が？」

「ああ、何人かの冒険者がそう言ってるのを耳にしたし、写真も下の酒場に張り付けてあった」

なるほど。

件の誰かさんか、あるいはそれを信じたバカが俺をハメようとしてるんだな？

ちらりと見ると、周りには俺の顔を見てニヤニヤしている連中がいる。

かき回して、不安をあおって楽しんでいるってところか。悪趣味ここに極まれり、だな。

スローライフを楽しむ俺には、最も必要のない連中だ。

「あんたはどう思う？　今から市場に出かけて、釣りを楽しもうと思っている俺がそれをやったと思うか？」

「そうは思いたくないが……こっちも商売だ。出た損害は誰かが被んなきゃいけねぇ。それが本当にあんたのせいだって言うなら、俺たち商人はあんたに損害を賠償《ばいしょう》してもらわなきゃ筋が通らねぇ」

うん。

実に筋が通っていて理論的だ。

「わかった。俺が原因でないことを説明するが、内容を信用するかどうかはあんた次第だ。今ここで説明したらいいか？」

「できれば、ポートセルムの元締めと冒険者ギルドの所長、それと商人組合の主だった連中が同席できる場所がいいだろうな。念のため言うが、俺はあんたがやったとは思ってない。これは商人のカンだが」

商人の人を見る目っていうのはなかなか大したもんだな。

「わかった。俺はいつ、どこで話をすればいい？」

「じゃあ二時間後に、商人組合の寄り合い所……わかるか？」

「あいにく俺は方向音痴で、さらに言うとまだこの町をあんまり歩いてないんだ」

「港の方角に青い壁の大きな建物がある。壁にでかでかと書いてあるからすぐわかるさ。俺は上役《うわやく》たちを集めてくる」

「わかった。二時間後だな」

俺は軽く手を振って男と別れる。

とりあえず市場をぐるりと軽く見て回るくらいの時間はありそうだ。

「よぉ、大将。ポートセルムの町を脅かしていくらもらったんだよ？　オレたちにも恵んでくれよ」

知らないおっさんの渡り歩く者《ウォーカーズ》が酒場を横切る俺にニヤニヤしながらヤジを飛ばす。

「そうだな。それを今から説明しに行くのさ。一緒に来て説明してくれるか？　ＳＳ一枚掲げてこいつが犯人に違いないんですって俺を指さしてみろよ」

少しばかり睨みつけてやると、目を逸らす。

反撃されるのが怖いなら、攻撃してくるんじゃないよ。

「ほんとに、お前の仕業じゃないって証拠があるのかよ？」

静かになったと思ったが、そこで声をあげたのは、黒い鎧に赤い竜のデカールをつけた青年。

……『ｔｅａｍＧＡＮＯＮ』か。

「それを弱小ギルドつぶしが趣味のおたくらに説明する義務が俺にあるのか？　『ｔｅａｍＧＡＮＯＮ』さんよ」

「質問に答えろよ、じゃなけりゃ『疑わしきは罰せよ』だ」

「数の暴力に物言わせた上から目線もほどほどにしておかないと、その内痛い目見るぜ？　『カンパニーバトル』で返り討ちにあったりな？」

「貴様ッ！」

なんでこの赤い竜のデカールを張った連中は頭に血が上りやすいんだ？

あのデカール、そういう効果でもあるのか？

「俺は俺の無実を証明するのに忙しいんだ。二度手間はごめんだから聞きたいなら寄り合い所に来たらいいじゃないか」

「ウチはこの町の防衛に出した第八部隊が全滅させられてるんだよ！　弱小ギルドが『カンパニーバトル』で俺らに勝利したって事実はだ、【調教《ティム》】したモンスターを使ったって証拠に他ならんだろうが！　その証拠がそれだろう！」

なるほど、なるほど。

荒いが話の筋は通ってるし、フォヌエアが俺に仮とはいえ従魔《テイム》状態であったことは確かだ。

筋書きとしては「討伐対象モンスターを【調教《テイム》】し、街道を封鎖していたカンパニーに対して『カンパニーバトル』を要求され、それに対応。当該《とうがい》モンスターおよび、そのカンパニーの攻撃によって敗走することになりました」と。

うん、実によくできた言い訳だ。

とーっても素晴《ディ・モールト》らしい。

これは、騙《だま》される住人がいてもおかしくはない。

「言いたいことはわかった。そこまで言うなら、俺の口からきちんと真相を話すのもやぶさかじゃない。だが二度手間は二度手間だ。二時間後にそれを報告したヤツと一緒に寄り合い所に来てくれ。ダイブインしてるんだろ？　ルザールくんとやらは」

「なぜそれを……」

あ、ホントにしてるんだな。

カマはかけてみるもんだ。

「じゃあ、あとでな。俺は買い物もしなくちゃならんので忙しい」

今度こそ冒険者ギルドの外に出るた俺は、馬車がひっきりなしに行きかう中央通りを歩いて港側
……市場に向かう。

今の時間なら朝市が開いているはずだ。

（ん……？）

しかし、さっきからチラチラと顔を見られている気がする。

市場に到着してもそれは消えず、いよいよ買い物というときにそれは露見《ろけん》した。

「あんたに売るものは何もないよ」

香辛料を広げる露店のおばさんが、俺に言った。

「そうとも、あんたのせいで船が動かなかったって！　大損出した身内もいるんだ！」

別の輸入品を並べる露店の男が叫んだ。

朝一の店という店が、そうだった。

どの店からも、恨み言や怒りに任せた暴言を吐かれ、挙句に生魚を投げつけられた。

残念ながら、ポートセルムで買い物をするのはあきらめた方がよさそうだ。

しかし、流石に傷つくな、これは。

渡り歩く者《ウォーカーズ》に何言われてもそれほどじゃあないが、『レムシータ人』にまで浸透《しんとう》しているとどうしようもない。

とぼとぼと海岸に向かい、砂浜に腰を下ろす。

海の幸や輸入品の香辛料に期待していただけにダメージが大きい。

俺の楽しい料理ライフが……。

「おにーさん、いた。どうした、の？」

俺の後を追いかけて来たらしいコユミが隣にペタンと腰を下ろす。

今日は冒険装束じゃない。

白い麻のシャツにショートのサロペット。

ぱっと見の雰囲気に反して、実のところ活発なコユミによく似合っている。

「コユミ……俺、今この町では犯罪者扱いなんだ……」

「なんで？」

ゴロリと倒れ、コユミに膝枕をしてもらう。

「サメとカメの仕業は俺のせいなんだと」

「よくわかんないね？」

「フォヌエアを【調教《テイム》】して街道を封鎖して、あのデカイ鮫も俺が【調教《テイム》】して港を封鎖してた、と主張する皆さんがいる」

「……ルザール？」

「たぶんな。上手いこと一杯食わされた気分だ」

こういう情報戦は俺向きじゃない。

ハルさん向きで、さらに言うとまだミックの方が上手いくらいだろう。

俺にできるのは力任せな解決だけだ。

「どうする？」

「わかってもらえないようなら、遺憾《いかん》ながらこの町のことは忘れるよ。それよりも『アナハイム』の評判が悪くなったりしたら嫌だなぁ」

「その時は、また別の街にいけば、いい」

実に前向きな意見だ。

あのことがあってから、コユミは少し前向きになった気がする。

「まぁ、説明できるだけしてこよう」

「わたしもいく」

俺たちは、重い足取りで商人組合の寄り合い所を目指して海岸を後にした。

◆　◆　◆

「君が海路と陸路両方を封鎖していた渡り歩く者《ウォーカーズ》かね」

開口一番、そう言い放ったのはポートセルムの元締め、『ポートセルム海運』の主であるデスケである。

「……俺は事実を話しに来た。それを聞きもしないでそう断定するなら無駄な時間だ。俺は帰らせてもらうし、今後何かあってもおたくら『レムシータ人』を助けない」

「デスケさん、ちゃんと話を聞きましょう。彼が本当に犯人であるというならば、この場にこうやって現れるのはおかしいですよ」

俺の援護に入った女性はポートセルム冒険者ギルドの所長であるママルさんだ。

「オレたちはそいつが【調教《テイム》】したモンスターにメンバーが壊滅させられている。証人はこのルザールだ。もう一度報告と同じ説明をしてくれないか、ルザール」

酒場であった偉そうな青年の隣に立つルザールは、少し緊張しているのか、硬くなっている様子だったがツラツラと話し始めた。

「おれたち、第八部隊はポートセルムの正式な要請を受けて、ネルキド平原街道の調査と対象モンスターの討伐に出かけました」

俺の方をちらりと見る。

「その渡り歩く者《ウォーカーズ》の男が、亀型の大型モンスターを【調教《テイム》】して街道封鎖を行っていることがわかったので、説得を開始しましたが聞く耳を持たず、力ずくで止めて見せろと『カンパニーバトル』を要求されました」

「それで？　私が高い金を払ってまで依頼した君たちは仕事に失敗した、と？」

デスケは歯に衣《きぬ》着せぬ言いざまだ。

「は、はい。そうなります。亀型のモンスターは非常に強力で、さらにその男は何かしらのスキルでこちらを攻撃し、また魔法を無力化して我々を攻撃しました。力及ばず敗走したことは謝罪します」

下げた頭の口元がにやりと歪むのを、何人の者が確認できたか。

あー……こりゃ、見事に嵌められたな。意外と強《したた》かなところがあるじゃないか。

ほんの少し見直した。好きにはなれそうもないけどな。

「これに関して、何か申し開きはありますか？　リョウ＝イースラウドさん」

ママルさんがこちらに向き直る。

「まず、そうする理由が俺にありません。次にポートセルムに初めて来る俺が、海のモンスターをどう【調教《テイム》】したのかも。ここに昨日初めて来たということは、『転移水晶』のログを調べればすぐにわかるはずです……よね？　ママルさん」

ママルさんは同伴《どうはん》してきていたギルド職員に目配せして走らせる。

「その点については？　皆さんはどうお考えなんですかね？」

「封鎖の理由はそれが依頼として挙がってきたら自分で解決した体にして報酬をせしめるためだろうが!?　海のモンスターはどこぞで【調教《テイム》】してここに向かうよう指示を出せば済む！」

『ｔｅａｍＧＡＮＯＮ』の青年が吼《ほ》える。

うーん……かなり強引だが、その理由で説明つけようと思えばつけれるな。

「では、事実だけを一つ一つ話していきます。俺はネルキド平原街道を北上中に大型の亀型モンスターを発見しました。コミュニケーション可能な個体で、海に向かっていると話したので俺の裁量で同行、運搬しました」

「運搬？」

昨日会った商人が口をはさむ。

「手のひらサイズに変化することができるんですよ。あなたも昨日見ているはずですよ？　俺の肩にいる亀型モンスターを」

俺は続ける。

「途中、そちらの『ｔｅａｍＧＡＮＯＮ』のルザール君から、一方的な恫喝・脅迫・暴言を受けて『カンパニーバトル』を要求され、それを受けました。その際、フォヌエア……亀型モンスターは戦闘に参加していません」

「そんなバカな話があるか！　十八人だぞ？　フル・アライアンスだぞ？　それをたった数人で勝利できるわけがないだろう？」

「話の途中だ、黙っててくれよ。何ならもう一回ここに十八人連れてこい。相手になってやる」

俺の返答が終わったとき、周囲の空気が微妙に変わっていた。

「ちょっとまて……」

「ああ……」

「今の名前って……」

商人たちがざわめいている。

「君、もう一度……その亀のモンスターの名前を言ってみてくれたまえ」

横柄な口調は変わらないものの、緊張した面持ちのデスケ。

「本人はフォヌエアと。あと北海竜王なんて名乗ってましたがね」

「……北海の覇者、魔神鮫《ベリアルシャーク》たちの主。北海竜王フォヌエア様が……？　まさか……」

お。あいつ、有名人なんだな。

「話を続けるけど、いいですか？　俺は『カンパニーバトル』で彼らを退けてこの町に到着。フォヌエアは鮫と一緒に海に戻っていった。さっきから証拠証拠と騒いでるその写真はその時のものです」

ばん、と机をたたいて立ち上がったのは件の『ｔｅａｍＧＡＮＯＮ』の男だ。

「よくもそんなでっちあげを！　じゃあ何か？　俺たちのメンバーがウソの報告を挙げてるってい

いたいのか？」

「事実だけを話した。あとそこのルザール君には俺のコユミに関わらないように厳重に注意しておいてくれよ」

「コユミ？　ああ、後ろに隠れてるのはコユミか！　使い物にならないってウチを放り出された？」

「おかげで今は俺のかわいい嫁さんだ。その点では深く感謝してるよ。じゃあ行こうか、コユミ」

照れ照れとした空気をコユミが出している中、立ち去ろうとする俺の行く手を阻んだものが二人。

一人はデスケ。

もう一人はルザールだ。

「誰が帰っていいといったのだ。フォヌエア様の名前まで出して……痴《し》れ者め！」

「呼んだら来るかもしれないので呼んでみようか？」

「この嘘吐きめ！　事と次第がはっきりするまで行かせんぞ！」

「無茶言うなよ。俺たちは渡り歩く者《ウォーカーズ》だ。こんな居心地の悪い町にとどまるより別の場所へ流れるさ」

肩を押しどけて扉へ向かう。

……が、その前にはルザール君が立ちはだかる。

二枚仕立てとは厚いブロックだな。

「よ、嫁ってなんだよッ！　コユミは……おれが……」

「何だよっていうか……コンフィグ突破？」

「どういうことなんだよ！」

「そういうこと、です」

隣で照れ照れとハートを振りまくコユミ。

「クソォォォ、テメェぶっ殺してやる！　絶対ぶっ殺してやる！　そいつは！　コユミは！　おれンだって……いってるだろうがぁ」

「ポチポチしてるみたいだけど、いまPvP切ってるからな」

「おにーさんがオンにするのは、ベッドの上だけ、です……なんちゃて」

コユミ、その容赦なくエグっていくスタイル、天然だよな……。

膝から崩れ落ちるルザールを尻目に俺は出口へと歩く。

後ろでデスケと商人数人が俺を呼び止めてるような気がするけど、もういいや。

この様子だと、町の俺に対するあの雰囲気は払拭《ふっしょく》できないだろうし、この町にもう用はない。

「いこう、コユミ。トロアナに戻ろう。海釣りはまた今度だな……」

「だいじょぶ。またさがそ？」

かくして、期待をもって向かった俺のポートセルムへの旅は、後味悪く幕を閉じることとなった。

13：「卒業おめでとう」

午前九時。

俺はさゆりの卒業式を中継するべく、早めに会場（中学校近くにある大きめのホテルだ）に入って準備をしていた。

幹也も一緒に。

……というのも、俺は田嶋家から借りてきた機器をうまく使いこなせる自信がなかったので、機械に強い幹也に来てもらったのだ。

いざとなれば、さゆりの義足の調整もしてもらえるし、気楽なので願ったり叶ったりだ。

「すまんな、幹也」

「さゆりちゃんの晴れの舞台だしな。任せとけよ！」

俺の視覚共有型ビデオカメラを調整しながら幹也は笑う。

時々だが本当に頼りになるやつだ。

幹也はＴＰＯを気にしてか、ボンボンらしく一目で高そうだとわかるスーツに身を包んでいる。

これがまた似合ってるのが小憎たらしい。

俺も仕立ててもらった一番いいスーツを着てきてはいるが……どう考えても親類の俺より目立っ

てんだろ。

「ついでにワイド追尾《ついび》型の定点カメラも持ってきといたぜ。こっちは通信ないけど、データだけ後で送ればいいんじゃねーかな」

そんな俺の心情を知ってか知らずか、幹也は気軽な様子で機器を準備し始める。

設置が終わり、式が始まるまでの時間、俺は一息つきながら昨日あった出来事を話す。

「うまく立ち回ったもんだな。リョウちゃんに一泡吹かせるたあ大したもんだぜ。ああ、監視の方は今のところうまくいってる。今日はリョウちゃんが迎えに行った後、例のワカメくんが自宅に現れたが母親が追い返してた。早めに迎えに行って正解だったみたいだぜ？」

現実世界《リアル》ではなんとか接触を阻止できているようだ。

「ま、ポートセルムのことは諦めるさ。トロアナ北東にも港があるんだろ？」

「あっちは魔物が多いらしいから、ほとんど漁村レベルだけどな。釣りをするだけなら大丈夫じゃね？」

昨日は今日の準備やら、さゆりの高校入学準備でダイブインできていない。

だが、さゆりの買い物に付き合うのはデートみたいで、意気消沈していた俺の気晴らしにはなった。

事情を知って気を遣ってくれたんだろう、さゆりは本当にいい妹だ。

ちなみに買い物の際に、由美子にはさゆりとお揃いのミニポーチを購入した。

いま、流行りの若者向けブランドで多少お値段が張ったけど、入学祝としてはまぁまぁ及第点だろう。

一応、さゆりと一緒に選んだのだが、喜んでもらえるだろうか？

「あ、リョウちゃん、お祝いする店、押さえといたぜ。人数は六人でいいんだよな？」

「ああ、ありがとうよ」

卒業式《これ》が終わったら、『アナハイム』のメンバー全員で卒業祝い&進学祝いの食事会を催《もよお》すことになっている。

自宅でもよかったのだが、せっかくだからと幹也と春さんに相談して、オススメの店を予約してもらった。

「お、そろそろ始まるみたいだぜ」

「ぼくたちーわたしたちはー」

「リョウちゃん、その伝統、もう五十年以上前に廃《すた》れてるから」

式は粛々《しゅくしゅく》と進む。

当初心配された、俺が可愛い女子を追ってしまう懸念《けねん》は問題なかった。

なぜなら、さゆりが一番可愛かったからだ。

時々、視線が由美子に向いてしまったのは愛嬌《あいきょう》だと思って許してもらおう。

送辞と答辞が終わり、挨拶等々も終え、式自体も滞《とどこお》りなく終了した。

「さゆりが手を振ってくれた……」

「カメラの向こうの両親にじゃね……？」

「お前に振ってるのでなければそれでいい……」

幹也が妙に緊張して固まったが、こいつが変なのはいつものことだ。
まだつながってる通信配線を拝借して両親に通信を入れる。
［ハローハロー。ちゃんと届いてたか？］
［よくやった！　我が息子よ！　可愛く撮れてたぞ］
さすがに田嶋の通信回線はぶっといな。
通話だとタイムラグなしだ。
［アンタ、時々別の子追ってたでしょ。そういうところはホントおじいちゃんに似てるんだから！］
［あの子はさゆりの友達だよ。来月からは俺の後輩になる。この間、家にも遊びに来た］
［さゆりにそんな友達が!?　再来月帰ったら、是非とも家にご招待しないといけないね！　幹也君たちは元気にしているのかい？］
俺は幹也に目配せする。
幹也は個人用携帯端末を取り出すと、通信回線に相乗りした。
［ご無沙汰してます、おじさん、おばさん］
［お、みっきーね？　元気にしてるの？］
［おかげさまで。仲良くさせてもらってます］
［この通信機も幹也が借りてきてくれたんだ］
［おお、そうなのか！　おかげでさゆりの卒業式を見ることができたよ、ありがとう幹也君］
［どういたしまして。このくらいじゃ、まだまだ恩に報いてないですけどね］

「聞いた？　竜司！　あんたもこのくらい謙虚《けんきょ》に生きなさいよ？　じゃ、私たちはそろそろ通信を終わるわね。管制センター軽く乗っ取っちゃってるから」

「また会おう！　オーバー」

プツン、と通信が切れる。

「猫被りやがって」

「本心だよ、本心。おれ、超感謝してるんだぜ？」

知ってるよ！

俺たちは通信機器やら録画機器を鞄に詰め込み、他の保護者の波に混ざって会場の外へと向かう。

さゆりたちは別の会場で、先生や別れてしまうクラスメートと挨拶をしているころか。

俺と幹也は、地下の駐車場に停めてある車に荷物を積みこんで、ホテルのロビーへと戻る。

保護者たちでごった返しているが、何とか椅子に座ることができた。

一息入れようかってときに、「社長、お待たせしました」と黒いスーツをピシっとキメた男が俺たちに近づいて頭を下げた。

「社長はやめろって。まあいいや、頼むわ。すまねぇな、雑用押しつけちまってよ」

「いえ」

俺はまったく事情が呑み込めないが？

「社長って？」

「それはいいから、リョウちゃん、車のキーコード」

「あ、ああ」

俺は幹也に言われるままキーコードを携帯端末からコピーして男に渡す。

「お車、お預かりいたします」

「え？　預かるの？」

「はい、お預かりしますよ？」

「「……」」

状況が呑み込めず、見知らぬスーツの男性と二人沈黙してしまう。

「ああ、ごめ。リョウちゃんに話してなかったわ」

「話してないよねッ!?」

「お、おう。時間勿体《もったい》ねぇし、警護の観点からもこのまま全員一緒にレストランまで直行になった。車はうちで預かっとくから」

「警護？」

「例のワカメくん、この会場にいるんだろ？　下手に接触させたり、家まで戻ってまたバカやらかされたら記念の日が台無しじゃん？」

確かに。

「なので、この会場からレストランまで直行よ」

いつのまにか会場からは、卒業生たちがぞろぞろと出てきている。

その中から、こちらへ早足で向かってくるのはさゆりだ。

「幹也さんなのです！」

「卒業おめでとーイェーイ」

なぜ、お兄ちゃんを無視して幹也とハイタッチするのか。

なぜ、お兄ちゃんは手を挙げているのにしてくれないのか。

「おにーさんだー」

落ち込んでいると、背中に柔らかな衝撃。

「由美子。卒業おめでとう」

「ありがと」

二人とも最後の制服姿だなぁ……。

うちの高校は、基本的に催し物の時しか制服着ないし。

「由美子、ご両親は？」

「きてない。しごとだって」

あまり残念そうではない。

もう慣れてしまっているんだろうな。

「さゆりちゃん、由美子ちゃん。ちょっと予定変更して、ここまで迎えに来てもらうことになったから」

「そうなのです？」

「いいレストラン、オレっちが押さえたんで期待してよ」

自信ありげに話す幹也の向こう、ロビーの階段からワカメ・ボーイ《ルザールくん》がこちらを指さしている。

横にいるのはご両親かな？　よく似ていらっしゃる。

……文句の一つでもつけてやろうか？

いや、放っておいてもこちらへ向かってくるようだ。

「賀谷由美子様、東雲さゆり様。お迎えに上がりました。こちらへどうぞ」

ワカメ・ファミリーの顔がはっきり見えようかという距離まで来たとき、よく通る沢木さんの声がロビーに響く。

視線を向ければ、ホテルのメイン玄関前にピッカピカの黒塗り高級リムジン。

後部の両開きの扉は開け放たれ、惜しげもなく豪華な内装を晒している。

車の中では、おめかしした春さんと玲央奈が、こちらに向かって控えめに手を振っている。

にわかに騒ぎ始めるホテルのロビー。

そりゃあ、我々一般ピーポーの送迎に、こんな高級リムジンを使う人間は少ないだろう。

「じゃ、パーティ会場へ行きましょうかね」

幹也が、さゆりの手を取る。

おい、幹也、妹に触れるんじゃねぇ……。

キレそうになっていると、幹也が目配せをしてきた。

大仰《おおぎょう》なエスコートの目的に気づき、俺も同じように由美子の手を取る。

「……!?」

ワカメ・ファミリーはこの状況をいまいち理解できないようで、固まっている。

騒然とする中、俺たちにエスコートされ、二人の少女がリムジンの豪華なソファに収まる。

俺たちが乗り込んだことを確認した沢木さんは、一礼して扉をそっとしめ、ホテルにも一礼して運転席へ戻った。

「ぼっちゃま《キザやろう》、これでよろしかったでしょうか？」

「いいタイミングだったぜ。沢木さん、ありがとう」

「お嬢様のご命令でもありましたので」

「お姫様みたいなのです！」

「このくるま、すごい」

この車に初めて乗る二人はテンションが上昇中のようだ。

玲央奈はなんだか落ち着かない様子だが。

「二人とも、ご卒業おめでとうございます。卒業式はどうでしたか？」

春さんが二人に飲み物を差し出しながら質問する。

「ねむかった」

「暇だったのです」

俺も眠かった印象がある。

この式典にどんな意味があるのか、なんて哲学を模索していたような気がする。

「沢木。ここにいては邪魔になりますのでレストランへ」

「はい。かしこまりました」

春さんの声で沢木さんがリムジンを発進させる。

周囲の唖然とした空気をその場に取り残したまま、俺たちは会場を後にした。

◆　◆　◆

「幹也さんよ、幹也さん」

「なんだよ、リョウちゃん。早く入れよ」

目の前にはあからさまに高級な感じのフランス料理店。

扉を開けてくれているのは、フォーマルな服装をしたフロアスタッフらしき初老の男性。

普段、メニューなんかが置いてあるであろう、これまた高級そうな木製のバリウススタンドには『本日貸し切り』の文字（ご丁寧に、日本語、英語、フランス語で書かれている）が掲げられている。

「リョウちゃんが洋風がいいっていうから、ちゃんと洋風だろ?」

「まあ、この雰囲気でラーメン屋ってことはないだろうな」

でもな、この店。

どう考えても俺たちの身の丈に合った店じゃないと思うんだ。

中学校の卒業式の後なんて、精々ファミレスでお食事が基本コースだぜ?

「竜司くん?　どうされたんですか?　ここは、私たちが時々お祝い事の時に来るお店で……とてもいいお店ですよ?」

いい、お店なんだろうな……。

お値段の方も。

払えないことはない。俺だって、こう見えて他の高校生よりもたくさん金は持ってる。

でも、見ろ……玲央奈をはじめとして、さゆりも由美子も表情が固まってるぞ。

「（もしかして、金の心配か？）」

幹也がそっと耳打ちしてくる。

「（あたりまえだ！　一体何星レストランだよ、ここ！　主賓《しゅひん》が固まってんぞ！）」

「（三ツ星だけど？　大丈夫だって。料金は全部オレら……っていうか爺さん持ちだからさ。自分も何かお祝いしたいんだと）」

また田嶋会長《あのジイさん》か、爺さんと名の付く連中は皆どこかおかしいんじゃないか？

「はいはい、お嬢さん方、入って入って。客は他に誰もいないからハメを外したってＯＫだぜ」

幹也が女の子たちに入店を促す。

「「いらっしゃいませ、お待ちしておりました」」

広いフロアには男女数人のフロアスタッフとコックコートの男性。

「今日はお世話になります。いつものように、期待していますね」

春さんは慣れた風にコックコートの男性に微笑む。

シェフらしき男性は「はい、本日は特に楽しい一日となりますように、腕を振るわせていただきます」なんて頭を下げている。

これが、ブルジョワか……！

フロア中央のやや窓側、柔らかな光が差し込む場所にセッティングされたテーブルで、田嶋兄妹以外はカチンコチンに緊張しながら料理を待った。

由美子に至っては「さけ……さけの力が、ひつよう……」と目を彷徨《さまよ》わせている。

成人しているとはいえ、全員が飲酒不可の年齢なので、なんだか高そうな感じのジュースを準備してもらい乾杯する。

ゆっくりと時間をかけて前菜、サラダ、スープと料理が出てくる。

亡くなった俺の実父は「フランス料理は時間と人とをつなぐ料理なんだ」などと言っていたが……なるほど、これは洗練されている。

早すぎず、遅すぎず。また、会話を邪魔することなく、流れるように完璧なタイミングで料理がテーブルに並ぶ。

近くに控えるフロアスタッフは、テーブルの状況を常に把握しているようで、俺たちがまったく不自由しないように動く。

初めて訪れるはずなのに『俺たちをよく知っている』と、そんな風に思わせる完璧な気配りと料理。

これが、美食の最高峰《さいこうほう》と称えられるフランス料理の、そして三ツ星の実力かと度肝《どぎも》を抜かれた。

コースの最後を締めくくるソルベで口直しをする頃には、もうすっかり俺はこの店の虜《とりこ》になっていた。

……幹也め、本当にいい店を選んでくれた。

これはきっと、さゆりにも、由美子にもいい思い出になるに違いない。

「んで……結局どうすんの、彼」

「どうしたもんかな。実際に襲われてるしな」

食後のコーヒー（これもまた、非常にうまい。俺では出せない深みだ）を味わいながら歓談する。

内容はルザール《ワカメ》くんのことだ。

三ツ星の高級レストランでするような話ではないかもしれないが、他には客もいない。

今一番ホットな話題が出るのも仕方のないことだろう。

「米野羽《めのは》くんに襲われたのです？」

「そんな名前なのか。覚えておこう」

「由美子ちゃん。その、ストーキングされてることについては、ご両親はなんておっしゃっているのかな？」

男性恐怖症になりかけていた玲央奈からすれば、由美子の恐怖は察して余りあるだろう。

「お母さんは守ってくれるけど、お父さんは……米野羽の、本家の人たちのいいなり、だから」

由美子は少し沈んだ様子だ。

「親戚だからなぁ……大きな事件にならない限り、そうそう警察も取り合ってくれそうにねぇし、リョウちゃんが絡んでる以上は内々に処理したいよな」

「親戚の同年代の家に行く、なんて外から見れば事件性はないように見えるしね……。ところで、竜司君が絡むと警察はまずいのかい？」

「それは少し問題が出ますね。正確には、警察がどうこうって話ではありませんが……」

警察に連絡が行くということは、公的に何かしらのトラブルが俺にあった、ということ。

おおよそ、トラブルなんてものは俺自身が解決するので秘密裏《ひみつり》に解決されるが、これがある人に知られたりすると面倒になりかねないんだ……。

「竜司さんはどうしたいのです？　ぎっちょんぎっちょんなのです？」

「そうだなぁ。幹也と同じに、力任せで行くか……。悪だくみは向こうのが上手そうだからな」

「頭の悪さをパワーでカバーするのはよくないぞ、竜司」

「――――……ッ！」

静まり返るテーブル。

俺たち兄妹以外は、身じろぎ一つしない。というか、外を飛んでいた鳥もピタリと制止している。

俺は油の切れたブリキ人形のように、ギギギと首を動かす。

……そこにはいつの間にか七人目の客が、俺たちのテーブルに座っていた。

八人目の客を伴って、だ。

こんなことができる人間は、俺の知る限りたった一人しかいない。

「卒業おめでとう、さゆりちゃん。じぃじが来たぞ？」

「ばぁばも来たわよ？」

今日のばぁばは耳の長いばぁばだ。

俺とさゆりの七人の祖母のうち一人。

つまり師匠《じいさん》の妻の一人ということでもある。

この初老のナイスミドルは、俺の祖父である。それでもって、俺の師匠でもある。

彼が何者かであるか……というのは、彼個人を知っている者、あるいはそれを知らなくてはいけない者たちはよく知っている。

何を隠そう爺さんは、異世界から戻ってきた者たち——『帰還者』なのだ。

そんなファンタジーな話があるか！

……と、一蹴《いっしゅう》するのは平和な日本の一般人である証拠なので、ぜひそのまま平和でいてほしい。

それに対して、日本の高級官僚や危機管理を担う者たちは、当然のように祖父である『門真《かどま》勇《ゆう》』を知っているはずだ。

爺さんがどれだけ危険な存在であるかというのは、日本の国防にも大きく影響している。

昔は抑止力に核なんてものを使っていたらしいが……今、最もホットで、クリーンで、リスキーな抑止力が、異世界産のバカげたチートを使う『帰還者』だ。

そして、その中でもとびきりぶっ飛んで危ないのが、この伏見の看板を背負った爺さんである。

催眠術だとか、超スピードだとかそんなチャチなもんじゃない。

そこにあるのは純然たる超パワーだ。ありとあらゆるチートを積んで積んで積みまくって、そこにちょっぴりキレやすい人格をエッセンスしたものが爺さんだと思ってもらえればいい。

『僕の考えた最強のチート主人公』を思い浮かべてみてほしい。

常にその少し斜め上を行くのが、この爺さんだ。

「ルー婆《ばあ》なのです！　すごく、すごく久しぶりなのです！」

「ホント久しぶりね！　さゆりちゃん。大きくなって！　人間の子供は大きくなるのがホントに早いわ！」

俺の恐怖をよそに、きゃっきゃと喜ぶさゆりと若々しいルー婆。

同年代にすら見える。あまりに神秘すぎて追及する気にもならない。

「それで、竜司。僕に黙って何かしようとしているんじゃあるまいな？」

「まさか……ＨＡＨＡＨＡ」

眼光鋭い祖父が、俺を疑いの眼差しで見る。

うっすらと金色に変化していく瞳に、俺は心底震える。

「警察……と聞こえたようだけど？」

「落とした財布の話題だったかな？　俺には皆目《かいもく》見当つきませんね」

「竜司……ウソはいけないな？」

俺に圧力《プレッシャー》をかけないでくれないだろうか。

それ、実質の重力を伴って椅子とかミシミシいってるから！

「何、ガキ同士のケンカだよ。こっちでちゃんとカタ、つけるからさ」

「……お爺ちゃんとの、『約束』だよ？」

にっこりと笑う。

ステキな笑顔だ、たくさんの嫁さんがコロリといかれる気持ちもわかる。

この、圧力さえなければ俺だって孫の一人として笑って返せるんだが。

あ、やっぱ無理だ。顔見るだけで地獄の特訓が脳裏によみがえるから。

「ユウ、本題を忘れてるわよ」

助け舟を出してくれたルー婆が俺に軽くウィンクする。

助かった。持つべきものは良識的な祖母である。

非常識ではあるが。

「ああ、そうだった。卒業祝いと入学祝、いっぺんになって申し訳ないんだけど。プレゼントを持ってきたんだ」

宝石箱のような小さな赤い箱をルー婆がさゆりに差し出す。

「開けていいのです？」

「いまはダメ。家に帰ってからよ。きっとさゆりちゃんの役に立つわ」

「わかったのです！」

ルー婆は俺にも何かを放ってよこす。

複雑な文様が刻まれた銀色の太い指輪。穴の径から、親指に嵌めるのがよさそうだ。

「それアンさんから。竜司君にも〝きざし〟があるみたいだからって。ユウみたいに悪さに魔法を使っちゃだめよ？」

「ルー、その言い方は誤解を招く。僕は魔法を悪用したことなんてないよ」

「そうだったっけ？」

「そうとも。好き勝手には使うけどね」

仲睦《むつ》まじく笑いあう、初老の男と少女。事案臭が半端ない。

瞬間、常人であればそれだけで殺せそうな冷たい殺気が俺に向けられる。

「いま失礼なことを考えなかったか、竜司。『矯正』か『再教育』が必要かな？」

「サー・考えていません・サー！」

「よろしい。なら、さゆりちゃんを愛でるだけの簡単な仕事に戻りたまえ」

「サー・イエス・サー」

殺気をひっこめて、にこりと笑った祖父は帽子を被ってさゆりの頭を撫でる。

「じゃあ、じぃじは帰るとするよ。また、遊びに来なさい。ついでに竜司もな」

「またね、さゆりちゃん。竜司君。みんな会いたがってるからたまにはおいでなさいね？」

「はいなのです。我が家にもまた来てほしいのです」

小さく手を振った祖父母は、蒼い炎を一瞬だけきらめかせてその場から姿を消す。

「ん？　今……誰かいなかったか？」

幹也が周囲を見回す。

「ボクもそんな気がするんだけど……」

「みんなもですか？　私もなんですけど、誰もいませんよね？」

「一瞬、おにーさんに似た人の声がした……？」

みんな頭をひねっている。

仕方ない、人外魔境にどっぷりな人物が出現したんだから。

もう、忘れよ？

「ま、まあ、疲れてるんだろ……」

横ではさゆりがもらった箱を笑いながら見ている。

何が入っているかは知らないが……妹《さゆり》が喜んでいるならなんでもいいや。


会食を終えて、無事家に着いた俺たちは、一息つくことにする。

俺の車は結局、田嶋宅に預けたままだが、幹也たちが明日来るときに一緒に持ってきてくれるとのことだ。

「さゆり、結局箱の中身はなんだったんだ？」

「ヒミツなのです」

箱の中身を確認したらしいさゆりが、鼻歌交じりに自室へ入っていく。

秘密にされるとは……お兄ちゃんは少し、寂しい。

「よし、ダイブインするか」

気を取り直して俺も部屋へと入り、専用マットに横たわる。

幹也が持ってきてくれた、この高性能マット……これが来てから、正直寝るのはこっちの方が気持ち良かったりする。

実に安眠できるのだ。

◆　◆　◆

……。

………。

……………。

靴底に床の感覚。

それと重力を感じて、俺は『レムシータ』へ降り立つ。

「お、リョウちゃん早いね」

「お前もな、ミック」

ソファにはミックがだらりと座っている。

机に湯気を立てるお茶が出てるってことは、ハルさんもいるのかもしれない。

窓の外を見ると、外は真っ暗だ。

レムシータでの時刻は日付が変わる直前。

「明日の予定は？」

「リョウちゃんとコユミちゃんが戻ってきたらBP稼ぎのはずだったんだけど、いきなり大量に入ってきちまったからな。これの使い道を話し合って……そのあと決めるかな」

件の『カンパニーバトル』でミックたちは三千強、俺とコユミは八千を超えるBPを獲得している。

レベルアップにつぎ込めば、俺とコユミは五まで、他のメンバーは四までレベルを上げることができるはずだ。

「ミックの見解は？」

「レベルに使って、ダンジョンアタックに挑戦してみたいってのが正直なトコ」

『ダンジョンアタック』とは、各地に点在する廃墟や洞窟《どうくつ》、そして迷宮を舞台とした探索コンテンツ。

ここ、トロアナへ到達して初めて解放される機能でもある。

各地にランダムに出現する小ダンジョンと、固定の場所に存在するダンジョンの二種類があり、およそ固定のダンジョンは深く手ごわい。代わりに手に入るお宝もいいものが多いらしいが。

例えば、ネルキドの北、オーラン湖を渡った先にある固定型ダンジョン『オーラン廃墟都市』ではその広大な敷地の探索踏破《とうは》、および、『オーラン城』への侵入が今まさに試みられているところだ。

噂によると、都市内は広大かつ危険に満ちていて、小ダンジョン『オーラン都市地下遺跡群』への入り口が無数に存在し……そのどれかが、メインダンジョンとなる『オーラン城』に繋がっていると考えられている。

廃墟都市を含むすべてのダンジョンエリアに安全区域《セーフティエリア》は発見されておらず、無限にＰＯＰするアンデッド系モンスターや夜間に出現するデーモン系・虫系モンスターを退けながら攻略をする必要がある。

さすが固定型は難易度が半端ない。

「どこのダンジョン？」

「そうだなぁ、ハルねぇと話してたのは北西にある丘陵《きゅうりょう》地帯にある古代遺跡系どうかって言ってたんだけどな。あの辺、野良ダンジョン湧きやすいらしいんだよ」

野良ダンジョンとはランダムPOPする小ダンジョンである。

ギャンブル要素は強いが、手軽に挑めるのが利点だ。

「へぇ、ちょっと興味が出てきた」

俺だって男の子だ、少しくらい仲間と冒険に出るのも悪くない。

特に前回のポートセルムの旅ではみんなに心配とかいろいろかけたからな。ダンジョンくらいは手伝わないと。

それに西の丘陵地帯といえば、そばにミールフォートの街があったはずだ。

この一帯の小麦を支える、大規模な農地を管理する町。

……うまくすれば、上質な小麦粉やパスタ類が手に入るかもしれない。確か葡萄酒《ぶどう》なんかもあそこのがたくさんあったはずだ。

「あ、そういえばリョウちゃん。乗り物に興味ない？」

「乗り物？」

「馬とか」

「あー……あんまりかな。俺は旅は歩いてする派だしな」

「今後、遠出するときのために、あったほうが便利かと思って」

確かに、全員で移動するときは馬や馬車があれば移動速度をうんと伸ばせるし、荷物も運ぶのが楽だな。

「あてはあるのか？」

「さっき言ってたダンジョンのそばにミールフォートって街あるじゃん？　そこで馬売ってくれるらしいんだよ」

「へぇ、いくら位するんだろうな？　あと、どこに預けるんだ？」

俺の質問に対してミックがかいつまんで説明する。

渡り歩く者《ウォーカーズ》が購入した馬は『乗り物《マウント》』という特殊な存在に変わり、アイテムを使って、いつでもどこへでも呼び出せるそうだ。

どちらかというと渡り歩く者《ウォーカーズ》に似た存在となり、呼び出し中はエサもいるし、水も必要だが、主人のダイブアウトと同時に一緒に消え去り、その状態は時間停止して固定される。

つまり、〝呼んでいる間だけ生きている〟特殊性をもった生物に変容するのだという。

「ほー……それなら旅の道連れにいいかもしれないな。疲れたら乗れるし」

「だろ？　全員で買いに行こうぜ」

お茶を一息に飲み切ったミックが立ち上がって、伸びをする。

「そろそろいったん寝とくわ。みんなダイブインしてきたら予定たてよーぜ」

「おう、俺も寝るかな」

ミックと別れ、自室に入る。

基本的に俺の部屋は殺風景なのだが、ヴァチャ嫁たちや妹《リリー》が時々勝手に模様替えしてくれるので、最近は少しずつ物が増えている。

「そういえば、リリー、ダイブインしてこないな。そのうち来るか……」

目をつぶると、ゆっくりと眠りに落ちていくのが自覚できる。

ヴァーチャルで寝るというのにも、そろそろ慣れてきた。身を任せると何とも心地いい。

寝るだけのレムシータというのもありかも知れない。

◆◆◆

「んー……。ん？」

翌日、朝早くに目を覚ますと、いつの間にか潜り込んできていたコユミが丸まっていたので、起こさないようにそっとベッドを抜ける。

顔を洗い、キッチンでエプロンを着けると、俺はアイテムストレージと食糧庫を確認する。

「さて、朝ごはんはなんにしましょうかね？」

とりあえずトースト、これは確定だ。

トロアナには角型食パン《ブルマンブレッド》を販売する店もある。

ネルキドでは見なかったが、俺にとっては朝食といえばこれだ。適当な厚みに切り分けて余熱を利用するオーブンに入れておく。

卵を人数分取り出し、ボウルでさっくりと割り混ぜたら、塩と砂糖を一摘み入れて、牛乳を加えさらにかき混ぜる。あんまり混ぜすぎないのがコツだ。

フライパンに少し多めのバターを溶かして、といた卵を流しいれていく。

これで『適当スクランブルエッグ』の完成だ。

「あとは……っと」

ハーブ入りのソーセージを人数分焼いて……そうだスープも作っておこう。

羊肉とミルクを使って簡単なスープを作る。

スープが出来上がるころには、音と匂いに誘われて、『アナハイム』のメンバー全員がダイニングへと集合していた。

「よし、朝飯にしようか」

料理と皿を手分けして並べ、席に着く。

「「「「いただきます（なのです）」」」」

手を合わせ、食事を始める。

みんないい食べっぷりだ。一緒に食べられるようになったコユミも、心なしか嬉しそうに見える。

「全員いるし、今日の予定を考えようか。あとＢＰの使い道についても」

俺は食事中のテーブルをぐるりと見まわす。

「オレは昨日言った通り、レベル上げてダンジョンアタック希望だな」

「私もですね。せっかく解放された機能ですし」

「ボクもそれで問題ないよ。珍しいスクロールが手に入ればいいんだけど」

「リリーもダンジョンアタックしてみたいのです！」

「おにーさん次第、かな」

大多数が、ダンジョン希望っと。

なら、方向性は決まったな。

「じゃあ、それで行こうか。あと、ミールフォートで馬を購入しようって話も出てるんだけど……」

「いいですね。目的地もほぼ一緒ですし、馬があれば、今後の移動が楽になります」

「おおー、うまー。わたしは【騎乗／全般】あるのでためしたい」

特に異論なくこれも決定する。

「じゃ、さっそくミールフォートへ向かうか。準備日とかいるか？」

「オレっちは準備ＯＫだぜ。これで新鎧の性能を試せる」

鎧を新調したらしいミックがウキウキだ。

お前、鎧の性能試すって殴られるってことだからな？

やれやれ、ついにマゾに目覚めたか……。

◆　◆　◆

トロアナの冒険者ギルドに転移した俺が、その広いエントランスを横切ろうとしたとき……カウンターの方から大声で俺を呼ぶ声がした。トロアナ冒険者ギルドのクエスト担当官の一人だ。

えーっと……そう、ラルモさんだ。

「俺に何か用事ですか？」

「十日近くも『レムシータ』に現れなかったもんだから、別の世界に渡っちまったのかと思ったよ！　これ、イースラウドさんに緊急クエストが届いてるよ！」

「緊急クエスト……？」

押し付けるようにして、羊皮紙を渡される。

〝発行：ポートセルム冒険者ギルドおよびポートセルム商人組合
緊急クエスト参加要請書A種／特殊依頼
発令日：マイヤの月十一日
冒険者指定：リョウ＝イースラウド
ポートセルムにて存続にかかわる緊急の事態あり。
至急現着し、これを解決されたし〟

マイヤの月十一日ってことは八日前かな？
しかし、A種の緊急要請ってことは……かなり難易度の高いクエストだ。
俺のレベルはまだ5。ハッキリ言って、A種を受けられるようなレベルじゃない。
これはレベルが10を超えたような、現在のトップ層が受けるべき依頼だ。

「ラルモさん。俺のレベルまだ5ですし、A種緊急を受けれる規定レベルじゃないです」

「特殊依頼なんで問題ないよ。早く行ってやってくれ」

「内容もわからないのに受けられませんよ。それに、先約があるんです。『カンパニー』単位の行動なので、リーダーの俺が抜けるわけにはいきません」

俺の返答に、困ったように頭をかくラルモさん。

「そこを何とか頼めないかなー……？　ママル支部長から毎日確認の手紙が届いているんだよ」

「だいたいトロアナから《こ》じゃ《こ》、レッチア橋を渡る最短ルートでも半月はかかります。緊急依頼は周辺にいる……そうだな、『ｔｅａｍＧＡＮＯＮ』にでも依頼すればいいんじゃないですか？」

面倒なことは丸投げだ。

こっち《レムシータ》では、しばらく活動していなかったんだし、言いがかりもほどほどにしてほしい。

のこのこ出向いてまた犯人扱いされてはかなわない。

「緊急で冒険者指定付きだから他に回せないよ……。これは君じゃないと解決できないってコトだからね」

「じゃあ……大変申し訳ありませんが、お断りします。事情を聞いてるかどうかはわかりませんが、俺はあの町で犯罪者扱いされてるんですよ。また言いがかりをつけるつもりかも知れないし、正直しばらく近寄りたくありませんね」

俺の返答にラルモさんはあからさまに困った顔をする。

「言いがかりをつけるために緊急依頼なんか出さないけどね？　それに距離は……ほら、『転移水晶』で何とかなるだろう？　君たち渡り歩く者《ウォーカーズ》は」

「そこまでして行く意義を感じない」

ピシャリと俺は言い放つ。

転移は便利だが、かなりのBPを消費する。

ここからポートセルムだと九十六ポイントだ。

「どうしても無理かな……？」

ラルモさんは食い下がる。

「報酬不明、要件不明、しかも以前に依頼主と確執《かくしつ》あり、という条件で依頼を受ける渡り歩く者《ウォーカーズ》がいたら紹介してください。その人に頼みますから」

俺は皆に目配せして、出口に向かう。

後ろから「そんなぁ……」と情けない声が聞こえてくるが、これ以上邪魔されては出発が遅れてしまう。

「よかったのです？」

「ああ、イヤな思いをした場所にわざわざBP使って急げって……胸糞が悪くなるな」

「わたしも断るにさんせい」

コユミはあの場にいたのだから、俺の気持ちもよくわかるだろう。

「でも、やけに食い下がってたね？　ボクら、じゃなくてリョウ君に、っていうところも引っかかる」

「やっぱり、リョウちゃんをおびき寄せるための方便じゃねーかな？」

「今日からしばらくはまた旅なんですし、忘れましょう。リョウ君、地図によると丘陵遺跡群の近くに湖もありますし、途中のレッチア橋キャンプ《キャンプ・レッチア》でも釣りが楽しめるそうですよ？　みんなで釣りでもしながらゆっくり行きましょう？」

ハルさんはとっても優しい。

気遣いが心にしみる……。

「じゃあ、行きますか。食料は持ってるけど、現地調達できるものは現地調達で」

「おう～」

気を取り直して、『転移水晶』に触れる。景色が切り替わった先は、俺たちがトロアナに入った西門のそれだ。

ネルキドからの旅路では入った西門を今度は出て、まずは西の『マリーゴート』を目指す。

馬車や旅人の往来はかなり多く、見える範囲に複数のそれが確認できる。

中にはトロアナへもうすぐたどり着こうかと、テンション高めで歩く渡り歩く者《ウォーカーズ》の姿もあった。

「あー……オレたちもあぁだったな」

「トロアナが見えてくるとテンション上がっちゃうんだよね！　ボクらの時も休まず強行軍しちゃったんだっけ」

それほど経っていないのに、なんだか懐かしい気持ちになる。

「そういえば、丘陵の古代遺跡群って人気あるのか？」

「ボクたちみたいなダンジョンアタック初心者《ビギナー》には結構人気みたいだよ？　ＢＰ稼ぎもできるし」

「近くのキャンプには渡り歩く者《ウォーカーズ》のためのバザーもできているそうですよ」

バザーか！

きっとダンジョンのドロップ品なんかもあるだろうし、掘り出し物が見つかるかもしれないな。

これは俄然《がぜん》楽しみになってきた。

「まずはミールフォートへ行って『転移水晶』解放なのです」

「ぱすたー」

小麦さえあればうどんだって作れるな……。

『レムシータ』でうどんも悪くないだろう。

出汁《だし》も醤油もないのが悔やまれるが。

あー……それもよく探せばポートセルムにあったかもしれないんだよな……。

まぁ、過ぎたことは忘れよう。存在さえすれば、多少割高になってもトロアナで手に入るだろうし。

それに今のところ、それほど困ってないという部分もある。

「ちょっと楽しみになってきたな。ダンジョン」

「あら、スローライフはもういいんですか？」

「俺の好きなようにするのもスローライフさ。聞くところによると、酪農《らくのう》も盛んなんだろ？　チーズとかバターも質のいいのがありそうだし……コユミ、良いチーズで飲む葡萄酒は最高だぞ？」

「おー……金貨の価値、あり？」

「ありだろ」

そう考えると、ミールフォートへの道のりは俄然楽しみになってくる。

「リョウさん、コユミちゃんにお酒を飲ませてはいけないのです！」

「そうですよ、未成年なんですから。それにリョウくんもダメですよ？」

藪蛇《やぶへび》だったか。

レムシータでは実際に飲酒するわけではないので特に規制は設けられていないのだが……。

「ボクはちょっと興味あるな！　リョウ君、今度飲みやすいのを選んでくれないかい？」

「レオナ……だいじょぶ。わたしが持ってきてる」

「うっし、今晩は焚火を囲んで酒盛りだな！　オレも酒もってきてるぜ？」

「もう、三人とも……。あとでお説教ですよ？」

しかし、その晩。

旨そうに酌み交わされる酒に興味があったのだろう。

その日、キャンプでの酒宴で一番酔っぱらっていたのはハルさんであった。

◆　◆　◆

現実世界《リアル》での夕食を挟んで、再びダイヴイン。

キャンプでは胡坐を組んだミックが、焚火に枯れ枝を放り投げていた。

「もどった。みんなは？」

「ハルねぇは寝た。酔っぱらってる。レオナちゃんとコユミちゃんはまだだ。リリーちゃんは？」

「リリーはもうじきインしてくる」

『レムシータ』は現在深夜一時。

周囲には灯りの消えたテントがいくつかと、焚火を囲むパーティがいくつか。

俺も寝ることにしよう。

耐寒マントを羽織り、ゴロリと横になる。

「ミック、三時間たったら起こしてくれ。見張りを交代するから」

「おーけー」

焚火の温かさに誘われて、眠りはすぐさま訪れた。

——翌朝、俺とミックは欠伸を噛み殺しながら、キャンプを引き払う。

すこし眠い気がするが、『睡眠不足《ウォーカーズ》』のアイコンはついていない。

彼女《てんし》たちは美人ぞろいなので、渡り歩く者同士の余計なトラブルを避けるために、全員テントで寝てもらい、俺とミックが交代で見張り……というのはネルキドからの旅の中でできた暗黙の了解である。

「ミールフォートまではどのくらいかかるんだろう？　マリーゴートから何日くらい？」

「六日くらいで到着の予定ですね。中間地点のレッチア橋キャンプまで三日、ミールフォートまでさらに三日、ですね。丘陵遺跡群はミールフォートから一日半ってところでしょうか」

ハルさんが地図を示しながら、指を滑らせる。

その先——ポートセルムまではさらに三日くらいか。

「気になりますか？　ポートセルムの件」

相変わらずハルさんは俺の心を読んでくる。

慣れてきたけど、やっぱり時々びっくりさせられる。

「気にならないっていうとウソになるかな……あんな依頼レベルAの緊急をかけてくるくらいだ。何か起こっているのは確かなんだろうが……」

「気にすることないんじゃね？　ま、気になるならミールフォートで確認すれば問題ないっしょ」

「そうだね。ボクらがミールフォートに到着した時点ですでに解決してる可能性だってあるんだし」

そうだといいが。

そういえば、フォヌエアは元気にしているだろうか？

街道を計画通りに歩き、マリーゴートまで特に問題なくたどり着いた俺たちは、アパートメントで睡眠をとった後、俺たちはダイブアウトの準備をする。

「明日はミックたちうちに来るんだろ？」

「おう、またお邪魔するぜ」

「何かいるものがあれば、用意していきますよ」

ここのところ恒例となったお泊り会。

普通なら問題あるだろうが、田嶋家の俺に対する認識はかなり甘い。

大人たちの感覚としては人間国宝の孫と親交を深めている、という感じなのだろうが。

「レオナとコユミは？」

「ボクもスケジュールは大丈夫だよ。何なら連絡さえすれば、数泊してもいいいってさ」

レオナの両親はハルさんによって陥落《かんらく》してしまったようだ。

まぁ、娘が急に本物のお嬢様と友人になって、リムジンで送り迎えなんて現実離れしすぎて感覚がマヒしているのかもしれないが。

「オレたちも三泊くらいは大丈夫かな？」

「沢木にスケジュールを確認させましょう」

「コユミは？」

「ちょっとわかんない、父さんが許してくれないかも」

「そうか……わかったら、明日の朝にでもまた連絡してくれればいいからな」

「ん」

コユミは頷いてダイヴアウトしていく。

「ミック、コユミの家の監視状況は？」

「ルザールのやつは、ちょくちょく来てるみたいだけどな。一人の時は居留守、母親がいるときは母親が追い返してるって感じだ。外に出る時はウチの連中が気付かれないように引きはがしてる」

「父親は？」

「いまのところは、この件にタッチしていないみてぇだ。帰って来るのも深夜だし、朝も結構早い……でも、今のコユミちゃんの話聞いてる分では……」

「勢力的にはルザールサイドか」

「だろうな」

俺は少し考える。

「ミック、ハルさん、また頼っちゃって悪いんだけど……」

「わかってますよ、リョウくん。こちらで少し揺さぶっておきます。レオナさんの時と同じで、私たちの立場っていうのは現実世界《リアル》ではいい武器になりますからね。今日の卒業式のことでそれなりに下地はできていますし」

横でレオナが苦笑している。

家の横に黒塗りのリムジンが停められたときのことを思い出しているのだろう。

「リリーからもお願いするのです」

「リリーちゃんから頼まれたら断れねーな」

ミックめ、わかってるな！

「じゃあ俺らもダイブアウトするか」

メニューから『ダイブアウト』をタッチし、俺は現実世界《リアル》へと帰還した。

14：「こちらには君を訴える準備がある」

……。

………。

…………。

現実世界《リアル》で意識を取り戻した俺は、そばに置いてあったペットボトルの水を飲み干す。

現在時刻は深夜の一時を回ったところだ。

「はぁー……もうこんな時間か」

一息ついて、ふと考える。

例の協定とやらに参加したということは、現実世界《リアル》においても由美子が俺の隣にいることを希望している、ということだ。

そうでなくても友人として、そして後輩として俺は由美子のことが好きだし、力になりたいと思っている。

あの米野羽という少年が、次に打つ手はなんだろうか？

『レムシータ』で一杯食わされているんだ、現実世界《こちら》でも何か巧妙に手を回してくる可能性がある。

俺にしても、『向こう《レムシータ》』ほどに無茶はできない。してもいいが、大きな騒ぎになるし、あまり大きくなりすぎると……爺さんが動く可能性がある。

ないとは思うが、さゆりに危険が及んだりすればそこで一発アウトだ。

「うーん……まとまらんな」

俺は『フトゥレ』だけを外して、マットでうとうとし始める。

とりあえず、明日になってから田嶋兄妹に相談してみよう。

目を閉じたかと思った次の瞬間、俺はチャイムの音で目を覚ました。

「お……っと？」

周囲は明るい……時刻は午前八時を少し回ったところ。

少し早いが、幹也と春さんがきたのか？

俺は目をこすりながら一階へと降り、玄関モニターへ応答する。

「はい、どちらさまですか」

モニターには見覚えのない男と、見覚えのあるような無いような男。

ああ、片方は米野羽さんちのお父さんだな。

昨日見かけて、息子さん《ルザールくん》によく似てると思った人だ。

「米野羽という者だが。家長を出してくれ」

「あいにく両親は不在にしてましてね。責任者は俺ということになりますが」

「では、君が東雲竜司かね？」

米野羽父……俺の名前を知っているってことは、俺に用事ってことだろうな。

「ええ、そうです」

「よろしい、こちらには君を訴える準備がある。詳しい話をさせてもらおうか」

なんかとんでもないことを言い出したな、この人《ワカメ・パパ》。

◆　◆　◆

家に上げるのが憚られたので、ねぼけ眼《まなこ》のさゆりに一声かけて、家の近くにある喫茶店へ移動する。俺がよくコーヒー豆を購入する店だ。

「はぁ……。それで？　どういった根拠で俺を訴えると？」

机に座った俺は、二人にそう切り出した。

「未成年者略取、児童保護法違反、誘拐、暴行……こんな犯罪者が近くに住んでることが嘆かわしいわ」

米野《めの》羽《は》和幸《かずゆき》と名乗ったワカメ・パパは『調査書』とでかでかと印刷された書類を机の上に放り出す。なかなか手作り感あふれるレトロな物体だ。普通はプロに頼むと、電子展開できる責任認証《スタンプ》付きのデータが送られてくるはずだが。

中身を見ると、どれもこれもがなんとも難しそうにこねくりまわして書いてあるが……そのどれもこれもが根拠が希薄《きはく》な上に、証拠となることは何も書いていない。

俺を高校生だと侮っているのが丸わかりだ。

うーん……これに乗るのも一興か？

それとも、何かトラップにかけるためのわかりやすい餌か？

「それで、俺をどうしようっていうんです？」

「よく聞けよ、小僧。若い時はハメを外したいことだってあるだろう」

息子によく似たぎょろりとした目が俺をねめつける。

まさか、それですごんでるつもりか？

重力係数を捻じ曲げれるようになってから出直せと言いたい。

「はあ」

「だがな、伝統ある米野羽の嫁に手を出すのはやりすぎたな？　……これは許されざることだぞ？」

「嫁？」

イラりとするが、とりあえずは情報を引き出さないとな。

こういうのは忍耐と平常心が大事だ。

「こちらの……私のハトコだがね、賀谷君から相談を受けていたんだ。うちの息子と一緒になるべき由美子さんが、君の家に出入りして困っていると。娘が脅されているんだと」

この冴えないおっさんは由美子の父親か。

さっきから一言もしゃべらないけど、よくできたフィギュアじゃないだろうな。

1／1スケール由美子・パパ（マスターグレード）でないなら、どうして何もしゃべらないんだ……？

「賀谷さんは、俺の妹の友人として我が家に招いたんですが、情報に齟齬《そご》がありませんかね？」

「だからと言って、保護者に無断で外泊させるのは問題ではないかね？」

それはおかしい。

あの時、由美子はちゃんと連絡を入れていたし、俺が送っていった時も母親が対応してくれた。

決して無断ではないはずだ。

「賀谷さんは母親に了解を得ていたように見受けられましたが、それについては？」

「あの間抜けな女が許可しても、ダメに決まっているだろう！　男のいる家に外泊など米野羽への裏切りになるとわからんような女だぞ！」

ひどい言われようだが……自分の妻をそこまで言われてこの男はなぜ黙っていられるんだ？

「それがこの、未成年者略取の部分ですか？　他については？　あいにく俺はこういう文章に疎《うと》くて……この報告書とやらではよく理解できなかったんですが」

「息子の拓郎《たくろう》から聞いたぞ？　由美子さんを脅して君が肉体関係を迫ったと。米野羽の嫁となる女を脅して手籠《てご》めにするなどと……君という卑劣な人間にはヘドがでる」

それを鵜呑《うの》みにして俺を罵倒できる精神にこそヘドを吐きかけるべきじゃないかな。

息子に甘いってレベルじゃないぞ。

「それに誘拐。これは昨日お前たちが連れ去った件だ。あの後、本来ならば由美子さんは我が家で食事をするはずだった。そうだな？　賀谷君」

「……はい、その通りです」

はじめて由美子の父親が声を発する。

消え入りそうな声。

ここにいる意味があるのだろうか？

「それをわしの了解も得ずに連れ去ったのだ！　立派な誘拐だろう！」

「あなたの？　母親の許可を得ていますよ？」

それを聞いた米野羽父が再び怒声を張る。

「さっきも言ったが、あいつは米野羽の血筋ではない！　あの間抜けが許可しても、わしが許可しない限りダメに決まっているだろう！　あの娘は米野羽の所有物だぞ!?　そんなこともわからんのか！」

「はあ」

で、父親は再びだんまりか。

あの夜、夜道を帰る俺の心配をしてくれた母親の方がまともな人間なのは間違いないな。

父親の方は、喋りはしたが人間かどうかも疑わしい。

きっと、フィギュアにちがいない。1／1スケール由美子・パパ（パーフェクトグレード）。

「あと、君は数日前うちの息子に暴行を加えたそうだね？」

「お宅の息子さんに？　覚えていませんね」

数日前にナイフを向けてきたのは息子さんですけどね。

「肩を脱臼して死ぬような目に合わされたと聞いたが？」

「それ、ゲームの話じゃないですか？」

「では、そのゲームとやらではけがを負わせたということだな？　立派な暴行罪だ」

頭がわいてるんじゃなくて、澱んで腐っているらしい。

子がアレならば、親も性質がわるくて当然か。

「これでわかったか？　お前は米野羽に仇《あだ》なしたゴミだ！　訴えられたくなかったらさっさとこの町から出て行くがいい！」

「お好きにどうぞ？」

「は？」

何を予想外みたいな顔をしてるんだ。

本当に俺より長く生きている人間か？

「この報告書の内容では何一つ立件できやしない……。どれもこれも米野羽がどうのっていう主観的な感情論に基づいた内容で証拠も根拠も希薄。逆に今のあんたの発言をもとに名誉棄損《きそん》および恫喝で起訴しようか？」

「どこにそんな証拠がッ！」

「いま時代《どき》、録音ツールなんてありふれてるだろ？」

俺は個人用携帯端末を操作し、録音の一部をリプレイさせる。

「わしを脅す気か！」

「いやいや、脅してるのはそっちだろ？」

俺は席を立ち、二人を一瞥《いちべつ》する。

「話は終わりみたいだし、これで失礼しますよ」

「まだ終わっておらんわ！　座れ小僧！」

喚《わめ》き散らしているようだが、放っておく。埒《らち》が明かない。

しかし、米野羽拓郎《ルザール》くんが親まで巻き込んでくるとは。

こっちの保護者カードは、うっかりきると災害レベルで被害が出るかもしれないからなぁ……。

それに爺さんには、何とかすると言っちまったし。

とりあえずは良識ある由美子の母親と接触を持ったうえで、対応を考えたいところだ。

あの様子だと、由美子が十六歳になった途端に籍を動かしかねないしな、あの連中。

「さて、俺もできることをしておこう」

そう独り言ちて個人用携帯端末を取り出すと、俺はある人に連絡を取った。

米野羽拓《ルザール》郎くんが大人の力を使うなら、俺だってツテを使って対応しちゃうぞっと。

◆　◆　◆

「その件は把握してるわ。だから、竜司君は家に帰ってゲームでもしてて。くれぐれも自分で解決しようなどと思わないでね。……いい？」

喫茶店から家への道すがら、俺はある人に連絡を取っていた……が、理由を話す前にこう言われてしまうとは予想外だった。

「美沙ねーちゃん、俺まだほとんど何も話してないと思うんだけど……」

電話の先、神宮寺《しんぐうじ》美沙《みさ》が深いため息をついたのが聞こえた。

聞こえたというか、俺に聞かせるためについた溜息だろう。

「えぇ、その米野羽さんという方から警察に連絡がありましたね？　おかげで私たちは朝の早くから出勤させられている、というコトですよ？」

「あ、ご苦労様です」

勤務時間に気を遣って九時になってから連絡したというのに、すでにお仕事中でしたか、そうでしたか。さすが税金で生活している方々は仕事が早い。

「いや、ちょっと力を貸してもらおうと思ったくらいで、俺は――」

「竜司君。あなたとか、あなたの従兄弟とか……ましてやお師匠が動く事態になってからでは遅いのよ？　私たちはそれを防止するのが仕事なの！」

美沙ねーちゃんは、内閣情報調査室のある特別部署（名前は非公開。昔あった『帰還者特別支援調査室』とかいう部署を前身とするところらしい）に所属する国家公務員さんだ。

主に、うちの爺さんをはじめとする〝力を持ちすぎた人〟の折衝《せっしょう》や監視、あるいは仕事の依頼をしているらしいが全容は不明だ。

そして、俺の姉弟子でもある。昔はよく道場で泣かされたっけ。

「また教室の壁を破壊する前に私に連絡くれたことはえらいけど、ちょっと問題になりそうだなーって思ったら次からはすぐに連絡してよね……警察の情報封鎖、すっごくめんどくさいんだから」

「ごめん、美沙ねーちゃん……爺さんもう知ってると思う」

「なん……だ……と」

電話の向こうで「状況Ｂ２９３３からＡ００１３《マルマルイチサン》へ！　もうバレてるわよ！　急いで急いで！」って美沙ねーちゃんの声が聞こえる。

なんのコードかわからないが、レベルが数段上がったのはわかった。

「お昼には解決してみせるから！　いいわね！　絶対に、ぜぇ～ったいに何もしないで！」

「いや、俺これから由美子の家に行こうかと……」

「その子ならもう保護してあるから！　沢木さんに頼んで竜司君の家に向かってるはずよ。いいわね？　これ以上、私の仕事を増やさないでよ？　今日は合コンなんだから！」

「……また別れたの？」

「浮気って万死《ばんし》に値《あたい》すると思うの」

通信の先からそら寒い殺気が漏れている。

伏見に対する裏切りはおよそ死をもって断ぜられる。今頃、元カレさんは……。

「人に殺撃を向けてはいけません」

「大丈夫よ。バレなきゃいいのよ。別の事件にすり替えればいいだけだし」

美沙ねーちゃんがいる部署はそういう部署である。

「お、おう……」

怒ると怖いんだ。

「やっぱり俺も……」

「ダ・メ・よ。普通の生活がしたかったら、普通の高校生らしくしてなさい。その代わりあなたが普通の高校生でいられるように私が頑張るから。でもあんまり忙しくしないでよ？　行き遅れたら嫁にもらってもらうからね？」

「ア、ハイ。大人しくしてます」

「なによ、引っ掛かる言い方ね！　まあいいわ。私に任せといて。お昼には何もかもいつも通りよ。終わったらメールで連絡入れとくからダイブしてくれていいわよ。じゃ、またね」

一方的に通信が切られる。

俺が『フトゥレ』持ってるのも『レムシータ・ブレイブス・オンライン』にはまってるのもまるっとお見通しか。

どっかの霊能力者みたいだな！

まあ、任せろと言われた手前、今は静観しておこう。

迂闊に動いて大変な出来事に発展したら美沙ねーちゃんに怒られるしな。

それに、美沙ねーちゃんが仕事しくじることなんてほとんどないことだし。

そんなことを考えながら家路につくと、田嶋家の黒いリムジンが門扉の前に停まっていた。

俺に気付いた沢木さんがペコリと頭を下げる。

「もう来てたんですね。幹也たちは？」

「ぼっちゃま《ちゃらお》とお嬢様、それと由美子様はもう、お邪魔させていただいております。私は周辺警護に当たる予定でございます」

これも美沙ねーちゃんからの要請かな？

リムジンを駐車場へと通して、沢木さんに会釈してから俺は玄関をくぐる。

座って靴を脱いでいると、足音と、次いで背中に柔らかな衝撃。

現実世界《リアル》でも『向こう《レムシータ》』でもやわらかさはやっぱり変わらないなぁ、なんて考えながら後ろ手に頭を撫でる。後頭部もフワフワで触り心地がよろしい。

「おにーさん……」

「由美子、大丈夫か？」

「だいじょぶくない。また、おにーさんに迷惑かけちゃった」

「あー、それは大丈夫だ。しかも、俺の知らないところで勝手に解決されることになってる」

俺の説明にきょとんとしている由美子の後ろから、幹也と春さんが現れる。

「とりあえず、由美子ちゃんの保護は母親の許可でオレらがやった。母親にも一緒に来るように言ったんだけど、本人の意志が固くて連れ出せなかった」

「旦那さんときちんと今後について話したいから、と。竜司くんは大丈夫でしたか？」

「それがちょっと厄介なことに。あの人ら、俺のこと通報しちゃってたみたいでさ……」

三人がはっと息を呑む。

田嶋兄妹と由美子では思っている内容が違うだろうが。

「まぁ、なんかいつもの人が何とかしてくれるみたい。とにかく何もするなってクギさされたよ」

「幹也の時に後始末に来てくれたあの人ですか？」

「そう」

「美人のねーちゃんな……おっかねーけど」

田嶋兄妹は美沙ねーちゃんと面識がある。主に俺が過去に起こした事件の後始末をした人間として、だ。俺と幹也はこってりと美沙ねーちゃんに絞られた。

あれがあったから、俺たちは今、友人でいられるのかもしれない。

並んで正座させられてしこたま怒られる経験なんてそうそうないからな。

「おにーさん、つかまる……？」

「だいじょうぶだ、由美子。心配いらない。俺捕まえるとな、その地域の警察署がなくなるかもしれないからなー……道尋ねるとき困るだろ？」

俺は後ろに抱き着いたままの由美子を、そのままおぶってリビングに向かう。

リビングではさゆりと玲央奈がお茶を淹れて待っていた。

「おかえりなのです」

「おかえり、竜司君。首尾はどうだい？」

「知り合いが解決してくれるってさ」

「当たり前なのです。じぃじが出てきたら何もかも終わりなのです」

そこらへんは、さゆりもよくわかっている。

過去に爺さんを従属させるためにさゆりを人質にとったあるテロ組織……いやテロ組織を装った、某国だが。

……現在その国は地球上に存在しない。爺さんに全てすり潰された。

『当該事件の首謀者・実行犯および協力者は全員死にました』なんて意味不明な報告書を、各国の諜報組織が出す羽目になった恐ろしい事件だ。

その事件以降、爺さんの血縁者およびその庇護《ひご》下にあると考えられる人間が徹底的に洗い出され、いま美沙ねーちゃんがいる部署にて監視・保護・隠匿《いんとく》されている。

それもこれも「あんまりおいたすると世界丸ごとお洗濯しちゃうぞ☆」なんて、お茶目な声明を出した老人のせいである。

そのため、今回の事件、ちょっぴり美沙ねーちゃんがピリピリしても仕方ないとは思う。

いや、合コンの件も一因なのだろうが。キャリア女子かつ情報部署勤めというのはなかなか結婚も難しいらしい。

「そう考えると、オレがこうやってリョウちゃんとお茶啜《すす》ってるって奇跡だよな」

「ああ、文字通りな。『バッドエンドとデッドエンドどっちがいい？』って聞かれて、『トゥルーエンドお願いします』って言える図太さがないと無理だよな」

「ひってーな……」

リビングに笑いが満ちる。

由美子も、表情の変化は少ないものの少しリラックスしたようだ。

ずっと俺の膝の上にいるから、玲央奈と春さんが何か言いたそうにしてるけど、今日くらいは大目に見てやってくれ。

俺とさゆりが昼食の準備を始めるころ、個人用携帯端末に着信が入った。

エプロンで手を拭いてモニターを呼び出すと、件名に『終わりました』と記された美沙ねーちゃんからのメッセージが届いていた。

◆　◆　◆

メールには報告書が添付されている。

メールの内容は白紙で何もないので、報告書をタッチして開く。

〝内閣情報調査室所属　神宮寺美沙
対象A：米野羽和幸について
対象の行動を『国家安全保障における特殊対象の保護および監視のための特別法』の適用事案と認定。同特別法三十二条‐カ‐B6の項目を適用し、対象Aを拘束。その際、同行者であった賀谷健三《けんぞう》（以下、対象Bとする）も同様に拘束とする。

同特別法十八条‐ア‐A11の項目を適用し、『東雲竜司』が国家による保護対象であることを開示。セキュリティレベルを考慮し、内容については非開示にて警告を行う。

対象Bについては情報規制承諾書へのサインおよび口頭での同意があったため、記憶及び精神処理を行い、拘束位置にて解放。監視継続。

対象Aについては同意が得られず、錯乱及び『国家機密漏洩《ろうえい》に関する危険事項C』に抵触する恐れがあった為、『公務執行妨害』ならびに『国家安全を著しく脅《おびや》かす準備および共謀の罪』による現行犯逮捕《たいほ》を実施。

対象Aの妻、および父親についても対象の同行動を把握していたと判断し、同特別法十八条‐ア‐A11の項目を適用。情報規制承諾書へのサインおよび口頭での同意を得、記憶及び精神処理を行った。――以上〟

よっぽど合コン行きたかったんだな……。

仕事が正確で早すぎる。

「どうなったのです？」

「えーと米野羽父は拘留中、由美子のお父さんは解放。記憶は例の方法で処理したみたいだ」

「米野羽くん本人はどうなっているのです？」

そういえば何も書いてないな。

俺は個人用携帯端末を操作して美沙ねーちゃんに通信を飛ばす。

「はいはい、こちら神宮寺。ちゃんとお昼までにカタついたでしょ？　もう由美子ちゃんとイチャコラしていいわよ。避妊だけはちゃんとしてね。これ以上、保護《しご》対象増やされると困るから」

美沙ねーちゃんは俺のことを何だと思っているんだろう。

「あ、ああ……。息子の米野羽拓郎については？」

「未成年だし、法適用が少年法に基づいちゃうから特別法が使いにくいのよ。それに調査員の話では『受け答えが素直で大人しい子供』だって言ってたわよ？　今回の父親の行動も知らなかったみたいだし、今後あなたと由美子ちゃんに極力接触しないという同意書は書いてもらったけど……情報開示はしてないわ」

まさか親までダシに使うとは大した処世術《しょせいじゅつ》だ。

「俺はあいつが諸悪の根源だと思うんだがな」

「うーん……子供の主観で捕まえるわけにもいかないのよ。監視はついてるけど」

「俺にナイフ向けるような危険人物だぞ？」

「何それ？　なんでそれ早く言わないの!?　なんなの？　合コンに行かせたくないの？　嫁にもらってくれるの!?」

まだ二十代前半じゃないか、まだ焦る時間じゃない。

あと、嫁にもらうのは無理だ。

すでに選択肢が三つもあるのに、これ以上贅沢な話があるか。

「まぁ、監視がついてるならいいか」

「よくないよー！　あー……でも証拠もない、同意書も取ってるんじゃ拘束しづらいッ！　先に言ってよ！」

「問題ない。監視だけよろしく。あと由美子の母親はどうなった？」

「特にこちらからのアプローチは行っていないけど、しばらく由美子さんを預かってほしいって要請はあったわ。いま、そこにいるのよね？」

「ああ、うちでしばらく預かる。それでいいか？　さゆりも喜ぶしな」

さゆりも喜ぶしな、は脅し文句である。

ここで「政府で預かる」と強行すると「さゆりちゃんの楽しみ奪った悪いごはどこじゃー」と鬼《じじい》が来るかもしれない。

「うっ、仕方ないわね」

「じゃあ、今回の件はこれで終わりか」

「竜司君が関われる部分はないと思ってもらって問題なしよ。いつも通りに、普通に生活してくれればいいわ」

「ありがと、美沙ねーちゃん」

「いい加減、神宮寺さん、と呼ぶ癖つけてよね。じゃあ、またね」

通信を終える。

拓郎《ルザール》に関しては監視のみだと。なかなか強かに立ち回るな」

「キミが褒めてどうするんだい？　まったく」

玲央奈がため息をついている。

「あ、それと由美子。しばらくここに住んでもらうけどいいか？」

「え？」

「政府の準備したセーフハウスと、ここどっちがいい？」

「……ここ。おにーさんもさゆちゃんもいるし」

「じゃあ決定な。着替えとかは……どうするか」

由美子は急いでいたために、小さい旅行鞄に少しの着替えしかない。

フトゥレは持ち出したようだが、他のものがない。

「お買い物に行くのです！」

さゆりがビシっと俺を指さす。

「え、今からか？」

「いまからなのです！　由美子ちゃんの着替えと食器ともろもろを買いにいくのです！」

「気分転換にいいかもしれませんね。自宅には戻りづらいでしょうし、私も一緒に服を選びましょう」

「フトゥレは持って来たんだよね？　なら専用マットも必要じゃない？」

俺、知ってる。

女性陣がこのモード入るとブレーキ効かなくなるの知ってる。

幹也も同様の意見なようで、やれやれと首を振っている。

まぁ、昼食もまだ作り始めたところで材料の流用はきくし、買い物&外食で気分を一新するのもいいかもしれない。

「じゃ、買い物に行きますかね……生活の準備を整えて、『レムシータ』でがっつり遊ぼう」

結局全員で買い物に行くことにした。

麓には映画館付きの大型ショッピングモールがあるので、あそこなら全部揃うだろう。

田嶋姉弟の口に合うかはともかくとして、飲食店フロアもあるしな。

沢木さんが車を道路につけて、扉を開けてくれる。

「さゆりちゃん、由美子ちゃん、お先にどうぞ」

春さんが後輩たちを先に、と譲る。

こういう気遣いができるから、春さんは金持ちでも嫌味さがなくて学校でも人気なんだよな。

「ん？　さゆりちゃん、足大丈夫か？　ちょっとふらついてんぜ？」

「また調子が悪いのです。後で見てほしいのです」

「おうよ。買い物中も無理しないようにな」

ふらついたさゆりのフォローを幹也がしてくれたようだ。

車に乗るまでの一瞬だけ妹に触れることを許可してやろう。

「おにーさん、乗ろう」

由美子が俺の裾を引っ張る。今日はべったりだな。

まぁ、妹が二人に増えたみたいでちょっと楽しいが。

辛辣《しんらつ》系と甘々系……どっちも天使や……！

「どんなのがいいのです？」

「わたしは、なんでもいい」

「せっかくだからさゆりちゃんとお揃のヤツ買えばいいじゃん。オレっちが奢るぜ？」

「おー……お大尽」

「由美子、こいつは金持ってるからガンガンたかっていけ」

「ひでーよリョウちゃん」

話しながら、由美子の手を引いて車に向かう。

それを見た玲央奈と春さんが残る片手をつかむべく小走りで近寄ってくる。

由美子をおぶって両手を使えば三人いけるか？

車に乗るために歩道に出た瞬間。

死角から躍《おど》り出た影があった。

「くそがああああああああ！」

殺気まみれの米野羽拓郎《ワカメやろう》は両手で黒い塊を持っている。

乾いた破裂音が数発、閑静なニュータウンに響いた。

15：「殺意には殺意を以《もっ》て」

その瞬間の沢木さんの行動は迅速かつ的確だった。

玲央奈を後ろに引っ張って突き飛ばし、春さんを抱きかかえながらもろともに敷地内へ飛んだ。

俺は両手を張り出してできるだけ体を大きく広げ、由美子とさゆりへの弾を食い止めようとした。

スローモーションのように、こちらへ飛翔する弾丸が見える。

……が、発射された弾丸を全部カバーするには、俺の体の大きさが足りない。

くそったれ、素人の撃つ銃っていうのはこれだから始末に負えない。

しっかり俺だけを狙って撃てよ！

このままでは、どうやってもさゆりに当たってしまう。

間に合わない！

どうする？

どうすればいい⁉

俺の感じた絶望に、幹也が割り込んできた。

身をよじり、さゆりを抱きかかえ、しゃがみこむ。

次の瞬間、体に衝撃。一般的な小口径《こうけい》拳銃によるものだ。爺さんのところで特殊に鍛えた俺には、通用しない。

だが、幹也は違う。

肩と脇腹から血の花を咲かせて、幹也がくぐもった声をあげる。

「はは……ははは！」

なぜか笑っている拓郎《ゴミ》に、拾い上げた小石を弾く。

高速で放たれた小石が、拓郎《ゴミ》の右手首をこともなげに貫通し……右手に握っていた拳銃は地面へと落ちた。拓郎《ゴミ》は痛みに耐えかねてか、うずくまって呻いている。

「ぼっちゃま！」

「沢木ィ！　さゆりちゃんと由美子ちゃん回収！　急げよ！」

幹也が血を吐きながら声を振り絞る。

さゆりと由美子は腰を抜かしてしまったらしく、動けていない。

横目に見る幹也の血だまりが、マズい大きさになっている。息は荒く、顔は青白く、生気も感じられない。崩れ落ち、自らの血だまりに横たわる幹也。

「幹也さん！　幹也さん！」

さゆりの鳴き叫ぶ声がやけに響いている。

なんだ……これは。

——この状況はなんだ！

解決したんじゃなかったのか？

監視はどうなった？

なんであのゴミが俺の周りの人間を傷つけてる？

……俺の甘さがそうさせたのか？

「天誅《てんちゅう》だ！　くそどもが！　うちの親父まで嵌めやがって！　オレはもう終わりだよ！　お前らも終わらせてやるがな！」

ゴミは左手で拳銃を拾い上げようとしている。

まだ、撃つのか？

殺意《それ》を、俺か俺の大切なものに向ける気か？


——殺　そ　う　。


アレは敵だ。まごうことなき、俺の、敵だ。

俺の友の命を散らさせ、妹を危機に晒し、さらに殺意を持って俺に、俺たちに向かってくる……

敵だ。

「幹也さん、目を開けるのです!!　幹也さん!!」

沢木さんが泣き叫ぶさゆりと、呆然とする由美子をひっつかんで敷地内に放り入れる。

そして、即座に戻り、ぐったりした幹也を引きずって敷地内へ戻っていく。

その姿が家の敷地に消えるのと、拓郎《ゴミ》が拳銃を構えるのはほぼ同時だった。

再度の発砲音。

連続で、何度も何度も、俺に向けて銃弾が放たれる。

そのいくつかは俺の服を穿《うが》ち、裂いたが、俺にはかすり傷しか与えられない。

「無駄だ」

俺にその程度の銃は通用しない。服を穿たれながらも、俺は前へ進む。

俺が拓郎《ゴミ》の前にたどり着いたとき、拳銃はもう発砲音を発しなくなっていた。

「バ……バケモノめ……ゲームじゃないんだぞッ！　現実は！」

わめいて後ずさる拓郎《ゴミ》の左脚をへし折る。

バランスを崩し、倒れたゴミがけたたましく悲鳴をあげる。

複雑骨折した左脚から血だまりが広がり、その中でゴミがもがいている。

その、両手、両腕も踏み砕く。

バランスが悪いな、と感じた俺は右足も踏み折っておく。バキリ、と小気味いい音と悲鳴が響いた。

「ヒィィッ……イタイ!!　イタイィ～ッ！　なんでェ……こんな！　おれは悪くねぇ！　悪くねぇ！　お前が、由美子がおれをバカにするから……」

「殺意には殺意を以て対するのが、伏見の流儀だ。死ね」

「たす、たすけて……謝る……この通りだから……、謝る、から」

「言いたいことはそれだけか？」

「……へ？　ヒッ」

俺はゴミの頭をすり潰すべく、足を踏み下ろす。

「この世から失せろ」

ゴミの頭が砕け散るその瞬間、俺は動きを止めた。いや、止められた。

「ふぃー……間に合ったぜ。＜完全拘束《フルバインド》＞なんて久々に使ったがうまくいったな」

「竜司君、あなたに人の命はまだ少し早いわ。少し落ち着きなさい」

いつの間にか現れた美沙ねーちゃんと、目深にフードをかぶった男がこっちを見ている。

「なぁ、解いてくれないか？　これ。コイツをすり潰してコイツの親父にぶちまけてやるんだから。

その後、コイツの親父も、母親も、全員すり潰してやる」

「あーあー。キレるとヤベーのはユウのやつと一緒だな。まったく、めんどくせーぜ」

フードの男がため息を吐いている。顔は見えないが。

「落ち着きなさい。田嶋君も傷は処置したし、命に別状ないわ」

無事？　あんなに血が出てたのにか？

「リョウ坊、落ち着いたか？　解いてもいいけどよ……暴れんなよ？」

体が軽くなる。俺は上げていた右足を下ろす。

足元のゴミは体を痙攣させながら気絶していた。

「じゃ、俺はこのやらかし野郎を連れて戻るぜ。一個貸しだからな？」

「今度、合コンに呼びますから」

「ヘッ、カエル系女子がいるなら考えとくよ。リョウ坊、またな」

ゴミをつかんだ男は、「バシュッ」と蒼い炎をきらめかせてゴミもろともに消える。

あの信じられんような手品は多分爺さんの身内だな。

「落ち着いた？　竜司君」

「ああ……でも許したわけじゃない。次またあいつが俺の目に入ったら殺すよ」

「そうしないように私がいるのよ……今回は失敗したけど」

他大きなため息をついた美沙ねーちゃんに促され、自宅の敷地内に入ると、みんながへたり込んでいた。

沢木さんだけが個人用携帯端末を使ってどこかに連絡を取っている。

「みんな、無事か？」

玲央奈も、春さんも、由美子も、そしてさゆりも無事のようだ。

さゆり以外は、呆然としているものの俺にうなずいてかえす。

咽《むせ》び泣くさゆりは、地面に座り込んだ幹也に抱き着いている。

幹也はあやすようにさゆりの背中を撫で、その姿は俺よりもずっと兄らしいと嫉妬《しっと》してしまうくらいだ。

「お、リョウちゃん、おかえり」

「すり潰そうか？」

「ちょっ……！　今日のオレ、わりとＭＶＰだと思うぜ？」

そうだな、お前がいなけりゃ日本が滅んでたかもな。

そうでなくてもさゆりを守ってくれたんだ。感謝してもしきれない借りができた。

「傷は？」

「いてぇ。なんでリョウちゃんは撃たれても平気な訳？」

「鍛えてるからな」

「納得できねぇ」

苦笑した幹也が、道路の方に目をやる。

「アイツは？」

「始末しようとしたが政府にかすめ取られた」

「その言い方は、ないんじゃないかしら……」

美沙ねーちゃんが再度大きくため息をつく。

「普通の高校生はコロシなんかしないものよ。もう少し普通の高校生らしくしてなさい」

家の前に、静かに救急車が停まる。

「要救護者は？」

降りてきた救急隊員らしき男が美沙ねーちゃんに目配せする。

「その子。特級の治癒魔法薬《ヒーリングポーション》使ったから傷はほとんど塞がってるけど、念のため」

「了解しました、キミ、歩けるかな？」

「大丈夫ッス。じゃあワリィ、ちょっと行ってくるわ」

幹也がさゆりをそっと引き離し、立ち上がる。

「同行者は？」

「あ、私が」

春さんが手を挙げる。

「さゆりも行くのです」

ぐずりながらさゆりちゃんも手を挙げる。

「無理すんなよ、さゆりちゃん。オレ、もう大丈夫だからよ」

「まだ……まだ、足の調整をしてもらってないのです！」

「はは、じゃあ……しゃーねぇな」

幹也が力なく笑う。

傷は塞がっても血が足りないのだろう。顔はまだ青白い。

救急隊員に支えられて幹也は救急車へ乗り込む。

その後ろへ、春さんとさゆりが続いた。

「では、竜司くん。後で連絡入れますね」

「行ってくるのです」

「ああ、幹也を頼んだ」

「はいなのです」

走り去る救急車を見送って、俺は美沙ねーちゃんに向き合う。

「で……？　俺の楽しい休日を台無しにしてくれた落とし前は、誰につけさせたらいいんだって？」

16：エピローグ

五日後。

幹也が退院してきた。元気そうで何よりだ。

今日にいたるまでいくつかの出来事があった。

まず、今回の事件について。

世間としては今回の事件は、〝なかった〟ことになった。

住宅街での破裂音は季節外れの花火で遊んでいたバカな高校生グループがいた……という情報操作が行われた。

同時に、いたましい交通事故が高校生になるはずだった少年の命を奪った、というニュースが流れることになった。つまり、米野羽拓郎という人間は、世間的にもう故人《こじん》となっているということだ。

裏ルートで購入した拳銃で監視員一名を奇襲・殺害し、政府の保護対象者に向けて発砲したのだから、ただではすむまい。

今頃どうなってるのか……きっと、非人道的な処理が行われていることだろう。

これに関して、同情するつもりはない。万が一、次に顔を見たら、問答無用で俺がすり潰す。

米野羽家には事故の情報と記憶の操作が行われ、同様に由美子を除く賀谷家にも同じ処置が施された。

記憶の操作は、かなり慎重に行われるべきことだがケガをしたのがさゆりであった可能性が高いことを鑑《かんが》みると、書類作業を後回しにしても早急に処理する必要があったのだろう。

賀谷家は一連の流れから、離婚を視野に入れた別居をすることに決まった。

由美子の母親は実家に戻るということだったが、十日後には高校が始まる由美子本人について、ひと悶着《もんちゃく》あった。

高校を今から変更するのは困難だが、あの父親のもとに残しておくこともできない。

紆余曲折あり、由美子はしばらくウチで居候《いそうろう》することとなった。

由美子と俺、両方の両親の許可を取り付けたうえで、〝落とし前〟の一つとして美沙ねーちゃんに俺が要求した。

これについて玲央奈と春さんは心中穏やかではない様子だが、由美子を放り出すわけにはいかないし、一人暮らしだと美沙ねーちゃんの仕事が増えることになる。

……と、いうのも、今回の事件で、玲央奈と由美子は『国家安全保障における特殊対象の保護および監視のための特別法』の適用を受けることとなってしまったからだ。

早い話が俺の身内だということが、政府内で公認になったということである。

幹也は翌日には元気になったが、念のためということで五日間の入院。

その間、さゆりが何度も見舞いに行っていたようだが、俺はこれをあえて黙認した。

さゆりは幹也がケガしたことを「自分を庇ったせいだ」と気に病んでいる様子だったので、気が済むようにするべきだと判断したからだ。

今回ばかりは、俺も大きくは出られない。俺は、あの時さゆりを守り切れなかったのだから。

幹也がいなければ、さゆりは死んでいたかもしれない。

そんな寒気が、いまだに俺の背中を這《は》いまわることがある。

玲央奈と春さんは軽い擦り傷を負ったものの、大きなけがはなく安心した。

沢木さんはボディガードとしての責任を問われたものの、幹也と春さんの弁護で職を失わずに済んだようだ。

……美沙ねーちゃんは合コンに行けなかった。

そして、本日はあの日の仕切り直しをするべく、ショッピングモールへ全員で出かけてきている。

到着してから三時間、すでに俺と幹也はグロッキー状態だ。

視界の端に『疲労』のアイコンが点滅していないか探してしまうくらいには、疲れていた。

これが……ショッピングというものか。

「こっちのお店にもいってみましょう」

「この服、可愛いのです」

「ボクのサイズ、あるかなぁ……」

ウィンドウショッピングの意味が見いだせない。

なぜ、買う気のない服を試着する必要があるのか。

なぜ、さらにそのカラーバリエーションを試着する必要性があるのか。

もういっそ幹也のクレジットコードを全開にして、手に取った洋服全てを買ってしまったらどうだろうか？

「おにーさん」

「どうした由美子、大丈夫だ。似合ってる」

「わたし、まだ何もいってないよ……」

ちょいちょいと服の裾を引っ張って、由美子は俺をどこかへ連れて行こうとする。

幹也に目配せすると、行って来いと言わんばかりに手を振られた。

「どうした、何か買うのか？」

「選んで、ほしい」

そう言って連れてこられたのは、ランジェリーショップである。

「由美子さんは俺を徹底的に辱《はずかし》める方向ですか？」

「なぜ、敬語」

「ここに俺が入っちゃダメだろ」

「いらっしゃいませ～。どぅぞーごらーんくださ～い」

やけに機敏な動きをする小太りの店員が満面の笑みで俺たちを店内に招き入れる。

俺は不意の動きに気を取られ、うっかり店内に足を踏み入れてしまった。

くっ……中身の詰まっていない第一次装備に怯える俺じゃないぞ！

「なになに？　カレシてきにはー、彼女の……気になっちゃう感じ？」

ああ、どうしよう。この店員を今すぐ抹殺《まっさつ》したい。

「おにーさん、何色が好き？」

「薄ピンク。いや、そうじゃなくこういうのは玲央奈と春さんと一緒にさ……」

「紐《ひも》パン、……すき？」

「大好物。ではなく、俺に選ばせてどうしようって……」

「スケスケ……これにしよう」

「待て、過ちを誘発させるな！」

結局、由美子はそれを買ってしまったようだ。

その様子をそっと見守る影……。

「竜司君、竜司君。何をしてるのかな？」

「玲央奈……見ての通り辱めを受けている」

「由美子ちゃんのを選んだってことは……ボクのも選んでくれるってコトだよね？」

「俺、ちょっとお手あら」

「だよね？」

「ハイ……」

「ウケる～」

うけねーよ！

ちくしょう！　俺はこの店員をまず何とかしたい。

しかし、このショップ、それなりに規模が大きい。

ちゃんと玲央奈サイズのものも、在庫があるそうだ。

「薄ピンク、紐パン、スケスケで」

「かしこまり～」

玲央奈、そのオーダーはどうなんだ。

店員がいかにもきわどいセットをいくつか持ってきて玲央奈に渡している。

「じゃあちょっと試着してくるから……。逃げちゃだめだよ？」

退路を防がれた。

「おにーさん、わくわく？　どきどき？」

もとはといえば、お前のせいだからな？　由美子。

しばらくすると、玲央奈が呼ぶ声。カーテンの隙間からちょいちょいと動く手だけが見えている。

「どうした？」

近寄ったところでつかまれ、中に引き込まれた。

目の前には、下着姿の玲央奈。

足元にはいまだ体温を感じられそうな……ちがう、これは凝視してはいけないモノだ。

そう考えて目線をあげると、上下桜色の春らしい……紐パン素晴らしい。

……ではなく。

「どうかな？」

その紐引っ張りたい。……だから、違う。

うっすらと透けて、玲央奈の色っぽいところが……！

「くっ」

……ノオオオオオォォォォ！

友情・勝利・努力！　高まれ！　俺のSAN値よ！　燃え上がれッ！　奇跡を起こせ！

「似合う……かな？」

顔真っ赤にして……恥ずかしいなら無茶はするんじゃないよ！

似合いすぎてて、この場で間違いが起こっちゃうよ！

「似合う、似合うから……」

「どっちが、キミの好みだい？」

もう片方も、薄ピンク、紐パン、スケスケ。

ただしこっちは面積がやや少なめでフロントホック。

「どっちも……好きです」

どうしようもなくなって、本心を漏らす。

「じゃあ、両方買っちゃうね。店員さーん」

「やめて！　いま呼ばないで！　俺捕まっちゃう！」

俺は体術を駆使《くし》して、カーテンをするりと抜ける。

「おー……」

なぜか由美子が拍手をしている。

その直後に店員が試着室へ到着。……危ないところだった。

「限界だ……。どうかしてる」

俺はどうにかこうにかショップ外へと、フラフラした足取りで脱出する。

これ以上は命の危険がある。

「竜司くん？　次は、私の番なんですよね？」

横を見るとニコニコ笑顔の春さん。

もうやめて！　俺のライフは0《ゼロ》よ！

そんな心の叫びむなしく、俺は再びショップの中へと連れ戻された。

いつになったら、俺はスローライフ《レムシータ》に戻れるんだろう。

そんなことを考えながらも、取り戻されたいつも通りの日常が、ゆっくりと過ぎてゆくのを心から喜んだのだった。

書き下ろし

一人前の日

「なぁ、爺さん」

「何だい、竜司」

夕暮れに染まる庭。

そこに面した縁側に座った俺は、目の前にあるそれを凝視する。隣に座る爺さんも、同じくそれを見ている。

「これ、何？」

「なんに見える？」

「鎧、かな」

何度見ても同じだ。

日本の和甲冑《かっちゅう》。

朱塗りで古めかしく、顔の部分は頬当てに見せかけた仮面で覆われている。

「そう、鎧だね」

「どうして庭に鎧が？」

「今からの訓練に使うからだよ」

「訓練？」

さて、不穏になってきたぞ。

もうすぐ中学二年の夏休みが終わろうというのに、もしかしてまだ俺をシゴくつもりだろうか。

母の実家であるこの山奥の屋敷に来てからはや三週間。

毎日、みっちりと非人道的かつ人外的修行をさせられて、ようやく明日帰ろうというこのタイミングで、まだ足りないと？

「竜司、修行の成果を見せてくれるかな？」

「ン拒否するゥ」

「できると、思ってるのかい？」

当然、思っていない。

爺さんがそこまで甘くないことは、十分に知っているつもりだ。

ていうか、甘いのはさゆりにだけだ。

「じゃあ、あれを壊したら今日は休んでいいことにしよう」

「壊せなかったら？」

「壊せるまで居残りだとも。そんな不甲斐ない者にさゆりちゃんを守れるのかな？」

爺さんの台詞が終わるか終わらないかの内に、甲冑がこちらへ刀を抜きながら飛び掛かってくる。

咄嗟に避《よ》けはしたが、さっきまで俺がいた部分はザックリと切り裂かれていた。

切れ味のよろしいことだ。

「いきなりか？」

「接敵前に相手を確認する時間があっただけ幸いだろ？」

縁側に座ったままの爺さんが、お茶をすする。

「これ、なんだよ？　中に人とか入ってるのか？」

「入ってないよ。ちょっとした仕掛けで動くからくり人形みたいなものさ」

それにしたら動き滑《なめ》らかすぎないですかね。

まるで、中に人が……しかも、相当『できる』人が入っているみたいだ。

そもそも、絡繰《からく》りの類が俺の『撃』を掻い潜って柄頭《つかがしら》で殴ってきたりするのだろうか？

「くぅ……！」

流れるように斬撃に移行した鎧武者《むしゃ》の攻撃を間一髪……というか、薄皮一枚のところで何とか躱す。俺のTシャツが一枚ダメになった。

「竜司、躱してるだけじゃダメだよ」

「わかってる！」

わかっていても、手が出せないという場面はある。

何より、個の鎧武者……隙がなさすぎるのだ。

そういう部分では絡繰《メカ》りというのはなんだかピッタリだとは思うのだが、あまりにも人らしさに欠ける。殺気もない。

それでもって駆け引きも、迷いもなく俺を殺すための動きしかしない。

……ん？

「おい、爺さん。この鎧、俺のこと殺しに来てない？」

「そりゃそうだよ。そういうものなんだから」

「どういうものだよ!?」

正気か。実の孫をお手軽に殺害《キラー》する絡繰り《マシーン》か？

二回攻撃とかしてくるんじゃないだろうな⁉

「死んだらどうするッ⁉」

「これに殺《や》られるようじゃ、生きていても危ないだけだよ」

「なんだよ、その超理論は！」

「ほら、僕とおしゃべりしている暇があるのかい？」

鎧武者が迫る。

踏み込み、体重移動、体幹。どれもこれも洗練されているが……それだけだ。

フェイントはしてくるが、こちらのクセを見ているふうでもない。ただの、隙を生みださせるためのフェイント。

遊びもなく、余裕もなく、葛藤《かっとう》も迷いもない。

戦闘マシーンとしては一流かもしれないが、武術者としてはやや不足だな。

「ふ……ッ」

フェイントにわざと乗って踏み込んできた鎧の胴部に、体重がめいっぱい乗った直突《じかづ》きをお見舞いする。

凹《へこ》んだ胴部からは『メキリッ』と音がして、鎧武者がくの字に折れ曲がった。

そのままもう一捻り加えて、吹き飛ばす。

「随分丈夫だなぁ……」

吹き飛んだ先で体勢を立て直した鎧武者に、俺は感心する。

殴った感じ、無機質な感じだったが一体中身は何なんだろう。石に似た感触だったが。

「爺さん、あれ……壊していいんだよな？」

「命のやり取りをしてる相手は、どうするんだった？」

「……そうだった」

伏見の流儀は、何も人相手に限らない。それが獣であろうが、何だろうが本質的に変わることはないのだ。

そう、殺意には殺意で以て返すのが礼儀である。

あいにくこの鎧武者からは殺意の類を感じないが、それでも俺を殺そうと動くのであるからには、俺はこれを殺《こわ》して応ずるのが自然というものだ。

距離を詰め来る鎧武者に、俺は気を巡らせる。

「〝――耐えてみせよ〟」

言葉と共に、俺の奥底で変化が起きる。

体に火が入るというか、シフトが変わるというか……表現は難しいが、俺の体を通して出る力の質が変化していく。

「ほう……」

視界の端で爺さんが口角を釣り上げたのがわかった。

とはいえ、それを見てもいられない。目の前にはもう鎧武者が迫っていた。腹に風穴をあけられて、元気なことだ。ゾンビ映画かよ。

「〝我、全ての戦場で活き、全ての戦場で殺し、全ての戦場で勝つモノ也〟」

鎧武者の攻撃をさばきながら、俺は殺撃の武技誓句《オスオブアーツ》を完成させていく。

身体に巡らせた『気』が動いても霧散《むさん》しないように、むしろ凝縮していくようにするのは、この夏の課題だった。

「——伏見流交殺法、殺撃……」

身体で渦巻く力が回転から螺旋に変化していくのが自覚できる。

螺旋はやがて一点に向かって収束し、それは俺の右拳から鎧武者へと放たれた。

「——『喰命拳』……！」

インパクトの鈍い音と共に、鎧武者が砕け、四散しながら空を舞う。

「まだまだだね」

茶をすする祖父が、ばらばらになった鎧武者を一瞥して小さく笑う。

「でも、倒したぞ」

「そうだね。約束通り、訓練はこれでおしまいにしよう」

いつの間にか直っている縁側に、俺を促す。

……ほんと、いつの間に直したんだ？

「はい、お疲れ様」

「……参考までに、何がダメだった？」

差し出された茶を受け取りながら、俺は師匠でもある祖父に尋ねる。

「まず、『気』の収束が不十分だったね。『喰命拳』はもっと鋭く打ち込むものだよ」

確かに、そう言われてみると理解はできる。

今しがた俺から放たれた撃はやはり、打撃の延長線上のものだ。例えば、以前に手本を見せてもらった姉弟子の『喰命拳』はもっと鋭く澄んでいた。

貫くという意思を持った槍の穂先の如き鋭さと、必殺の意思が宿った別の何かに思える。

「次に、戦闘時間がかかりすぎる。彼我の戦力を量るのは重要なことだけど、もっとコンパクトに戦えたはずだ」

様子見に時間を使いすぎたか。確かに、素早く制圧できれば次の敵に取り掛かるのも早くなる。

戦力分析をもっと早くできないと押されることがあるかもしれない。

「あと、僕に気を遣ったね？　戦場でそういう余裕を見せるのはもう少し強くなってからだよ」

「ぐっ」

「ま、竜司のそういうところは嫌いじゃないけど。命がかかってるんだ、もう少し本気で良かったかな」

これを指摘されるとぐうの音も出ない。

自分の子供っぽさを、面と向かって指摘されることほど恥ずかしいことはない。

師匠である爺さんに、この夏の成果を見せたかった……という、俺の幼い虚栄心《きょえいしん》を見抜かれてしまった。

「でも、竜司。よくやった。これでキミも一人前の伏見だね」

「え」

「え」

褒められた……？

バカな！

あの極悪非道で人でなしで、孫を孫とも思わないあの爺さんが？

「なんだか失礼な意思を感じるよ？　再教育が必要かな？」

「い、いや……大丈夫デス」

爺さんからひんやりした殺気が流れ出したことを受けて、俺は佇《たたず》まいを直す。

予想外の出来事に心を乱すのはよくない。

そう、爺さんが突然デレたって、だ。

「まあ、いいや。それじゃあ風呂にでも行っておいで」

「そうしようかな。じゃあ、また後で」

体を動かした汗か、殺気にあてられた冷や汗かわかったもんじゃないが、背中はびっしょりだ。

どうせ、シャツも着替えないといけないし風呂に行こう。

一応、師匠である爺さんにしっかりと頭を下げて、庭から屋敷に上がった。

◆　◆　◆

廊下を歩いていると、前から小柄な影が歩いてくる。

ヤールン婆さんだ。

「あれ、リョウ坊、もう修業は終わったんか？　ユウはまだ縁側におるん？」

「ヤー婆」

このちょっと関西訛《なま》り（本人はドワーフ訛りと言っていたが意味がわからない）の少女は、俺の祖母の一人である。

……もう一度言う。少女で、祖母だ。

背は低くて、さゆりと同じくらい。浅黒い肌はどこかハワイアンな雰囲気を感じる。

年齢不詳な祖母の一人……というか、祖父『門真勇』の妻の一人。

そう、爺さんにはなんと七人の妻がいる。

日本の法律はどうなっているんだ、と声を大にして言いたいところだが、爺さんが白といえば白になる……いや、白でなくてはいけない。

いや、ひょっとすると最初から白だったのでは？

そうだ、白に違いない！

……となってしまうのは、爺さんなら仕方ない。

爺さんは何やら日本のお偉いさん方に顔が利くようなので、こういう特例や不正がまかり通るのだろう。

「爺さんならまだ縁側にいると思うよ」

「さよか。あ、そや、ミカやんが今日の夜は豪勢や言うてたで。ルーさんとなんやえらい気合入れとったわ」

「そりゃ、楽しみだな」

現在、この家にいる祖母は五人。残り二人は、何やら忙しくしているらしく、今年の夏は会えないみたいだ。

ちなみに、俺と直接の血のつながりがある祖母が誰なのかはわからない。子供のころからの慣れか俺自身もあまり気にしていないし、つまるところ、全員を祖母と認識している。

全員が可愛がってくれているので、そこのところに不満はない。

「ほな、後でなぁ」

自称ドワーフのヤールン婆さんが、俺の腰をパシパシと叩いて、軽やかに廊下を歩いていく。何かいいことでもあったのだろうか。

◆◆◆

とりあえず、風呂に行こう。

寝屋に近いところにあるためか、訓練をしていた庭からは少し遠い。

広々とした屋敷を歩いて、ようやく風呂にたどり着く。

脱衣所に入ると、扉の先から水の音。

「……リョウ坊かの？」

「あれ、入ってるの？」

こんな昼間から誰か入っているとは思わなかった。

「よいよい、おいで」

「いいよ、後で」

「我はしばらく出ぬ故、入っておいで。ばぁばが背中を流してやろうの」

しぶしぶ開けた扉の先にいるのは、アン婆——アナハイム婆さんだ。

確かに、長湯なんだよな……。

「じゃあ、失礼して」

「何を遠慮しておる。いっちょ前に男のつもりかの」

愛想よく微笑むのは……これまた少女である。

白磁《はくじ》を思わせる白い肌に、腰まである長い黒髪。色素の薄い黄色の瞳が俺を湯船から見ている。

湯船には……酒をのせた桶がゆらゆらと浮かんでいるので、きっと呑んでいたのだろう。

「こうやって見ると、ユウに似てきたのう」

「冗談ではない……！」

「なんじゃ、そうツンケンすることもあるまいに」

ふふふ、と小さく笑う美少女が、湯船から立ち上がる。血縁者の俺ですら、目をそむけたくなる美貌《びぼう》だ。

俺の婆さんたちは、基本的にみんな見た目が若い。

同年代か、少し年上か。アン婆にいたっては年下にすら見えるくらいだ。

それでいて、本人たちの弁によると爺さんより年上なのだという。

にわかには信じられないが、これについてはもう諦めた。

……そういうものなのだと。

「今日もしっかり鍛えてきたのかの」

「さっき、鎧武者と戦わせられたよ」

「……昨日作っておった竜牙兵《りゅうが》じゃな。牙をよこせと言うから何かと思えば……」

アン婆はあれについて何か知っているらしい。

だが、それについて詳しく尋ねないのは、この家の暗黙のルールだ。

どうせ聞いたって理解できっこないしな。

「して、大丈夫か？　怪我は？」

「ないよ。それに、ちゃんと倒したし」

「ほう……なかなかやるではないか」

アン婆が少し驚いたような声を上げる。

「リョウ坊もいっぱしになってきたのう。面立ちもユウに似てきた」

褒めながら俺の頭を泡立てたシャンプーでわしわしと洗うアン婆。

「もう年ごろじゃろう？　そろそろ女がおったりするのか？」

「……それなり、に？」

「……なんじゃ、まだおらぬのか。ユウの血統であるのに奥ゆかしいことじゃな。まあ、心配せずともすぐにできるじゃろ」

一瞬で嘘を嘘と見抜くのはやめてもらおう。

それに……爺さんと一緒にされては困る。

日本でハーレムを作ってしまうような非現実的存在の孫というだけで、この扱いなのは、異議を申し立てたいところだ。

「爺さんみたいにはいかないよ」

頭と体を洗い終えて、湯船にアン婆と浸かる。酒を飲むように調整してあるのか、夏に入るにはちょうどいいぬるめの温度だ。

「ふむ。では、昔話をしてやろう。あのユウという男はな、かつて孤立し、虐《しいた》げられておったのよ。それはもう、『ぼっち』という言葉が生ぬるいほどにな」

「爺さんが？」

「じゃが、あやつはそんな境遇であっても、腐らず、性根のまっすぐな気優しい男であった」

爺さんと優しいという言葉が一致せずに、少しの混乱を俺にもたらす。

「別の世界を投げ出されたあの男が最初にやったことはなんじゃと思う？」

「うーん……？」

あの爺さんのことだ。何か恐ろしいことをしたに違いない。世界征服とか。

「……掃除じゃよ」

「掃除？」

「そう、ある迷宮の奥底、散らかし放題に荒れ放題な最奥の迷宮の主の居室を掃除したのじゃ」

それは意外過ぎる。

どちらかというと、世界規模で散らかすのが得意な人間かと。

いや、掃除というのは何も清めて整理整頓という意味だけで使われるだけではない。

迷宮の主を『掃除《スイープ》』してしまったのではないだろうか。

「すべてをお掃除……してしまったのか……」

「その信用の無さは何なんじゃ……。もう少し祖父を信じよ」

「穏やかで優しい爺さんというイメージがどうやっても想像できない……」

「ユウにもう少し優しくするよう、言っておこうな」

アン婆がよしよしと俺の頭を撫でる。

「その迷宮の主は、孤独に蝕まれておった。ユウとの出会いがなければきっと心を壊しておったじゃろう。人の温もりと再会の約束は、その者に生きる理由を見いだせた」

遠い目をするアン婆。さて、まさかと思うが当事者の話ではなかろうな。

「……そうやって、ユウという男は旅をして、はぐれた目当ての女を追いかけまわし、最後は我らと結ばれたというわけじゃ。めでたしめでたし」

一気に話が胡散臭《うさんくさ》くなったぞ⁉

「奥さんが七人いる理由がわからないんだけど」

「それだけの懐の深さと甲斐性があったということじゃよ。いまだに、『誰が一番』紛争は勃発《ぼっぱつ》する故、リョウ坊も気を付けるんじゃぞ？」

「そんな事態にはならないよ……」

今まで、『彼女』どころか『仲のいい女友達』すらできたことがない俺には無用すぎる心配だ。

「はて、さりとてユウと我らの孫じゃしの。きっかけでもあらば、両手では抱えきれぬ花を得るじゃろうて」

「どう考えてもあり得ない……！」

「何、ユウのやつも女を知ってからは諦めが早かったというし、お主もそうなる。何なら我が手解《ほど》きしてやろうか？」

酌の相手にと飲んでいた水を思いっきり吹く。

どこの世界に孫を毒牙《どくが》にかけようとする祖母がいるんだろうか。……ここにいるが。

「そもそも、ユウとて我が――……」

そこまで言って、アン婆の口を誰かが塞いだ。

誰かが、と言ったが誰かなんてわかってる。

「やあ、竜司。汗は流せたかな」

「おかげさまで」

今、嫌な汗が全身から吹きだしてるけどな。

「なんじゃや、ユウ。今、お主との馴れ初めをじゃな」

「子供にはまだ早いよ、アン。それに初めてっていうのは、特別なんだ。竜司にだって初めてを選ぶ権利がある」

「そんなものかの？」

「そういうものなんだ。……さぁ、竜司。お風呂は充分だろう？　遊んでおいで」

「アッ、ハイ」

有無《うむ》を言わせぬ雰囲気に、俺は足早に浴場を去った。あれ以上あそこにいたら。命にかかわる気がする。

◆◆◆

「あれぇ？　リョウちゃん、もうお風呂あがったんですか？　背中流してあげようと思ったのに」

髪を拭くのもほどほどに廊下へ飛び出した俺をショートの金髪に新緑の瞳の女性……シェリー婆さんが呼び止めた。

やはり、これで五十歳を超えているようには見えない。美沙ねーちゃんと同じくらい、二十代前半と言われたらしっくりくるかもだが。

「あ、ああ。ちょっと、な」

「ああ～、まだ髪濡れてるじゃないですか。ちゃんと乾かさないと」

「夏だし、大丈夫だよ……」

「んもぅ。はい、こっちへきてください」

浴室からほど近い洗面所で、俺は椅子に座らされる。

「こういうところは、ほんとユウさんにそっくりですねぇ」

ドライヤーを当てながら、シェリ婆が苦笑する。

「さっき、アン婆にも言われたけど、俺ってそんな爺さんに似てるかな？」

「似てますよ？　私たちは若い時のユウさんを知っていますから、余計にそう思えるんでしょうね」

乾かし終えた俺の頭をブラシですかしながら、シェリ婆が小さく笑う。

「想像つかないな……爺さんの若いころなんて」

「妙に消極的なくせにやけに頑固で、ほんとは優しいのに容赦なくって、優柔不断だけど誰かの為なら即決できちゃう……そんな若者でしたよ」

セットし終えて、俺の肩をぽんと両手で叩く。

「あと、リョウちゃんによく似てイケメンでした」

悪戯っぽく少女のように笑ったシェリ婆が、ふわりとその場から花のにおいを残して姿を消す。

……直後、爺さんが洗面所に駆け込んできた。

「シェリー！　余計なことを……って」

「もう行ったよ」

「逃げ足の速い……。何も聞いてないね？　竜司」

「のろけを聞かされただけかな。いいよね、夫婦円満で」

俺の言葉は聞こえたのか聞こえなかったのか、爺さんはシェリ婆を探しに洗面所からすぐに行ってしまった。

「ほんと、仲がいいよな」

そう独り言ちたところで、腹がくう、と鳴る。

いつもの修行に加え、鎧武者との戦い。あれだけ動いたのだから、小腹が空いても仕様がない。

夕飯の準備をしているとのことだから、台所に行けば何かつまみ食いできるものがあるだろう。させてもらえるかどうかはわからないが。

それに、夕飯と言われれば俺が手伝ってしかるべきだ。亡くなった実父は料理人。

俺だって料理のイロハは学んでいるし、伏見の武術と同じくらいの熱量をもってそれにも取り組んできた。

「あら、竜司。どうしたの？」

エプロン姿の美しい女性が白金の髪をなびかせて、振り向く。

どこか神秘的とすら思える造形美のこの耳の長い女性も、当然、爺さんの妻だ。

「手伝いとつまみ食いをね」

「つまみ食いはいいけど、手伝いはいらないわ。竜司が手を出すとわたしたちが作る意味がなくなっちゃうでしょ」

そう言いながらいくつか取り分けた料理を皿にもって差し出してくれる。

「味見してみて」

そういう建前でつまみ食いさせてくれる、ということだろう。

「ルー婆、これ美味いよ」

「竜司がそういうなら、これで正解ね」

そう笑って、機嫌よさげに料理の準備に戻るルー婆。

「ミカ婆もいるって聞いたけど？」

「ミカは外で魚を網焼きにしてるわ」

言われてみれば、いい匂いが外からしてきている。

「竜司は料理上手だけど、ユウも上手なのよ」

野菜を刻みながら、ルー婆がそんな言葉を漏らす。

「そうなの？」

「趣味って言ってたわ。もしかすると、竜司のお父さんが清姫《きよめ》と結婚できたのって、それがあったのかもね」

料理人だった実父は、超がつく料理人だった。その料理を口にした者は、この世ならざる情景を目にし、その味覚への刺激によって七孔《しちこう》から光を放つような、そんな料理を作る父だった。

母である清姫が胃袋を掴まれたのは仕方ないとしても、力こそパワーとか思っていそうな爺さんが、武術家ではない男とよく結婚を許したなとつくづく疑問に思っていたのだが……なるほど、料理の面で爺さんは『敗北』を認めたということか。

「あ、竜司君。つまみ食いかな？」

「ミカ婆。それ……」

裏口から現れたやはり若々しい日本人少女、ミカ婆の手には、些か焼きすぎた魚。

「ちょっと失敗しちゃった」

「見ればわかるよ……。まだ、魚ある？　俺がやるよ」

「だーめ。今日は私たちが孫をもてなすって決めてるの。さ、もうちょっとしたらお夕飯だから居間に行っててね」

そう言われ、台所を追い出されてしまった。

後ろで何やらやっているようだけど、見ないことにしよう。何せこの家の人間が使う手品の類は、理解しがたいものがある。

例えば、瞬間移動に即時の治癒《ちゆ》、幻影に爆発。

もう手品じゃなくて魔法じゃないかなって、時々思う。思うだけで口には出さないけど。

仕方ないので、居間に向かう。

「お兄ちゃん、おかえりなのです。もう今日の修業は終わりなのです？」

「ああ。さゆりは？」

「夏休みの自由研究をしていたのです。もうこれで完成なのです」

開いて見せてくれた紙のノートには、この周辺に生える様々な花や植物が押し花にしてあり、それぞれに生えていた場所などのコメントが書かれている。

「よくできてる」

「会心の出来なのです。クリティカル率が二十五％増しなのです」

「アトリエでも開くつもりかな」

そんなよもやま話をしているうちに、ルー婆とミカ婆が大量の料理を机に並べ始める。

ヤー婆から豪勢だとは聞いていたが……こんな珍しい素材があるなら、俺も料理に参加したかった！

こんな山奥なのに、伊勢海老なんてどうやって運んできたんだろう。

……いや、待て。これ、本当に伊勢海老か？　大きすぎるし、なんか違う気がする。

「豪華なのです！」

「今日は、お祝いだからね」

ちゃっかりさゆりの隣に腰を下ろした爺さんが、取り皿などをかいがいしくさゆりの前に並べている。

なんともまぁ、孫扱いの違うことだ。

夕餉《ゆうげ》の準備が何もかも整い、全員が家に座ったところで爺さんが俺に空の盃《さかずき》を差し出す。

「爺さん、俺まだ酒飲める年じゃないんだけど」

「酒は出さないから、安心していいよ」

そう言われれば、受け取るしかない。

俺が、それを受け取ったのを確認した爺さんが、両手を合わせる。

「さぁ、食べようか。いただきます」

「いただきます」

「いただきますなのです」

七人で食べる食事は賑やか極まる。両親は何かと家を空けがちなので、さゆりと二人の食事となることが多く、こういう多人数での食事というのは楽しい。

「竜司君。どう？」

「どれも美味いよ、ルー婆」

「お魚はどうですか？」

「どうやって焼き直したの、ミカ婆……」

見たところ同じ魚のはずだが、焦げは無くなってしっかりといい感じに焼かれている。

「いったん生に戻したんですよ」

どうやって戻したのかは、聞いてはいけないんだろうな……。

気にしても仕方あるまい。この家にいれば、不思議で理不尽なことなどいくらでもあり得るのだ。

「さて、そろそろいいかな？」

食事も終わろうというところで、爺さんが小瓶を取り出した。

精緻《せいち》で透明度の高いその瓶にはうっすらと輝く、紅い液体が入っている。

「今日、竜司が僕の出した試練に合格した。これで、竜司は対外的に伏見を名乗っていい」

え、そうなの？

「そして、一人前の証として、僕らについてきちんと話しておこうと思う。清姫には任せるといわれてたしね」

爺さんの言葉に、婆様方がそれぞれ表情を変える。

ルー婆とミカ婆、それにヤー婆は少し困ったような顔。

シェリ婆は小さく微笑み、アン婆は愉快そうに口角をあげた。

「とりあえず、これを飲もうか」

そう言って、爺さんは俺の盃に赤い液体を注ぐ。それを俺はグイっとあおって爺さんに向き直る。

「飲んだよ。それで？」

「僕は『帰還者』だ」

――『帰還者』。

異世界へ行き、異世界からこの世界へと戻ってきた者たち。

眉唾《まゆつば》なオカルトだと思っていた。

とはいえ、そう驚きはしなかった。爺さんたちに何かしらの秘密があるのは小さいころから子供心に気が付いていたし、それが何なのか尋ねたこともあった。

その時は、決まって「大きくなったら」と言われていたのだ。

なるほど……それが、今か。

「僕はひょんなことから異世界に落っこちてね、そこを少しばかり引っ掻き回して、無事こちらに戻ってきた。ちょっとした手品と愛する人たちを得てね」

小さな炎を、指先に灯させて爺さんは笑う。

「そうすると今まで外国人と言っていたけど……婆さん方は異世界人ってことか」

「あ、私は違うけどね。私も『帰還者』だから」

ミカ婆がニコリと笑う。

「あんまり、びっくりしないな。逆にしっくりきた」

「……予想外の反応だ」

爺さんの予想の上を行くなんて、俺もなかなかやる。

「一人前の男として、僕の家族として、伏見の血族として。そろそろ秘密を明かしてもいいと思ってね」

「さゆりは聞いてもよかったのです？」

「竜司が一人前になったらさゆりちゃんにも聞いてもらうつもりだったんだよ」

でれでれでぐだぐだじゃないか……。

「で、今飲んでもらったそれだけどね。異世界産なんだ。僕からのプレゼントで、修行の仕上げだよ」

「えっ」

そう返事した瞬間……視界が暗転し意識が薄れてきた。

「龍血《りゅうけつ》、体に馴染むまでは辛いだろうけど。ま、竜司なら大丈夫さ」

そんな無責任でご無体《むたい》な言葉に返答する間もなく、俺の意識は闇に呑まれていった。

あとがき

どうも、皆様。右薙光介でございます。

『レムシータ・ブレイブス・オンライン』第二巻を手に取っていただき、誠にありがとうございます。

さすがに第二巻から読み始めました！　……って方は少なかろうと思いますので、今回は「はじめまして」ではなく、「お久しぶり」とご挨拶をさせていただきます。

第一巻と比べて、この第二巻は戦闘シーン多めになっており、より主人公のチートっぷりがご覧いただけたかと思いますが、いかがでしたでしょうか。

ここで戦闘の話が出ましたが、本作はＶＲモノの小説としては、些か異質に感じる方もおられたかもしれません。

と、いうのも、ＶＲモノの楽しみ方は「現実世界ではうだつが上がらない主人公がＶＲ世界では……」や、「ＶＲ世界で得た経験をもとに、現実世界でも……」という、現実世界とＶＲでの乖離《かいり》やギャップを楽しむという側面が多分にあると思われます。

しかし、それに対して、本作は「現実世界でチートな主人公が、ＶＲにもチートを持ち込んで無双する」というテーマで描いております。

独自性というのもなんだか図々しいですが、あえてのセオリー無視によって展開される物語を楽しんでいただければと思います。

また、この第二巻ではサブストーリー的に『帰還者』などの話題が登場しております。

彼らは社会的に隠匿されてはいますが、隠しきれていない特別な人達です。この中には「異世界で勇者やってました」なんて人がざらにいて、そういった異世界の技術や知識が発展に、あるいは戦争に寄与していたりします。

この物語の世界（現実サイド）について、なんとなく未来の日本なんだろうな……くらいに考えておられたと思いますが、彼等の存在は作中の『日本』が完全に別の世界線であることを明言する要素でもあります。

他にも、『成人年齢が十六歳である』ことなども含めて、差異は多々ありますが、本作に登場する『日本』は、私達の知る日本とは似て非なる世界です。

どうぞ、現実ではない架空《if》の日本も楽しんでいただければと思います。

さて、話は変わりますが、本作から新ヒロインのコユミが登場しました。

無表情で言葉少な気ながら愛情表現は豊かな妹系……ツボに入った方は、是非「ツボです」とお知らせください。

私は本作に登場するヒロインを全員可愛いと思っていますし、その様に描きますが、人によって好みは多種多様なことも存じております。
お好みのヒロインを応援してあげてください。もちろん、「全員……好き！」という方も大歓迎です。

最後となりましたが、お世話になった皆様に謝辞を。

イラストレーターの湯気様。一巻に引き続き、今回も素晴らしいイラストを描いていただき、誠にありがとうございます。……控えめに言って最高です！

ＴＯブックス様。お世話になっております。このような無茶な内容の小説の第二巻を出していただきまして、感謝いたします。

担当編集の芦澤様。いつも素早い対応をありがとうございます。調整等々、いろいろとご迷惑をおかけして申し訳ありません。

本作の編集・営業・販売に携《たずさ》わった皆様。一巻に引き続き、ありがとうございます。おかげさまで第二巻をお届けできます。

そして、この第二巻を手に取ってくださった読者の皆様。

一巻に引き続き、ありがとうございます。皆様あっての右薙でございます。

『レムシータ・ブレイブス・オンライン』の第二巻は、あなたの退屈をまぎらわせることができましたでしょうか？

楽しんでいただけたなら、幸いです。

では、いずれまた。第三巻でお会いできることを願って。

二〇一九年　十月　右薙光介

レムシータ・ブレイブス・オンライン
お買い上げありがとうございます！
コミカライズ作画担当 森名尚
石を投げるだけで小型モンスターを討伐してしまったリョウくん
ブン
私たちがバフをかければ…
より強力な敵も倒せるかも！
ほんとにアイツを倒すのか!?
私たちがリョウくんの右腕にバフをかけたので大丈夫です！
2人のサポートがあれば安心だな！
はい！石だよ！
よし…これで体に穴を開けてや
るェ!?
粉砕!!
てつ…撤退よ!!

マインから
ローゼマインへ
聖女伝説
いよいよ最終章へ――
第一部 兵士の娘
第二部 神殿の巫女見習い
第三部 領主の養女
第四部 貴族院の自称図書委員
公式HPにて第3回人気キャラクター投票開催中!

2020年春TVアニメ
第2部放送開始前に
原作ファン待望の
未放送エピソードを
OVA化！
外伝第一章
ユストクスの下町潜入大作戦
マイン：井口裕香
フェルディナンド：速水奨
ユストクス：関俊彦
エックハルト：小林裕介
トゥーリ：中島愛
ギュンター：小山剛志
ベンノ：子安武人
オットー：日野聡
マルク：前野智昭
ラルフ：生天目仁美
フェイ：花守ゆみり
カルラ：橘U子
店主：岩川拓吾
材木屋の親方：中務貴幸
細工師：川中子雅人
男の子：藪内満里奈
外伝第二章
コリンナ様のお宅訪問
マイン：井口裕香
コリンナ：衣川里佳
ベンノ：子安武人
トゥーリ：中島愛
ギュンター：小山剛志
エーファ：折笠富美子
第五部
女神の化身
本好きの
下剋上
司書になるためには
手段を選んでいられません
第五部　女神の化身Ⅰ
香月美夜
miya kazuki
イラスト：椎名 優
you shiina
2020年
3月10日
発売！
予約受付中！
TOブックスオンラインストア限定！
OVA付き限定版発売！
香月美夜書き下ろしOVA用SS付き
ジャケットは椎名優描き下ろし！
BD付き完全限定版
仕様：特典SS付き書籍＋OVA用特典SS付きBlu-ray Disc1枚
Blu-ray収録内容：OVA『本好きの下剋上』外伝（約20分）
定価：3,000円（税抜）
詳しくは「本好きの下剋上」公式HPへ
www.tobooks.jp/booklove

レムシータ・ブレイブス・オンライン２
～スローライフに憧れる俺のままならないVR冒険記～

2020年３月１日　第1刷発行

著　者　右薙光介

編集協力　株式会社MARCOT

発行者　本田武市

発行所　TOブックス
〒150-0045
東京都渋谷区神泉町18-8　松濤ハイツ2F
TEL 03-6452-5766（編集）
0120-933-772（営業フリーダイヤル）
FAX 050-3156-0508
ホームページ　http://www.tobooks.jp
メール　info@tobooks.jp

印刷・製本　中央精版印刷株式会社

ISBN978-4-86472-912-3